박완서 소설에 나타난 도시와 모성

강인숙 평론 전집 **3**

박완서 소설에 나타난 도시와 모성

초판 인쇄 2020년 7월 1일
초판 발행 2020년 7월 7일

지은이 강인숙
펴낸이 박찬익

펴낸곳 ㈜ **박이정**
주   소 경기도 하남시 조정대로45 미사센텀비즈 7층 F749호
전   화 02-922-1192~3 / 031-792-1193, 1195
팩   스 02-928-4683
홈페이지 www.pjbook.com
이메일 pijbook@naver.com

등   록 2014년 8월 22일 제2020-000029호

ISBN 979-11-5848-503-0 94810
ISBN 979-11-5848-500-9 (세트)

* 책값은 뒤표지에 있습니다.

박완서 소설에
나타난
도시와 모성

강 인 숙

(주)박이정

삶의 참모습에 대한 추구

내가 박완서론을 쓴 동기는 1980년대 초에 박사과정에서 도시문학과 페미니즘에 관한 리포트를 연이어 써야 했던 데 있다. 첫 학기에 도시 문학에 대한 과제가 주어졌을 때, 박완서를 선택했다. 「도시의 흉년」 (1979), 「닮은 방들」(1974), 「포말의 집」(1976) 같은 작품들 때문이다. 박완 서는 1970년대 작가 중에서 본격적으로 도시문제를 다룬 대표적 작가 였던 것이다. 그런데 다음 학기에 페미니즘에 관한 것을 써야 하니까 또 박완서를 다루지 않을 수 없었다. 그 무렵에 페미니즘 문제를 가장 집중적으로 다루고 있는 작가가 박완서였던 것이다. 비슷한 시기에 「엄 마의 말뚝」 1(1980)과 2(1981)가 연거푸 발표되니, 모성문제에 관한 논문 도 쓰게 되었다. 그렇게 박완서에 관한 논문을 계속 쓰다 보니 「박완서 소설에 나타난 도시와 모성」이라는 한 권의 책이 되었다.

우리나라에서는 한 작가에 대하여 꾸준히 연구하는 학자들이 많지 않 다. 여류작가의 경우는 더 심하다. 박완서의 경우만 하더라도 여러 평 론가가 쓴 '박완서론'은 나온 일이 있는데, 한 사람이 계속 연구한 박완 서론은 아직 없다. 나는 그 일을 해 보고 싶었다. 여류작가론을 계속 씀으로서 여류 평론가로서의 책임을 다하고 싶었던 것이다. 1970년에 첫 평론집을 낼 때 나는 자연주의 연구와 여류작가 연구를 병행하고 싶 다는 말을 한 일이 있는데, 힘이 부족하여 자연주의 연구서도 두 권밖에 못 냈고, 여류작가 연구는 이제야 첫 권을 내게 되었다. 그나마도 도시와 모성만 다룬 것이 되어 두루 면목이 없다. 앞으로 박완서에 대한 모든 문제를 고루 다룬 연구를 계속해서 한 작가만이라도 온전히 연구한 책을 내고 싶었는데, 이제는 자신이 서지 않는다. 그래서 후학들이 논문을 쓰는 데 조금이라도 도움이 되게 하려고 이미 쓴 논문들을 모으게 되었다.

이 책에서 필자는 우선 박완서의 소설에 나오는 도시의 양상을 고찰하는 작업부터 시작했다. 그것은 한 작가의 눈에 비친 반세기 동안의 서울이라는 도시의 생태와 변모과정에 대한 탐색작업이다. 「도시의 흉년」이라는 소설 제목이 시사하는 것처럼 박완서의 문학에 나타난 도시의 양상은 부정적 이미지가 지배적이다. 이 글에서 필자는 그의 소설에 나타나는 도시의 모습을 1) 「엄마의 말뚝」 1에 나오는 1930~40년대의 서울, 2) 「나목」, 「목마른 계절」로 이어지는 동란기의 서울, 3) 「도시의 흉년」과 「닮은 방들」, 「포말의 집」 등에 나타나는 1970년대의 서울, 4) 「꽃을 찾아서」, 「울음소리」, 「유실」 등에 나타나는 1980년대의 서울의 네 시기로 나누어 고찰하고 있는데, 그 중 세 시기를 관통하는 공통 특징이 도시에 대한 부정적 시각이다. 도시에 대한 부정적 시각은 도시인의 삶에 대한 부정적 시각과 조응하고 있다.

하지만 도시에 대한 부정적 시각도 변함이 없고, 도시의 여건들도 나날이 원하지 않는 방향으로 변해가고 있는데도 불구하고, 80년대에 오면 씨의 작중인물들의 내면에서 삶을 바라보는 자세의 변화가 나타난다. 「그 가을의 사흘 동안」(1980)에서 시작되는 모성회복의 징후다. 그것은 「울음소리」(1984)에 가서 더 증폭된다. 모성뿐 아니다. 살아 있는 모든 것에 대하여 씨의 인물들은 따뜻한 시선을 가지기 시작한다. 「꽃을 찾아서」(1986)의 장교장은 어딘가에 피어 있을 흰비듬꽃을 찾아 집을 나

6

서고 있고, 「유실」(1982)의 김경태 씨는 자신의 잃어버린 생식력의 기억을 되찾기 위해 성남의 낯선 골목들을 헤매고 있다. 이미 아스팔트 정글이 되어버린 산업도시에서, 삶의 때 묻지 않은 원질들을 찾아나서는 그들의 행위는, 성과 여부와 관계없이 우리의 주목을 끈다. 그 이전에는 없던 요소들이기 때문이다. 그것은 외부적 현실에서 온 변화가 아니라 작가의 내면에서 일어난 변화를 반영한 것이라고 할 수 있다. 외부적 현실은 나날이 그의 유토피아와 거리가 멀어져서, 1980년대야말로 사람이 대지에서 가장 멀리 유리되던 시기였는데, 작품에서는 역설적으로 생명에 대한 관심이 싹트고 있기 때문이다.

필자는 이 책에서 씨의 작품의 구조나 예술성을 논의하거나 우리가 작가에게 요구하는 기대치를 내세울 마음이 없고, 형상화 과정에서의 잘잘못을 분석하여 작품의 가치를 평가할 마음도 없다. 필자의 관심은 이 작가가 삶의 궁극적인 가치를 무엇으로 보고 있는가 하는 문제에 집중되어 있다. 작가가 지향하는 가치의 정체를 탐색하는 일에 주력을 기울인 것이다. 이 작가는 삶의 바람직한 터전을 어디로 보고 있는가? 이 작가의 '가장 나종 지니인 것'은 무엇인가? 이 작가의 반도시적인 자세는 어디에서 오고 있는가? 그의 부르주아에 대한 혐오의 출처는 무엇인가?

그런 의문들을 추적하고 탐색하여 얻어낸 결론이, 인간과 자연의 생산성에 대한 긍정, 사물과 인간의 훼손되지 않은 모습의 추구, 구체적인 생명의 실체로서의 육체에 대한 집착 같은 것이었다. 그것들은 모성과 밀착되어 있는 속성들이다. 생명의 생산성 회복의 조짐이 나타나면서 메말랐던 자궁에 생명의 씨가 뿌려지는 과정이 그려진 「울음소리」에서, 박완서 문학에 있어서의 구제의 실마리를 찾게 되는 이유가 거기에 있다. 불도저가 대지를 파헤치고, 콜타르와 시멘트가 들꽃들의 숨구멍을 막아가는 후기 산업사회 속에서, 박완서는 훼손되어 가는 생명의 원질

들을 지키기 위해 풍차와 싸우는 돈키호테처럼 두 팔을 벌리고 서 있는
것이다.

1997년 4월

小汀 강 인 숙

* 박완서론을 다시 내게 되었다. 새롭게 보탠 부분이 없으니 1997년의 머리말을 그대
로 사용해야 할 것 같다. 새로 추가한 추모사는 본 전집 6권의 박완서 편에도 들어
있음을 알려드린다.

차 례

박완서의 문학을 받치고 있는 가장 근원적인 축은 작가가 겪은 6·25 체험이다. "6·25는 내 운명을 완전히 바꾸어놓았어요. 학업을 잇지도 못하게 했고 내가 꿈꾸었던 것과는 전혀 다른 인생을 살게 했죠. 전쟁 때문에 다 망쳐버렸다는 생각을 가끔 했어요."[1]라는 작가의 말대로, 그 전쟁으로 인하여 박완서는 자기가 갈망하던 모든 것을 상실한다. 그 모든 불행의 진원震源은 오빠의 죽음이다. 석 달에 한 번씩 애국가가 바뀌는 전쟁의 소용돌이 속에서, 박완서는 "아버지 같고, 우상 같던" 오빠를 잃는다. 양 진영이 눈에 핏발을 세우고 서로 반동을 색출하던 그 시기에, 박완서는 전향자의 가족이어서 어느 쪽에도 설 자리가 없었다. "빨갱이 목숨은 파리 목숨만도 못했고, 빨갱이 가족 또한 벌레나 다름없었던"[2] 9·28 이후의 시기에 씨는 빨갱이의 가족이었으며, 전향자를 사갈

---

1 조선희, 「바스라지는 것들에 대한 연민」, 『작가세계』, 1991년 봄, p.45.
2 『그 많던 싱아는 누가 다 먹었을까』, 웅진출판사, 1992, p.276.

시하던 인민군 치하에서는 전향자이자 인민군 도망병의 가족이어서, 양쪽에서 모두 박해를 당할 처지에 있었던 것이다. 결국 국군이 총상을 입힌 오빠를, 인민군이 닦달질하여 몸과 마음을 모두 망가뜨려 놓는다. 날마다 고름을 짜내면서 고통을 견디어 내다가 오빠는 죽고 만다. 남의 이목이 두려워 울음소리도 제대로 못 내며, 그 시신을 수습해야 했던, 그 엄청난 가족사의 비극은 박완서에게는 치유할 수 없는 악몽이요 상처였던 것이다.

그 상황을 박완서는 "사자를 삼켰다"는 말로 표현한다. 그후 이십 년 동안 씨는 그 삼킨 사자의 망령에 갇혀 있었으며, "망령에게 갇힘으로써 온갖 사는 즐거움, 세상의 아름다움으로부터 완전히 격리"[3]당하고 있었던 것이다. 「엄마의 말뚝」2에서 우리는 오빠가 죽은 지 30년이 지났는데도 엄마의 마음의 오지에 아들의 죽음에서 받은 상실감과, 그를 죽인 자들에 대한 원한과 증오가 조금도 감량되지 않고 고스란히 남아 있음을 보게 된다. 그것은 그대로 박완서에게도 해당된다. 박완서의 내면에서도 오빠의 죽음에서 받은 충격들은 활화산이 되어 몇십 년 동안 지속적으로 불을 뿜고 있었던 것이다.

박완서에게 있어 오빠의 죽음은 육친을 잃은 상실감만을 의미하는 단순한 것이 아니다. 그 슬픔에는 심신이 망가져 가는 오빠를 지켜보면서 느낀 삶에 대한 엄청난 환멸이 반죽이 되어 있다. 오빠는 그녀에게 우상 같은 존재였기 때문에 그 환멸은 박완서의 내면에 짙고 어두운 그림자를 드리우는 요인이 된다. 거기에 빨갱이 가족으로서의 굴욕스러운 수모의 기억들이 가산되며, 가장인 오빠가 죽음으로써 스무 살의 나이에 가족을 부양해야 했던 세상살이의 과중한 무게가 첨가된다. 그 모든

3 「부처님 근처」, 『부끄러움 가르칩니다』, 일지사, 1976, p.126.

것들이 오빠의 죽음이 유발한 6·25의 악몽을 형성한다. 그 고통스러운 체험이 이십 년간 발효하다가 한꺼번에 봇물처럼 터져 나온 것이 박완서의 문학이다.

그래서 박완서의 글을 쓰는 행위는 우선 6·25의 체험을 토해 내는 것에서 시작된다. "명치 근처에서 체증을 의식하듯"[4] 망령의 존재가 밤낮으로 육체적·감각적으로 감지되는 고통스러운 상태에서 해방되고 싶다는 갈망이 이 작가를 갈기갈기 찢었고, 그래서 그녀의 글쓰기는 토악질을 하듯 "삼킨 죽음을 토해 내는"[5] 일에서 시작된다. 작가가 된 후 박완서는 미친 듯이 자신의 6·25 체험을 활자화해 나갔다. 그러나 쓰고 나면 "거짓말이라고 외칠 수밖에 없어" 다시 또 써야 한다. 그래서 참으로 오랜 세월을 씨는 "비통한 가족사를 줄기차게 반복해 왔고" 앞으로도 계속 쓸 작정임을 다음 인용문을 통하여 확인할 수 있다.

> 나의 동어 반복은 당분간 아니 내가 소설가인 한은 계속될 것이다. …… 내 상처에서 아직도 피가 흐르고 있는 이상 그 피로 뭔가를 써야 할 것 같다. 상처가 아물까봐 일삼아 쥐어뜯어 가면서라도 뭔가를 쓸 수 있는 싱싱한 피를 흐르게 해야 할 것 같다.
> 왜냐하면 그건 내 개인적인 상처가 아니라 우리 모두의 무참히 토막 난 상처이기 때문이다. 「나에게 소설은 무엇인가」, 같은 책, p.126

박완서는 6·25 체험의 비극성이 자기 작품의 주류를 이루는 이유를, 그 고통이 자기 혼자의 것이 아니라 우리 모두의 민족적인 비극이라는

---

4 「나에게 소설은 무엇인가」, 『박완서 문학앨범』, 웅진출판사, 1992, p.126.
5 「부처님 근처」, 같은 책, p.63.

사실에 두고 있다. 따라서 그것이 망각되는 것을 그는 참을 수 없는 것이다. 그래서 등단할 때부터 줄기차게 6·25 체험을 작품화했고, 그 전쟁이 끝난 지 30년이 되어 가던 1980년대에도 「엄마의 말뚝」 시리즈를 위시하여 여러 편의 6·25 관련 소설들을 썼으며, 1990년대에도 「엄마의 말뚝」 3을 필두로 하여 「그 많던 싱아는 누가 다 먹었을까」, 「그 산이 정말 거기 있었을까」 같은 자전적 소설에서 그 기억들을 반추하는 작업을 지속하고 있다. 그것은 씨의 말대로 "상처가 아물까봐 일삼아 쥐어뜯는" 행위라고 할 수 있다. 그 비극은 잊혀져서는 안 된다는 것이 이 작가의 신념이기 때문이다. 그것은 일종의 6·25 고착증이라고 할 수 있다.

씨에게는 여러 가지 유형의 글쓰기가 있다. 토악질 같은 글쓰기와 복수의 수단으로서의 글쓰기, 그리고 증언으로서의 글쓰기, 가면 벗기기의 글쓰기 등이 그것이다. 박완서의 6·25를 소재로 한 소설에는 자전적인 것과 비자전적인 것이 있는데, 전자의 경우가 토악질에 해당된다. 그것은 카타르시스를 목적으로 하는 문자 행위이다. 그런데 아무리 토악질을 해도 찌꺼기가 여전히 남아 있어 카타르시스가 완성되지 못하기 때문에, 그 작업은 끝이 나지 못하는 것이다. 30년이 지나도 그 일에서 헤어나지 못하는 이유가 거기에 있다.

두 번째는 현실에 대한 복수의 수단으로서의 글쓰기다. "그거야말로 고약한 우연에 대한 복수다."[6]라고 작가는 자신의 글쓰기의 성격을 규정한다. 씨는 억울한 일을 당할 때마다 글을 써서 복수할 것을 다짐하고 있었음을 다음 인용문들을 통하여 확인할 수 있다.

---

6 「그 많던 싱아는 누가 다 먹었을까」, 같은 책, p.287.

언젠가는 소설로 갚아줄 수도 있다고 생각한 적도 있었지요. 그것은 그런 수모와 굴욕 속에서 최소한 자존심을 구하기 위한 자위 행위이기도 했습니다.

조선희, 같은 글, 같은 책, p.40

그건 앞으로 글을 쓸 것 같은 예감이었다. 그 예감이 공포를 몰아냈다.

「그 많던 싱아는 누가 다 먹었을까」, 같은 책, p.287

그것은 짓밟힌 자존심을 회복하기 위한 복수의 수단으로 성격 지워진다. 글쓰기를 통하여서만 씨는 자신의 벌레의 시간에서 벗어날 수 있었던 것이다. 그것은 일종의 주문 같은 성격을 지니기도 한다. 앞으로 글을 쓸 것 같은 예감만으로도 1·4 후퇴 때의 텅 빈 서울에 대한 공포감이 사라져버렸기 때문이다. 고난을 당하거나 수모를 받을 때마다 문학으로 보상받을 것이라는 희망이 위로가 되고 있는 것이다. 그러니까 박완서에게 있어서 글쓰기는 구원의 가능성이었으며, 닫혀진 문 앞에서 외우는 알리바바의 주문 같은 것이었다. 그것은 비단 6·25 체험에만 국한되는 현상이 아니다. 1976년에 발표한 「조그만 체험기」에서도 복수로서의 글쓰기는 여전히 위력을 발휘하고 있고, 페미니즘을 표방한 일련의 작품들에서도 같은 것이 감지된다. 그러니까 박완서의 펜은 인간의 인간다움을 짓밟고 말살하는 것들을 찌르고 저미는 칼이기도 하다. 그 칼로 씨는 모든 대상을 가차없이 난도질한다.

씨의 글쓰기의 세 번째 목적은 증언으로서의 성격을 지닌다. 자전적 소설이 6·25 체험의 카타르시스를 목적으로 하는 데 반하여, 비자전적 소설들은 6·25 체험의 목격담을 주축으로 하여 형성된다. 「그 살벌했던 날의 할미꽃」(1977), 「그해 겨울은 따뜻했네」(1982)처럼 타인의 이야기만 다루어진 경우가 거기에 해당된다. 하지만 자전적 소설의 경우에서도 증언적 성격은 표출된다. 그래서 증언과 토악질이 공존하는 현상이 나타난다. 자전적 소설에서는 토악질을 공제한 부분이 증언에 해당되는 것이다. 6·25 동란기 중에서 일반에게는 알려지지 않은 1·4 후퇴 후의 서울의 풍경과, 수복 초기의 폐허화된 서울의 외양, 풍속의 변이등의 형상화는 박완서가 문학사에 남긴 희귀한 증언들이다. 씨는 자기밖에는 아는 사람이 없는 이 역사적 순간들을 증언해야 할 증인으로서의 책무를 느꼈고, 그래서 그것들을 되풀이하여 작품화한 것이다. 씨의 글쓰기의 직접적인 동기가 박수근 화백의 6·25 체험을 증언하려는 데서 시작되고 있는 사실이 그것을 입증한다. 선전에 입선한 화가 박수근, 사후에 세계적인 명성을 얻은 화가 박수근이 P.X.에서 G.I.들의 초상화를 그리고 몇 달라씩 받아 연명하던 시기의 이야기를 "증언하고 싶어" 씨는 현상모집 소설을 쓰기 시작했다고 「나에게 소설은 무엇인가」에서 고백하고 있다.[7] 그래서 이 소설은 애초에 박수근의 전기로서 기획되어졌다. 그런데 박수근의 전기를 쓰다 말고 씨는 자신의 이야기도 함께 증언하고 싶어져서 전기 대신에 소설을 쓴다. 그것이 데뷔작인 「나목」이다. 그래서 거기에서는 '나'와 '남'의 이야기가 함께 증언되고 있다. 토악질과 증언이 뒤섞여 나타나고 있는 것이다. 그런 현상은 씨의 다른 소설에서도 자주 나타난다. 임금님의 귀가 당나귀 귀인 사실을 목숨을 걸고 증언한 설화 속의 이발사처럼, 씨는 자기만이 보고 들은 일들을 증언하려는 강한 의무감에서 글을 쓰기 시작한 작가다. 동란기에 남들이 모르는 서울의 모습을 많이 본 씨는 자기만이 아는 그 전쟁의 모습들을 증언해야 할 의무를 절감한 것이다.

---

7 「박완서 문학앨범」, p.138.

그때 문득 막다른 골목까지 쫓긴 도망자가 휙 돌아서는 것처럼 찰나적인 사고의 전환이 왔다. 나만 보았다는 데 무슨 뜻이 있을 것 같았다. …… 나 홀로 보았다면 반드시 그 걸 증언할 책무가 있을 것이다. 그거야말로 고약한 우연에 대한 정당한 복수다. 증언할 게 어찌 이 거대한 공허뿐이랴. 벌레의 시간도 증언해야지. 그래야 난 벌레를 벗어날 수 있다.

「그 많던 싱아는 누가 다 먹었을까」, 같은 책, p.286

1·4 후퇴 후의 텅 빈 서울을 보면서 느낀 목격자로서의 이러한 의무감은, 증언해야 할 타인의 이야기에까지 확산되고, 그래서 박수근의 6·25 체험을 증언하려고 시작된 씨의 글쓰기는, 일단 시작되자 봇물이 터지듯이 숨가쁘게 이어진다. 토악질을 아무리 해도 개운해지지 않는 내면적 상처의 크기와, 증언해야 할 일들의 부피는 씨의 소설 쓰기의 풍요한 원동력이 되고 있다.

남들은 잘도 잊고, 잘도 용서하고 언제 그랬느냐 싶게 상처도 감쪽같이 아물리고 잘만 사는데, 유독 억울하게 당한 것 어리석게 속은 걸 잊지 못하고 어떡하든 진상을 규명해보려는 집요하고 고약한 나의 성미가 훗날 글을 쓰게 했고 나의 문학 정신의 뼈대가 되지 않았나 싶다.

「문학앨범」, p.123

이 부분은 박완서가 성격적으로도 증인으로서의 자질을 지니고 있음을 시사해 준다. 그리고 보면 박완서는 성격적인 면에서나 체험의 특이성, 그리고 기억력, 분석력, 표현력 등의 여러 면에서 증인으로서의 요건을 완벽하게 갖춘 작가다. 이것은 씨가 리얼리스트라는 말과 같은 의미를 지닌다. 리얼리즘은 증언의 문학이기 때문이다. 거기에서 작가는 외부적 현실을 객관적으로 증언하는 성실성을 지녀야 한다.[8] 현실을 있는 그대로as it is 재현해야 하기 때문에 거짓말을 해서는 안 되는 것이다.

거짓말을 하지 않으려 노력하는 것은 박완서의 기본적인 창작 태도다. 씨는 자기 자신이 대상인 경우에도 그 계율을 잊지 않는다. 위악적이라고 부를 정도의 철저한 결벽증을 가지고 씨는 자신을 분석하고 해부한다. 그리고 그것을 되도록 정확하게 재현하려고 노력한다. 이 규범은 다른 사람과 사물들에 고루 적용된다. 씨는 거짓말을 하지 않기 위해서 글을 쓰는 작가 중의 하나이다. "어떡하든 진상을 규명해 보려는 집요하고 고약한" 성격이야 말로 리얼리즘에 적합한 요건이다. 데미안 그랜트의 분류에 의하면 씨의 문학은 '양심의 리얼리즘'에 해당된다. (*Realism* 참조)

네 번째 목적은 가면 벗기기다. 씨는 사물의 겉에서 보이는 허상에 속지 않고, 그 본질에 접근하는 것도 목적으로 삼고 있음을 다음 인용문을 통하여 확인할 수 있다.

사물의 허위에 속지 않고 본질에 접근할 수 있는 직관의 눈과, 이 시대의 문학이 이 시대 작가에게 지워 준 짐이 아무리 벅차도 결코 그걸 피하거나 덜려고 잔꾀를 부리지 않을 성실성만은 갖추었다는 자부심 역시 나는 갖고 있다.　　　　　　　　　　　　　　　　　　　　『꿈을 찍는 사진사』 후기

가면 벗기기의 목적은 삶의 본질 찾기와 직결된다. 허위에 속지 않고 본질에 접근하기 위해 박완서는 가면 벗기기에 열중한다. 사물의 가면 너머에 있는 본질을 파헤치는 것을 작가의 기본 작업으로 보기 때문이

---

8 졸저, 『자연주의문학론』 1, 고려원, 1988, pp.33-51 참조.

다. 사실상 씨는 가면 벗기기의 명수다. 씨의 가면 벗기기는 철저하고 도 냉혹하다. 그 철저함은 자기 자신의 가면 벗기기에도 해당된다. 그 래서 이 작가는 '전천후 폭격기'라는 평을 듣게 되는 것이다.[9]

삶의 참모습authenticite을 탐색하기 위해 일상성의 허물을 벗기는 일에 열중한다는 점에서 박완서는 「가면의 생Pseudo」의 작가인 에밀 아자르 와 유사한 면을 가지고 있다.[10] 관심의 폭은 아자르 쪽이 훨씬 넓다. 그 는 소련의 인권 탄압을 우려하며, 칠레와 캄보디아의 폭정을 근심하느 라고 잠을 자지 못한다. 거기 비하면 박완서의 관심의 폭은 아주 좁다. 씨는 여주인공을 주축으로 한 세계에 관심의 대상을 한정한다. 자신이 잘 모르는 세계나 추상적인 것들에 거부반응을 가지고 있기 때문이다. 따라서 박완서의 세계는 철저하게 자신의 주변으로 제한된다. 그 속에 서 씨는 한 알의 모래알을 통하여 우주를 보는 블레이크식 접근법을 채 택한다. 자신의 6·25 체험을 한국 전체의 분단의 비극에까지 확산시키 는 데 성공을 거두고 있는 것이다. 시계가 좁은 대신에 현실에 대응하 는 자세는 박완서 쪽이 더 진지하다. 박완서는 아자르처럼 삶의 진상을 감당하지 못해 짐승이나 광인 흉내를 내는 짓은 하지 않는다. 그는 맨 정신으로 삶의 본질을 꿰뚫어보려고 눈을 부릅뜨고 서 있다. 씨는 강철 같은 의지와 집요한 결벽증을 가지고 인간의 가면 벗기기에 전념하는 것이다.

박완서는 자신을 '민족주의적 개인주의자'라고 규정 지은 일이 있 다.[11] 민족주의는 잠시 접어두고 개인주의의 측면만 보면 씨의 주장을

---

9 정영자, 「현대소설의 특성과 그 문제점」, 『분단현실과 비평문학』, 한국평론가협회 편, 1986, p.322.

10 에밀 아자르 저, 강인숙 역, 『가면의 생』, 문학사상사, 1979 해설 참조.

11 「개성과 저믄 날을 건너오는 소설의 징검다리」, 『문학정신』, 1991. 11, p.19.

수긍할 수 있다. 씨의 세계의 핵심이 되는 것은 개인존중 사상이다. 그것은 개개의 인간의 기본권에 대한 존중을 의미한다. 씨에게 있어 개개의 인간은 그지없이 소중하고 귀한 존재다. 씨가 약하고 힘 없는 사람들의 인권이 침해되는 것을 참지 못하는 이유가 거기에 있다. 추상적인 것을 달가워하지 않는 박완서는 거창한 이론이나 이데올로기로 무장하는 것을 피한다. 씨에게 있어 유토피아는 인간이 인간다운 대접을 받으며 사는 박적골 같은 소박한 곳이다. 그리고 바람직한 사회는 인간이 인간으로서의 본질을 상실하지 않는 사회인 것이다.

씨의 글쓰기가 '가면 벗기기'나 '칼질'이 되는 이유는 그것이 개인의 존엄성을 해치는 것들에 대한 고발인 데 기인한다. 박완서는 사람이 사람답게 사는 사회를 갈망한다. 그것은 억울한 일을 당하는 사람이 없는 사회이다. 6·25의 이야기나 페미니즘 계열의 소설들은 외견상 달라 보이나, 억울한 사람들에 대한 증언이라는 점에서는 공통성을 지닌다. 씨가 이 두 계열의 소설을 거듭거듭 써나가는 이유는, 전쟁이나 인습이 인간성을 해치고 있는 데 대한 분노에 있다. 허위에 대한 미움도 같은 곳에서 촉발된다. 그것 역시 사람이 사람다움에서 멀어지는 것에 대한 항변이다. 인간뿐 아니라 사물이 그 본성을 잃는 것도 이 작가는 견디지 못한다. 씨의 글쓰기가 난도질이 되는 이유 중의 하나가 거기에 있다. 아이들이 분재처럼 부자연스러운 모습으로 세련되어지는 것에 대한 항변, 교환가치에 놀아나는 시장 지향적인 사람들에 대한 냉혹한 풍자 등도 같은 문맥에서 짚어볼 수 있다. 토악질, 증언, 복수로서의 글쓰기가 주로 6·25 체험과 관련되는 반면에, 가면 벗기기의 대상은 1970년대의 인간상이 되는 이유도 같은 곳에 있다. 한 번도 누려 보지 못한 풍요의 시대가 처음으로 다가왔을 때, 많은 사람들이 본성을 잃고 미친 춤들을 추어댔기 때문이다.

박완서의 글쓰기의 이런 목적들은 그의 문학의 성격을 규정한다. 그것은 토악질이고 난도질이며, 허물 벗기기 작업이기 때문에, 거기에는 낭만적인 사랑이나 달콤한 밀어가 들어설 자리가 없다. 씨의 문학이 "풍자와 비판의 칼날만이 거의 살기를 띠며 번뜩인다."[12]거나 "앙심 품은 냉소만을 지닌 시선",[13] "전천후 폭격기"[14] 등의 혹평을 받는 이유가 거기에 있다. 씨의 70년대의 문학에서는 삶의 긍정적인 면보다는 부정적인 면이 압도적으로 우세했던 것이 사실이다. 망령에 갇혀 사는 암담한 생활이 삶을 보는 작가의 시선을 부정적으로 만드는 요인을 형성한 것이라고 할 수 있다.

하지만 1980년대에 들어서면 박완서의 글쓰기의 성격에 변화가 일기 시작한다. 부정적 안목, 야박스러울 정도의 허물 벗기기 작업은 여전히 계속되지만, 부정하거나 거부하는 것들 사이에서 작가가 긍정하고 싶어 하는 것들이 조금씩 고개를 내밀기 시작한다. 박완서에게 있어서 1980년대는 개인적인 측면에서도 변화가 많았던 시기였다. 오랫동안 치매 상태에서 그를 괴롭히던 시어머니가 1979년에 돌아가셨고, 1980년에는 첫손자를 보았으며, 1981년에는 한옥 생활을 끝내고 아파트로 이사했고, 가톨릭에 귀의했다. 1980년대는 이 작가의 가족의 구성원이 바뀌고, 주거 양태도 달라지며, 종교적인 면에서도 변화가 생기는, 다변적인 변화 속에 놓인 시기였던 것이다.

이런 변화들이 문학에도 반영된다. 1980년대의 문학에서는 노인문제와 더불어 아이에 대한 관심이 표면화되며, 아파트라는 주거공간이 클

---

12 성민엽, 「윤리적 결단과 소설적 진실」, 『박완서론』, 삼인행, 1991, p.40.
13 원윤수, 「꿈과 좌절」, 같은 책, p.160.
14 주 17 참조.

로즈업되는 것뿐 아니라, 6·25 이전의 시기인 유년기와 소녀기에도 조명이 주어지기 시작한다. 그렇다고 6·25의 악몽에서 완전히 벗어나는 것은 아니다. 1980년에 「엄마의 말뚝」1에서 유년기로 돌아갔던 작가의 시선이, 그 다음 해에는 다시 오빠의 죽음을 다룬 「엄마의 말뚝」2로 되돌아가고 있기 때문이다. 하지만 시간이 지남에 따라 전쟁 이전의 세계에도 눈을 돌릴 만큼 정신적 여유가 늘어난다. 그와 함께 삶을 바라보는 작가의 시선에 변화가 일어나는 것이다.

이 시기에 박완서는 생명의 본질을 응시하며, 그 훼손되지 않은 양상을 추적하는 일련의 소설들을 쓴다. 1980년대 벽두에 쓴 「그 가을의 사흘 동안」(1980)은 그런 변화의 상징적 작품이다. 여기에서 씨는 전쟁의 피해에 대한 복수 일념으로 수십 년의 세월을 이를 갈면서 살아가는 야차 같은 여인을 설정해 놓는다. 그러고 나서 그 여인의 내면 가장 깊숙한 곳에 훼손되지 않고 남아 있던 모성본능을 아주 드라마틱하게 드러낸다. 모성회복을 향한 그 여의사의 갈망은, 「엄마의 말뚝」1(1980. 9)에서는 박적골이라는 잃어버린 낙원을 형상화하는 것으로 표면화된다. 모성과 박적골은 씨의 1980년대 문학의 특성을 예시한다. 그 뒤를 이어 나온 「유실」(1982. 5), 「울음소리」(1984. 2), 「꽃을 찾아서」(1986. 8), 「미망」(1990) 등이 그 연장선상에 자리한다.

「그 가을의 사흘 동안」은 씨가 처음으로 미움의 질곡에서 벗어나 사랑의 싹을 보여준 소설이라는 점에서 기억할 작품이며, 「엄마의 말뚝」1은 도시와 전쟁이 자신을 망가뜨리기 이전에 씨에게 있었던 낙원을 보여준다는 점에서 주목을 끈다. 하지만 이 작품은 단순한 망향의 노래가 아니다. 박적골의 가치는 우선 그곳에 사랑이 충만했다는 데 있기 때문이다. 인간이 인간답게 대접받는 곳이 박적골이며, 행동의 자유와 인간의 존엄성이 존중되는 곳이 박적골이다. 그래서 그곳은 박완서에게는 낙원이 되는 것이다. 그것은 박완서 자신의 개인적 체험이 밑받침이 되어 형성된 낙원관이지만, 그렇다고 해서 성민엽이 생각한 것처럼 박적골에 대한 '과거 지향적'[15] 향수만은 아니다. 그곳에 대한 그리움은 때묻지 않은 사물들과 인간에 대한 작가의 사랑을 의미하며, 그것은 1980년대의 도시의 현실 속에서도 그대로 지속되고 있기 때문이다.

박적골의 토종국화는 「울음소리」의 아이, 「유실」의 성, 「꽃을 찾아서」의 흰비듬꽃 등과 동질성을 지닌다. 그것들은 박완서가 사랑하는 생명의 순수함과 그 참모습을 상징한다는 점에서 등가관계를 가지게 되는 것이다. 토종국화와 아이가 동질성을 지니듯이 6 · 25 체험과 남성 우월주의에 대한 공격, 산업 문명에 대한 혐오 등도 동질성을 지니고 있다. 전자가 삶의 훼손되지 않은 원질을 대표하는 것들이라면, 전쟁과 도시화는 삶을 망가뜨리는 것들을 대표하기 때문이다. 이런 박완서의 1980년대적 특성을 이선영은 '생명주의'라고 명명하고 있다.

> 삶의 근원적인 활력을 소중히 생각하는 이 작가의 생명주의는 답답한 질서나 빛나는 문명보다 활기찬 야성과 순수한 성본능을 신뢰하고, 첨단적인 기술이나 기계보다 인간의 생명을 사랑하고 또 중용과 평형에서의 일탈을 가능케 하는 싱싱한 인간내면에 집착하는 것이다. 그리고 이러한 생명주의는 인간의 참다운 삶의 가치를 밝히고 지켜 나가려는 박완서의 휴머니즘과도 동질적인 것이므로 그것은 그 자체를 저해하는 사회와 역사의 모순이나 문명의 해독을 비판하게 마련이다.
>
> 「세파 속의 생명주의와 비판의식」, 앞의 책, p.73

---

15 성민엽, 같은글, 같은 책, p.39.

생명주의라는 용어는 생소하지만 위의 글은 박완서의 1980년대적 특징을 잘 드러내고 있다. 일단 자리잡기 시작한 이런 특성들은 1980년대 후반에 겪은 남편과 아들의 죽음에 의해서도 흔들리지 않고 지속된다. 재난을 받아들이는 자세가 달라졌기 때문이다. "왜 하필 나에게만 재앙이 내리는가"라고 악을 쓰면서, 다른 사람들에게도 자기와 같은 비극이 고루 내려지게 전쟁이 더 계속되어야 한다고 주장하던 「나목」의 주인공이 이십대의 작가를 대변한다면, 딸 넷을 낳고 나서 겨우 얻은 외아들을 잃고 나서 "왜 나에게만 재앙이 내려서는 안 된다는 말인가" 하고 자문하는 여인은 1980년대 후반의 작가의 모습이다. 작풍이 달라지는 것은 당연한 일이라고 할 수 있다.

필자는 박완서의 소설에 나타나는 1970년대적 특성이 1980년대에 와서 어떻게 달라져 가는가를 밝히기 위하여, 2장에서는 박완서의 세계에 나타나는 도시의 변모 양상을 추적해보기로 했다. 씨의 세계에 있어서 작품의 공간적 배경의 변화는 작가 의식의 변화를 측정하는 척도를 제공한다. 박적골과 서울의 변별 특징이 씨의 유토피아와 실낙원의 지표가 되고 있기 때문이다. 박적골이 낙원적인 곳이라면 서울이라는 도시는 그 반대의 극에 자리하는 에덴의 동쪽 지역을 의미하는 것이 이 작가의 도시관의 특징이며, 기본율이다. 따라서 도시의 양상의 변모 과정은 곧 박완서의 세계관의 변화에 호응한다는 점에서 작가의 지향점을 밝히는 데 도움이 되리라고 생각했다.

도시의 양상의 변화를 추적함에 있어서 발표 연대보다는 작품의 시간적 배경에 역점을 두어 그 순서대로 배열했다. 시공간chronotopos의 패턴을 찾을 수 있는 자전적 순서대로 배열한 것이다. 그래서 1) 「엄마의 말뚝」 1(1980)에 나타난 동란 이전의 서울, 2) 「나목」(1970)과 「목마른 계절」(1972)에 나타난 동란기의 서울, 3) 「도시의 흉년」(1979)에 나타난

1970년대의 서울을 분석해본 후, 4)「울음소리」(1984)와 「닮은 방들」
(1974), 「포말의 집」(1976)을 비교하여, 씨의 소설에 나타난 도시의 양상
의 변모를 통하여, 1970년대와 1980년대 문학에 나타난 작가의 인생관
과 세계관의 변화를 유추하는 방법을 채택한 것이다.

　3장에서는 씨의 세계에 나타난 모성의 변화를 고찰해보기로 하였다.
씨의 1980년대적 특징이 박적골의 회복과 연계되는 모성의 회복에 있
다고 사료되었기 때문이다. 박적골과 모성은 이 작가가 지향하는 세계
를 받치는 두 개의 기둥이다. 대상 작품은 그 계열의 소설을 대표하는
「엄마의 말뚝」 1과 「그 가을의 사흘 동안」, 「울음소리」의 세 편으로 한
정했다. 배경론과 모성론을 통하여 박완서의 작가로서의 지향점과 그
변모 과정을 점검하는 것이 이 글의 목적이다.

Ⅱ부

박완서

소설에

나타난

도시의 양상

1960년대 후반기부터 본격화되기 시작한 한국의 근대화는, 그 원형이 되는 서구의 근대 사회가 안고 있던 문제들을 그대로 답습한 것이라 할 수 있다. 자본주의 경제 체제가 안고 있는 부富의 공평 분배의 어려움, 기계화·산업화의 부산물로 등장하는 공해 문제, 물신物神 숭배와 감각주의, 상업주의와 소비문화, 조직 사회 속에서의 인간의 획일화, 인간 소외의 경향 등은 우리가 그들과 공유해야 할 달갑잖은 공유 지분이다.

거기에 한국만의 여건들이 첨가된다. 농경민적 보수 성향과 산업화의 템포와의 불균형, 유교의 정신주의와 물질주의적 가치관과의 상충, 가족주의적 전통과 시민 의식과의 갈등, 분단국가로서의 이데올로기의 싸움 같은 것들이 전자의 문제들에 가산되어 이중, 삼중의 문제성을 함유한 채로 한국의 산업화는 불과 30년 동안에 GNP가 수십 배로 늘어나는 초고속의 성장 가도를 달려온 것이다.

다른 나라의 경우와 마찬가지로 한국의 근대화도 산업화와 밀착되어 있다. 농경 사회에서 산업 사회로의 이행 과정은 우선 인구의 도시 집중

현상으로 나타난다. 산업화는 과학화이면서 동시에 도시화를 의미하기 때문이다. 우리나라의 경우는 산업화의 속도보다 도시화의 속도가 더 빠른 특이한 현상을 나타내고 있다는[1] 사실을 감안할 때, 한국의 산업화가 안고 있는 문제들은 도시화 현상과 유착되어 있음을 알 수 있다.

물론 산업화가 곧 도시화를 의미하는 것은 아니다. 근대 이전에도 도시는 있어 왔기 때문이다. 하지만 서울의 경우 1960, 1970년대 이전과 이후가 너무나 판이하다. 그것은 우선 건축물의 높이로서 가시화된다. 한강 둑 쌓기와 병행하여 강변에 나타난 고층 아파트 단지들과 도심의 고층 건물군이 서울의 스카이라인을 확연하게 바꾸어놓았다. 다음은 도로망의 확충이다. 경부·호남 고속도로의 건설과 때를 같이하여 도심에도 청계고가도로가 생겨났으며, 많은 육교들이 세워져 교통의 입체화가 이루어졌고, 강남에는 강북에서는 상상도 할 수 없을 만큼 넓은 도로들이 바둑판 무늬로 그어지고, 자동차들이 그 넓은 길을 메우기 시작했다. 서울의 하늘이 스모그로 덮이는 날들이 시작된 것이다. 도시의 외형상의 변화는 주민들의 내면 풍경과 조응관계를 가진다. 하늘을 덮은 스모그는 사람들의 내면에 쌓이는 혼란의 부피와 비례하며, 주거 양식의 변화는 윤리와 풍속의 변화를 수반하고, 거리를 메우는 자동차의 행렬은 공해·소외 등의 병리적 현상과 조응한다.

따라서 1970년대의 문학은 문학사상 처음으로 본격적인 도시문학urban literature의 성격을 지니게 된다. 주민의 이질성에서 생겨나는 동질성의 상실, 가진 자와 못 가진 자와의 갈등의 심화, 공해와 질병, 범죄와 폭력, 윤리적 이중구조에서 생겨나는 세대 간의 갈등, 감각주의와 상업

---

1 고영복, 「한국 도시화의 과정 분석」, 『서울대 인문사회과학 논문집』 16호, pp.76-78 참조.

주의의 범람 등은 1970년대 문학의 핵심적 주제를 이루는 요소들이다. 1930년대에 시작된 한국의 도시문학은 이 시기에 와서 본격적인 궤도에 오르게 되기 때문에 1970년대 작가를 다룰 때에는 우선 도시 문제와 연관지어 고찰하게 된다.

박완서는 1970년대 작가 중에서도 대표적인 도시문학의 작가라고 할 수 있다. 1970년대에 시작하여 오늘에 이르는 사반 세기 동안에 씨는 거의 서울을 무대로 한 소설만 썼다. 리얼리스트인 박완서는 'here and now'의 원칙에 철저했고, 자신이 살던 곳이 도시였기 때문에 소설의 배경도 서울이 되는 것이다. 하지만 소설의 무대가 서울이라는 사실만이 씨를 도시문학 작가로 만드는 것은 아니다. 박완서는 시골과 도시의 생태적 차이를 감지하는 날카로운 감각을 지니고 있다. 씨는 도시의 생태학에 대한 관심이 지대하여 시대에 따른 도시의 변화에 민감하게 호응한다. 씨의 의식의 저변에는 언제나 고향인 박적골에 대한 그리움이 잠재해 있다. 씨에게 있어서 박적골은 낙원이었으니까 상대적으로 도시는 부정적인 곳이 될 수밖에 없는 것이다.

어느 나라의 문학에서도 현대의 도시는 예찬의 대상이기보다는 비판의 대상으로 등장하는 것이 상례이다. 유토피아를 지향하던 19세기적 낙관주의가 사라진 후, 현대문학에 나타난 도시들은 대체로 「페스트」에 나오는 오랑 시처럼 지옥의 도시infernal city적인 면모를 지닌다.[2] 우리나라 도시 소설의 경우도 마찬가지이다. 현대문학에서 도시가 부정적으로 그려지는 소인은 현대 문명 자체가 물질주의적 기반 위에 세워졌다는 데 있다. 중세의 도시가 지향했던 신의 도시Civitas Dei의 정신적 지표[3] 대

---

2 Oran is an enclosed microcosm of modern urban society where nature is denied and forgotten.
"Oran: Protagonist, Myth, and Allegory", *Modern Ficition Studies*, 1978. Spring, p.77.

신에, 황금만능의 자본주의적 가치관을 채택한 산업 사회의 필연적인 귀결이 소외와 절망, 폭력과 속임수가 판을 치는 부정적 도시를 만들어 낸 것이다. 박완서의 경우는 그것이 더 심화되어 나타난다. 씨는 도시의 흉년과 그 불모성을 주로 그리는 작가이기 때문이다. 씨에게 있어 도시는 박적골이라는 낙원이 상실된 후의 세계를 대표한다.

박완서는 박적골을 인간이 살 최상의 장소로 간주한다. 그것은 박적골에서 보낸 시간이 씨의 가장 자유롭고 행복했던 시기에 해당된다는 사실에만 기인하는 것은 아니다. 박적골적인 환경과 가치관 그 자체를 이 작가는 높이 평가한다. 박완서에게 있어 증오와 불신, 허위와 반목이 응집된 불모의 황야인 도시는, 인간의 인간다움을 말살하는 지역을 의미한다. 그래서 씨는 처음 도시와 만나는 순간부터 도시를 혐오했다. 따라서 씨의 소설에 나오는 도시는 1930년대부터 이미 부정적 장소로 못박혀져, 날이 갈수록 그 부정의 도를 더해 간다.

그러나 같은 부정적인 것이라 해도 때와 장소에 따라 그 뉘앙스가 달라지며, 시간의 추이에 따라 그 혐오도도 변하게 마련이다. 그래서 필자는 1) 동란 이전의 1930, 1940년대의 서울, 2) 동란기인 1950년대의 서울, 3) 1970년대의 서울의 특성을 개별적으로 고찰한 후에 4) 「울음소리」에 나타난 1980년대의 서울과 그 이전의 서울을 비교 분석하는 방법을 택했다. 일제시대부터 1980년대까지의 서울의 변모 과정을 하나의 축으로 하여, 그 안에서의 인물들의 내면적 변화를 검증해서, 박완서의 작가 의식의 변이 과정을 구명해보려는 것이 이 글의 목적이다.

1980년대에 들어서면 박완서의 문학에는 종전과는 분명히 다른 새로

---

3 In earlier time, Civitas Terrena, the earthly city, was seen as striving toward a Heavenly City, Civitas Dei; not expecting to embody on earth its perfection, but not without hope of achieving Good Society. 같은 책, p.71.

운 징후가 나타난다. 지옥의 도시 속에서도 씨는 생명과 모성의 회복을 기도하는 적극적인 움직임을 보여주기 시작하는 것이다. 그 변화는 작가 정신의 변화를 의미한다. 따라서 이 작가의 궁극적인 지향점을 밝히고 그의 지상선至上善의 정체를 탐색하는 데 있어서 씨의 도시관은 중요한 역할을 담당한다. 박완서 연구를 도시의 양상의 변화를 통하여 추적하는 이유가 거기에 있다.

1. 「엄마의 말뚝」 1에 나타난 1930~40년대의 서울

1) 탈농촌의 공간 구조

박완서의 「엄마의 말뚝」 1은 '농바위고개'에서 시작된다. 농바위고개는 1인칭 화자인 '나'가 그때까지 살아온 과거의 세계와, 앞으로 살아갈 미래의 세계와의 사이를 가르는 분수령적인 지점이다. 그 고개를 분계선으로 하여 시골과 대처가 갈라진다. "농바위고개만 넘으면 송도"다. 따라서 이 고개는 주인공인 '나'가 고향 박적골과 영원히 이별하는 마지막 장소가 되는 것이다. 무익한 일인 줄 잘 알면서도 한 번 더 대처에 가기 싫다는 의사 표시를 이 고개에서 하게 되는 이유가 거기에 있다.

고향인 박적골은 농바위고개의 뒤쪽에 있다. '나'는 지금 고향을 떠나 대처로 '끌려가고' 있다. 아직 취학하기 전의 어린 나이에 '나'는 도시에 끌려가서 거기에 정착하게 되는 것이다. 그 후에도 방학마다 박적골에 다니러 가고, 일제 말에는 피난을 가서 박적골에서 해방을 맞았지만, 이 날 이후로 '나'의 현주소는 언제나 서울이었다. 다시는 박적골에 정착하여 사는 일이 없다. 따라서 박적골은 이 소설의 현실적인 배경과는 무관하다. 「엄마의 말뚝」 1의 공간적 배경은 '서울'로 한정된다. '엄마'가 '나'를 강제로 끌고 대처로 나가는 1938년의 탈고향의 시기가 이 소설의 도입부가 되기 때문에, 소설의 무대도 박적골에서 멀리 떨어진 농바위 고개에서 시작된다. 시간적 배경과 공간적 배경이 모두 고향을 등지는 데서 시발이 되는 만큼 「엄마의 말뚝」 1은 '나'의 서울 입성에서 시작되어 '엄마'의 '문 안'에 말뚝 박기에서 마무리가 지어지는 것이다.

하지만 이 소설에서 박적골이 차지하는 비중은 크다. '나'에게 있어 '박적골'은 "꿈의 고장이요, 기억 속의 낙원"이기 때문이다. '나'는 어머니의 강요에 의해 피동적으로 도시에 끌려오기 때문에 고향 상실에서 오는 충격은 너무나 엄청나다. 그래서 이 소설은 '나'의 실락원의 기록이 된다. 박적골은 그녀에게 있어 어머니의 자궁과 같은 곳이다. 한번 떠나면 다시 돌아가는 일이 불가능한 영원한 복지다. 그래서 그곳을 향한 그리움을 씨는 평생 버리지 못한다. 그러나 그것은 어디까지나 주인공의 의식의 내면에서 일어나는 갈망일 뿐, 씨는 다시는 고향을 되찾지 못하고 마는 것이다.

박적골 다음에 나오는 지명은 '송도'다. 송도는 박적골과 서울의 중간에 위치하고 있는 통과 지점이다. 지리적으로는 고향과 서울의 중간에 자리하고 있지만, 주인공의 의식 속에서 송도는 서울과 동질성을 지니는 고장으로 분류된다. 서울과 송도는 모두 '대처'인 것이다. 따라서 송도는 박적골과는 대척적인 성격을 지닌 고장이어서 '나'의 실락원은 송도에서부터 본격화된다. 거기에서 '나'는 할머니와 이별한다. 할머니는 '나'가 고향에서 달고 나온 탯줄과 같은 존재다. 한 번도 따로 존재해본 일이 없는 할머니와 '나'는 송도역에서 처음으로 유리창에 의하여 격리된다. 유리창, 기차 등의 도시적인 사물이 할머니와 '나'를 갈라놓고 마는 것이다.

다음에 나오는 곳이 서울이다. 서울은 '엄마'의 동경의 도시이고 목적
지이다. 그런데 막상 서울에 끌려온 '나'는 서울이 두 세계로 양분되어
있는 것을 발견한다. '문 밖'과 '문 안'이 그것이다. '엄마'의 의식 속에
그 두 세계는 혼동할 수 없을 정도로 판이한 공간으로 각인되어 있다.
도시지향적인 성격을 가진 '엄마'에게 있어 문 밖은 서울이 아니다. 서
울이라는 도시의 도시적인 진면목을 지닌 곳은 문 안뿐이다. 따라서 그
녀의 목적지는 문 안으로 고정된다. 문 안은 그녀가 동경하는 코스모스
이며 이상향이다. 하지만 불행하게도 그녀는 대망의 문 안이 내려다보
이는 문 밖의 척박한 땅에서 십 년 가까운 세월을 보낸다. 그렇다고 해
서 그녀가 문 밖의 주민으로서 안주한 것은 아니다. 가난 때문에 부득
이 하여 문 밖에 말뚝을 박아놓고도 그녀의 정신은 언제나 문 안에 들
어가 있었다. 그런 '엄마'의 현실과 이상의 괴리가 이 소설의 주제를 형
성한다. 그 갈등의 피해자는 '나'였기 때문이다.

오랜 세월이 지난 후 '엄마'는 드디어 문 안으로 입성한다. 박적골을
떠나 문 안에 들어가는 기간은 '엄마'에게 있어서는 과업 성취의 과정이
다. 그래서 문 안에의 입성은 그 성취의 정점이 된다. 그러나 '나'의 경
우는 이와 반대다. '나'에게 있어서 삶의 정점은 박적골이다. 그래서 농
바위고개에서부터 나는 이미 추락의 과정에 들어선다. 어머니와 딸의
이 상극하는 두 세계와 그 갈등이 이 소설의 골격이 된다.

막상 문 안에 들어가자 이번에는 줄곧 문 밖에 의식의 밧줄을 걸어놓
고, 늘 그 주변인 의식에서 벗어나지 못하는 '엄마'의 모순을 지적하는
데서 「엄마의 말뚝」 1은 끝난다. 따라서 이 소설의 공간적 배경은 '서울
의 문 밖'이 된다. 서울의 문 밖에 있는 빈민촌인 현저동이 이 소설의
주무대가 되고 있는 것이다. 농바위고개를 넘어 문 안으로 들어가기까

지의 기간이 「엄마의 말뚝」 1의 시간적 배경이 되기 때문에, 이 소설의
시공간은 '1938년에서 1945년 사이의 서울의 문 밖'이 된다.

2) 두 개의 도시관의 갈등

「엄마의 말뚝」 1은 엄마와 딸의 상반된 도시관의 갈등을 그린 소설이
다. '엄마'는 "이미 처녀적에 문명의 소문에 접할 기회가 있었던" 인물
로,[1] 도시를 이상향으로 보는 유형에 속한다. 그녀의 눈으로 보면 박적
골은 미개지이며 야만의 고장이다. 대처의 양의 같으면 "생손앓이처럼
쉽게 째고 도려내고 꿰매"서 간단하게 고칠 수 있는 병 때문에 그녀의
남편은 목숨을 잃는다. 시어머니는 환자를 의사에게 데려가는 대신에
새로 지은 집에 동티가 났다고 생각하여 무꾸리를 하러 간다. 무꾸리를
하러 가는 시어머니를 따라간 사이에 남편은 숨을 거둔 것이다. 눈병에
대한 처방 역시 원시적이기는 마찬가지이다. 눈병이 나면 시어머니는
손녀에게 거머리를 잡아오게 한다.

> 할머니는 눈꺼풀을 뒤집고 거기다 거머리를 붙이셨다. 실컷 피를 빨아
> 먹은 거머리는 굼벵이처럼 몸이 굵고 굼떠지면서 저절로 그곳에서 떨어
> 졌다. 할머니는 아이 시원해, 아이 거뜬해, 하면서 할머니를 위해 거머리
> 를 잡아온 나의 공로를 칭찬하였다.[2]

---

1 「나목」에서는 엄마가 개성 여인으로 되어 있다.
2 「엄마의 말뚝」 1, 『문학사상』, 1980. 8, p.394.

이런 원시적이고도 미개한 고장에서 자식을 기를 수는 없다는 것이 '엄마'의 신념이었고, 그래서 남편의 3년상을 끝내자마자 '엄마'는 "대처로의 출분을 꿈꿨다." 그것은 어떤 희생이라도 감수할 각오가 되어 있는 '엄마'의 확고한 신념이었기 때문에, 할아버지도 할머니도 말릴 수 없는 것이다. '엄마'에게 있어서 대처는 개명한 곳이다. 거기에 가서 공부만 하면 아들은 성공하여 '문 안'의 어엿한 시민으로 등록될 것이고, 딸은 신여성이 되어 검은 핸드백에 뾰족구두를 신고 자유로운 삶을 영위하게 되리라는 것이 '엄마'의 믿음이요 꿈이다.

그 꿈을 실현하기 위하여 그녀는 시부모를 봉양할 의무, 봉제사할 의무 등 전통적인 맏며느리의 의무를 저버리며, 그와 아울러 재산 상속권도 포기해버린다. 가진 것은 자신의 바느질 솜씨밖에 없는 그녀는, 도시에 가면 밑바닥 인생을 살 처지에 놓인다는 것을 잘 알고 있다. 그런데도 그녀의 도시행의 꿈은 확고부동하다. 그녀에게 있어서 대처는 자식을 사람답게 기를 수 있는 유일한 곳이다.

하지만 그녀의 자식 중의 하나인 '나'는 그와 정반대의 의견을 가지고 있다. '나'에게 있어서 대처는 공포의 대상이다. 그곳은 사람을 얽어매는 올가미를 가진 곳이다. 그 올가미는 "대처에 가면 꼭 해야 한다는 그 성공이라는 것"이다. '나'는 오빠가 그 올가미를 쓰는 것을 보면서 대처에 대한 두려움을 키워 간다. "엄마와 대처가 공모해서" 그것을 오빠에게 씌우고 있는 것이다. '나'는 올가미에 얽혀 있는 오빠가 불쌍했다. 올가미에 대한 두려움은 '나'에게 "대처라 부르는 송도나 서울에 대해 그 나이 또래의 계집애다운 막연한 동경조차 품지 못하게" 한다. 그래서 사랑하는 오빠와 엄마가 대처에 나가 있는데, '나'는 그들을 보러 대처에 가고 싶다는 생각조차 하지 않는다. '나'는 박적골에 있는 것을 최상의 행복으로 간주한다.

박적골은 나의 낙원이었다. 뒤란은 작은 동산같이 생겼고 딸기 줄기로 뒤덮여 있었다. 그 밖에도 앵두나무, 배나무, 자두나무, 살구나무가 때맞춰 꽃 피고 열매를 맺었고, 뒷동산엔 조상의 산소와 물 맑은 골짜기와 밤나무, 도토리나무가 무성했다. 사랑마당은 잔치 때 멍석을 깔고 차일을 치면 온 동네 손님을 한꺼번에 칠 수 있도록 넓고 바닥이 고르고 판판했지만 둘레 에는 할아비지가 좋아하시는 국화나무가 덤불을 이루고 있었다.[3]

거기에서 "나는 하고 싶다고 생각해서 안 되는 게 없었다." 박적골에 서 그녀는 방목된 짐승처럼 자유로웠던 것이다. 그 자유가 소중하여 '나'는 "올가미 같은 건 쓰고 싶지 않았다." 하지만 '엄마'는 드디어 '나' 에게도 올가미를 씌우려고 작정을 했다. '나'를 대처에 데리고 가서 신 여성을 만들려고 결정한 것이다. "신여성이 뭔데?" 하고 묻자 '엄마'는 공부를 많이 해야 신여성이 되며, 신여성이 되면 "까만 통치마를 입고, 뾰죽구두 신고 한도바꾸 들고 다닌다."고 대답했다. 그건 '나'가 되고 싶 은 것과는 너무나 거리가 먼 것이다.

나는 긴 머리 꼬리에 금박을 한 다홍 댕기를 드리고 싶었고, 같은 빛깔 의 꼬리치마를 버선코가 보일락 말락하게 길게 입고 그 위에 자주 고름이 달린 노랑저고리를 받쳐 입고 꽃신을 신고 싶었다.

따라서 '나'가 원하는 차림새는 그 어느 한 항목도 신여성과는 맞는 구석이 없었다. 색깔, 선, 형태, 길이 등 모든 것이 '나'의 고전적인 현란 한 물색과는 배치되는 신여성의 차림새는 '나'에게는 타기해야 할 대상

3 「엄마의 말뚝」 1, 앞의 책, p.389.

이었다. '나'는 신여성 같은 건 절대로 되고 싶지 않았다. 그래서 '엄마'가 '나'마저 대처로 데려 가려고 박적골에 왔을 때 '나'는 할머니 목에 매달려서 "오래간만에 만나는 엄마를 차디차게 노려보면서 막무가내 안 따라가려고 했다." 거기에 할머니까지 가세하자 '엄마'는 강권을 발동했다. 어느 날 머리를 빗기는 척하면서 '나'의 머리를 "쌍동 짤라버린" 것이다. 거울에 비추어보니 "뒷머리가 아궁이 모양으로 패어지고 뒤통수의 맨살이 허옇게 드러나 있었다."

그 사건은 '엄마'와 '나'와의 내면적 단절을 의미했다. '나'가 '엄마'에게 가지는 유일한 애착은 머리 빗기는 일에 있었기 때문이다. 종종머리를 빗겨 줄 때의 "엄마의 야무진 손끝을 통해 전달되는 애정 있는 성깔"을 '나'는 아주 좋아했다. '엄마'의 강제적인 삭발 행위는 '나'에 대한 모욕이었으며, '나'에게 도시의 낙인을 찍는 행위였다. 뿐만 아니라 그건 배신 행위였다. 믿고 맡긴 머리를 무단히 잘라버린 것이다. 그래서 삭발 사건은 모녀 사이를 이어주던 마지막 유대마저도 끊어지게 했다. 하지만 그 게임에서는 '엄마'가 이긴 셈이다. "그 꼴을 하고 그곳에 남아 있어 봤자"라는 절망감이 '나'의 기를 무참하게 꺾어놓아 그녀의 뒤를 따라 나서게 만들었기 때문이다.

따라서 '나'의 도시행은 순전히 강요되어진 것이다. 그 폭력에 맞설 힘이 없어서 '나'는 삼손처럼 머리를 잘린 채 미지의 고장으로 끌려가고 있는 것이다. 도시에 대한 뚜렷한 혐오감을 지닌 채 강제로 끌려가는 아이가 도시에 대하여 부정적인 감정을 가지게 되는 것은 당연한 일이라고 할 수 있다. 그래서 '나'는 아직 도시가 나타나기도 전에, 농바위고 개에서부터 "추락하고 있는 것 같은 아찔한 공포감과 속도감"에 사로잡힌다. 그것은 바닥을 모르는 곳을 향한 추락의 공포이다. '엄마'와 '나'의 상극되는 도시관이 극과 극을 이루면서 한집에서 공존하는 데서 갈등이

고조되게 되는 것이다.

3) 대처와의 만남 – 송도松都

이러한 공포감 속에서 '나'는 최초의 도시인 송도와 만난다. 고개의
정상에 다다르니 "엄마가 방금 보자기에서 풀어놓은 것처럼" 송도가 눈
앞에 펼쳐져 있었던 것이다.

(1) 빛의 덩어리

주인공의 눈에 비친 송도의 첫인상은 눈부신 빛으로 나타난다. 그것
은 '빛의 덩어리'였다. "기와지붕과 네모난 이층집 유리창에서 박살나는
한낮의 햇빛은 무수한 화살처럼 적의敵意를 곤두세우고 있었다." 그 적
의를 곤두세운 빛의 덩어리는 자신이 본 최초의 도시인인 외삼촌의 인
상과 닮아 있었다. "대처는 외삼촌 같은 얼굴을 하고 있었"던 것이다.
외삼촌이 쓰고 있는 안경은 어려서 장난을 치다가 집을 태울 뻔한 일이
있는 오빠의 화경을 연상시켰다. 외삼촌은 그 끔찍한 화경을 둘씩이나
얼굴에 붙이고 있었으며, 용도도 알 수 없는 은빛 나는 돈을 가지고 있
었다. 그가 입고 있는 검은 옷은 엄마의 이야기 속에 나오는 신여성의
옷빛과 같은 것이었다. 그래서 '나'의 의식 속의 도시인들은 모두 음산
한 검은 옷을 입는 것으로 되어 있다. 검은 옷을 입고 번쩍거리는 빛을
발산하는 곳에서 사는 대처 사람이 "싫고 무서웠듯이" 도시의 적의 어
린 빛도 싫고 무서운 것으로 받아들여진다.
　대처의 빛과 대조적인 것이 시골의 빛이다. 시골의 빛은 "토담과 초

가지붕에 흡수되어 부드럽고 따스함"을 지니고 있다. 그것은 할머니와 동질성을 지닌다. 할머니의 치마폭은 "부드럽고 따스한" 곳이다. 그래서 할머니는 "만만하고 편안"하다. 할머니는 '나'의 편이다. "나를 대처로 안 보내려 하는" 사람이다. 도시적인 것과 시골적인 것과의 대립은 ⅰ) 적의 어린 빛과 부드럽고 따스한 빛, 반사하는 빛과 흡수하는 빛의 대비를 보여주며, 그것이 사람으로 나타나면 ⅱ) 외삼촌(어머니) 대 할머니가 되고, 감정적인 면에서는 ⅲ) 싫고 무서운 것과 만만하고 편안한 것으로 나타나 이 작가의 박적골적인 것에 대한 애착과 반도시적인 감정을 표면화시킨다.

(2) 질서

송도가 지니고 있는 두 번째 도시적 속성은 질서이다. 모든 것이 "자를 대고 그어놓은 것처럼 정확하게" 배치되어 있는 그 도시적인 구도가 '나'를 주눅 들게 만든다. 멀리서 볼 때의 눈 부셨던 도시는 다가갈수록 "빛은 시들고 질서만이" 눈에 띄었다. 그것은 시골에서 방목되어 자란 아이의 눈으로 보면 "낯선 거였다." 처음 보는 송도는 아름다웠지만 '나'는 "흙이 안 보이는 신작로" 위에 서서 대처의 올가미가 몸을 조여 오는 듯한 압박을 받는다. "엄마와 대처가 공모해서" 나에게 씌우려는 신여성이라는 올가미에서 벗어나고 싶다는 생각을 다시 하게 된다. 여기에서도 대처와 시골은 1) 질서 : 자유, 2) 낯설음 : 낯익음, 3) 주눅 들림 : 자유로움으로 대립된 성격을 명시한다. 주눅이 들고 무서워하며 '나'는 낯선 곳인 송도를 지나, 송도보다 더 낯선 서울에 도착하게 되는 것이다. 아버지의 죽음이 가져온 모든 재앙 중에서도 대표적인 재앙이 '나'에게는 대처로 가는 일이었다. 따라서 '나'의 눈에 비친 대처는 "주눅 들림", "무서움", "낯섦음" 등의 암울한 용어를 통해 부정적으로 각인되는 것이다.

4) 두 개의 서울

그렇다고 해서 대처가 완전히 매력 없는 장소로만 받아들여진 것은 아니다. "내가 처음 본 송도는 아름다웠다. 아마 서울은 더 아름다우리라"는 기대가 한구석에 있었던 것도 사실이다. 도시의 세련된 아름다움에 대한 인력은 송도역에서 할머니가 내미는 조찰떡과 할머니의 갈퀴 같은 손을 부끄러운 것으로 인식하게 만드는 원동력을 형성시켰다. 뿐 아니다. '나'는 울면서 할머니와 이별한 직후인데도 불구하고 기차 칸에서 엉덩이를 들까불어서 의자의 신기한 탄력을 시험해보기도 하고, 손으로 등받이를 만져보고 쓸어보기도 했다. 그것은 "이른 봄의 보리밭처럼 푸르렀고, 병아리의 솜털처럼 부드러웠다." 그것들을 보면서 '나'는 "엄마가 서울이라는 거대한 대궐의 안주인처럼 우러러 뵈었다." 새로운 세계인 대처는 기차라는 문명의 이기를 통하여 어린 '나'를 매혹시켜 갔으며, 엄마에 대한 원망과 거부감을 존경심으로 전환시켰던 것이다. 그런데 막상 서울에 도착하여 광대한 역전의 광장에 가득 찬 인간의 잡답 속에 서게 되었을 때, 그 기대는 산산조각이 난다. 어두운 역전 광장에 서서 보니 '엄마'는 "작고 초라해" 보였으며, '엄마'가 행선지를 대니 짐을 지고 가겠다는 짐꾼조차 찾기 어려웠다. 그들의 행선지는 "천금을 줘도" 짐꾼들이 안 가고 싶어 하는 현저동의 "상상꼭대기"였던 것이다. 게다가 '엄마'가 서울에서 제일 먼저 '나'에게 한 말은 "이제부터 할머니 앞에서처럼 떼쓰면 뭐든지 다 되는 줄 알면 매 맞아"라는 협박이었다. '나'가 다리가 아프니 전차를 타고 가자는 말을 하자 '엄마'는 "무서운 얼굴을 했다." 그 무서운 얼굴과, 서울의 도시적인 매력의 하나인 전차 타는 일에 대한 거부는 '나'의 서울 생활에 대한 암울한 예고가 된다. '나'는 서울의 좋은 점과는 외면당한 채 '엄마'의 무서운 얼굴의 감시를 받으면서 서울에서의 밑바닥 생활을 시작하게 된다. '나'의 가족이 자리 잡고 십 년 가까이 산 현저동은, 서울에서도 최악에 속하는 부분 중의 하나였던 것이다. 도시의 긍정적인 면은 차단되고 부정적인 면만 부각되는, 이 변두리 지역은 '나'에게는 감옥과 같은 곳이 된다. '문 밖'에 있는 현저동은 다음과 같은 특성을 지니고 있다.

(1) 주거 환경

① 밀집성
현저동은 전찻길이 끊어진 데서부터 "천엽 속처럼 너절하고 복잡하고 끝이 없이 험한" 골목길을 꼬불꼬불 한참 걸어 들어간 다음에, 다시 사다리를 세워 놓은 것 같은 좁은 층층대를 기어올라 간 곳에 있는 빈민촌이다. 거기에서는 시골의 "한데 뒷간만한 집들이 상자곽을 쏟아 부어 놓은 것처럼 아무렇게나 밀집돼 있다."(방점: 필자) 최초의 대처인 송도에서도 '나'는 "사람과 집들의 밀집상태"를 이미 본 일이 있다. 밀집성은 '나'가 본 도시의 공통 특징이다.

② 무질서
하지만 송도의 밀집성에는 질서가 있었다. "질서란 밀집에 아름다움을 부여하는 그 무엇이다." 질서는 송도를 아름답게 만든 요인이었던 것이다. 송도에서 '나'를 매혹시킨 것은 모두 질서의 힘에서 우러나온 것이다. 그런데 이 동네에는 "그게 없었다. 그래서 더럽고 뒤죽박죽이었다."(방점: 필자) 그곳은 '나'를 주눅 들게 할 위엄조차 가지고 있지 않았다. 압도당하는 대신에 나는 비참해졌다. "갑짜기 거렁뱅이로 전락한" 기분이 들었던 것이다. 외형상으로 현저동은 박적골보다 훨씬 초라한 곳이었고, 송도와는 비교도 안 되는 곳이다.

'나'가 아연해져서 "여기가 서울이야?" 하고 묻자 '엄마'는 서슴지 않고 "아니"라고 대답했다. '엄마'의 설명에 의하면 여기는 서울이 아니라 서울의 '문 밖'이라는 것이다. 오빠가 성공할 때까지만 여기서 고생하면 그 다음에는 "여봐란 듯이 문 안에 들어가 살 수" 있게 된다는 것이 '엄마'의 꿈이자 계획이었다. 어린 '나'는 '문 밖'이라는 말을 문자 그대로 해석하여 갑자기 누구네 집 문 밖에 서 있는 거지가 된 참담한 기분이 된다. 그래서 마치 "못된 꾀임에 넘어가 유괴당하고 있는 걸 깨달은 것처럼" 절망적인 느낌에 사로잡히게 되며, 자기를 강제로 그런 곳에 납치해 온 엄마에게 앙심을 품게 되며 "시골집의 모든 것"을 그리워한다.

③ 미로성迷路性

서울이면서 서울이 아닌, 문 밖의 '상상꼭대기'에 위치한 현저동은 "천엽 속처럼 너절하고 복잡하고 끝이 없이 험한" 골목으로 이루어진 "이상한 동네"이다. '나'는 그 동네에서 길을 잃을 위험성 때문에 외출을 금지당하며, 밤마다 길을 잃는 악몽에 시달린다. 현저동의 초라한 집들이 '나'에게는 시골의 '한데 뒷간'처럼 너절해 보인다. 그건 사람이 살 만한 곳이 못 된다. 그런데 그 너절한 집도 차례에 오지 않아서 '나'가 살게 된 곳은 현저동에서도 가장 높은 지역에 있는 초가집이었고, 정확하게 말하자면 그 초가집의 문간방이었다. 이상의 말대로 그것은 "집이 아니라 방"이다. 그것도 "수시로 노래기가 기어 나오는 초가집 문간방 인 것이다.

도시의 미로적인 성격 때문에 '나'는 그 초라한 방에 갇히게 된다. 그 곳은 감방과 흡사하다. 거기에서 '나'는 감방과 유사한 규범들을 강요당한다. "큰 소리로 웃거나 떠들지도 못하는" 셋방살이의 법도가 그것이다. "셋방살이의 법도"는 거기에서 끝나지 않는다. 안집 애가 때리면 "잘못한 것이 없더라도 맞고만 있어야 한다."는 것도 있다. '나'는 그 노래기 나오는 방에 갇혀 엄마와 오빠 이외에는 사람도 만날 수가 없다. 웃고 떠들 자유마저 없는 그 감방에서 나는 두고 온 박적골의 자유와 풍요를 그리워한다. 꽃이 피고 열매가 맺히는 과목들, 물 맑은 골짜기, 바닥이 고른 넓은 마당에 피는 토종국화, 딸기넝쿨에 덮여 있는 뒤란, 방목된 것 같은 자유, 할머니의 사랑, 할아버지가 읊조리는 적벽부의 낭랑한 소리……. 박적골이 가지고 있는 이런 특징들은 낙원적인 영상으로 내게 다가와 향수를 자아낸다. 그런데 그 낙원에서 '나'가 추락한 곳은 풀도 나무도 없는 척박한 불모지이다. 가파르고 험한 그 상상꼭대기에는 우물조차 없다. 빗물 한 방울이라도 울궈가며 두벌 세벌 이용해야 하는 곳이 현저동이다.

> 엄마는 비가 올 때마다 내 집으로 떨어진 빗물은 한 방울도 놓치지 않을 기세로 독독이, 그릇그릇 받아놓고 빨래도 하고 세숫물로도 쓰게 했다. 세숫물에 장구벌레가 가득 들어 있어서 질겁을 하면 엄마는 체에다 받쳐서라도 그 물을 쓰게 했고 쓰고 나서도 한 방울도 버리진 못하게 했다.[4]

---

4 「엄마의 말뚝」 1, 앞의 책, p.416.

물기가 없는 메마른 불모지인데다가 문 앞은 낭떠러지가 있고, 방에는 노래기가 수시로 떨어지며, 세숫물에는 장구벌레가 기어다닌다. 그것은 도시의 'demonic imagery'이다. 그 지옥과 같은 곳에서 '나'는 옷을 자유마저 박탈당하며 부당하게 감금당하고 있다. 박적골이 자연 위주로 묘사되어 있는 데 반하여 현저동은 골목, 낭떠러지, 집, 방 등으로 그 주거 환경이 제한되어 있는 것도 주목할 점이다. 「페스트」의 오랑시처럼 자연의 부재가 현저동의 도시로서의 특징이 되고 있다. 한데 뒷간 같은 집들이 무질서하게 밀집해 있는 미로 같은 곳, 물도 없고 꽃도 없는 곳……. 현저동은 감옥밖에 볼 것이 없는 황량한 고장인 것이다.

(2) 인간관계

① 이웃과의 이질성

주인공이 현저동에서 수인처럼 갇혀 살아야 하는 첫번째 이유는 서울의 미로적 성격에 기인하지만, 두 번째 이유는 이웃과의 이질성에 있다. '엄마'가 나에게 "동네 애들 하고 놀지 마라"고 말하는 이유는 그 동네에는 "상종할 만한 집 자식이 하나도 없다."는 신념에 있다. '엄마'는 그 동네 사람을 "상종해도 괜찮을 이웃", "상것", "바닥 상것"으로 분류하고 있는데, 그 분류법은 유교적인 계층 의식에만 의존하는 것이 아니어서 '엄마'의 분류법은 나에게는 "들쑥날쑥"하고 "변덕스럽게" 보인다. '엄마'가 첫째 부류에 넣은 사람은 사실상 그 동네에서도 천민 취급을 받는 물장사 할아버지뿐이기 때문이다. '엄마'가 그를 존경하는 것은 그가 아들을 전문학교에 보낼 꿈을 가지고 있는 데 기인한다. 자기는 아들을 전문학교까지 보낼 엄두도 못 내고 있는 형편이어서 '엄마'에게는 그가 우러러볼 대상이 되는 것이다. 그를 제외하면 나머지 사람들은 모두

"상것" 아니면 "바닥 상것"들로 치부된다. 따라서 '나'가 상종하도록 허락해 줄 집안은 하나도 없다.

엄마의 눈으로 보면 '나'의 유일한 친구인 땜장이 딸은 "바닥 상것"이다. 그애는 나에게 바지를 벗고 앉아 서로의 성기 그리기를 권하거나, 벽에 성기 그림을 잔뜩 그려 놓고 동네 사람들의 이름을 그 옆에 써넣는 장난을 하다 들켜서, '나'는 그애와의 교제를 금지 당한다. 산에서 만난 서답 빨던 소녀의 경우도 마찬가지다. 어린 딸에게 에미의 서답 빨래를 시키는 건 엄마의 상식으로는 용납할 수 없는 일이기 때문에 그애도 "바닥 상것"으로 분류되어 상종이 금지된다. 어른의 경우도 이와 유사하다. 아내와 첩을 한방에 거느리고 사는 안집 남자, 상스러운 구멍가게 주인 등도 같은 부류에 소속되며, '엄마'가 삯바느질을 해주는 기생들도 상것이기는 마찬가지이다. 그들은 모두 적벽부 소리를 들으며 키워온 엄마의 규범과는 맞지 않는 이질적인 족속들이다. 그 이질성 때문에 '나'는 갇혀 살아야 한다. "아이들을 한시 반시 문 밖에 내놓을 수가 없"는 흉악한 곳이 현저동이라 생각되어 '엄마'는 나를 가두게 되는 것이다.

박적골은 씨족 사회이다. 거기서는 대부분의 사람들이 같은 성을 지니고 있고, 그렇지 않은 경우라도 모든 사람에게 통용되는 규범이 있다. 그들은 서로의 혈통과 가계와 가족 관계를 알고 있다. 대대로 서로를 잘 아는 사람들이 같은 규범 속에서 살고 있는 동질성의 세계가 박적골이다. 거기서는 모든 사람이 "자기의 존재를 보증해 주는 표지標識"[5]를 지니고 있다.

현저동에는 그것이 없다. 이웃이 모두 이질적인 뜨내기들로 구성되어

---

5 伊藤整, 「若い詩人の肖像」, 『國文學』, 東京: 至文堂, p.76.

있기 때문이다. 상대방의 신분, 가계, 출신지를 서로 모르는 이들은 규범과 상식이 달라서 이해하기가 어렵게 된다. '엄마'가 그들의 상스러움을 이질적으로 느꼈듯이 그들도 가진 것도 없이 도도하기만 한 '엄마'가 이질적으로 느껴졌을 것이다. '엄마'는 그들과의 이질성을 훈장처럼 자랑스럽게 간직한다. 그것은 시댁이 양반이라는 데서 오는 긍지에 기인한다. 그래서 '엄마'는 그들과의 교류를 자기 쪽에서 회피하며, 그 고립정책을 '나'에게도 강요한다.

하지만 '엄마'의 양반으로서의 긍지는 그 고장에서는 폐지처럼 맥을 못 춘다. 도시의 특성은 구성원들을 무명의 존재로 퇴화시키는 데도 있기 때문이다. 현저동에서는 '엄마'도 '나'도 "자기의 존재를 보증해 주는 표지" 같은 걸 가지고 있지 않은 무명의 존재다. 그래서 상것인 안집 남자가 '엄마'에게 삿대질을 하고, 오빠의 뺨을 때리는 일이 가능하며, 박적골집의 귀염둥이였던 '나'의 덜미를 구멍가게 주인이 와살스럽게 잡아끌고 다닐 수 있는 것이다. '나'의 일가는 모두 자신의 'identity'를 상실한 채 낯선 사람들에게 둘러싸여 사는 고독한 이방인들이다.

② 금제禁制의 권화權化로서의 '엄마'

이웃을 상종 못 할 상것으로 간주하는 '엄마'는 '나'에게 완전한 고립주의를 강요한다. "안집에 들어가지 마라. 골목 앞에 나가지 마라. 안집 애하고 놀지 마라. 동네 애들하고 놀지 마라." 이것이 '엄마'가 '나'에게 요구하는 규제다. '엄마'는 "집요하리만큼 열심스럽게" 이런 금제들을 강요한다. 그것이 "여덟 살짜리 계집애에게 얼마나 가혹한 형벌이라는 건" '엄마'는 모르고 있는 것이다. 뿐 아니다. '엄마'는 가혹한 집달리처럼 '나'가 도시에서 찾아낸 모든 쾌락들을 하나하나 박탈하여 간다.

'나'가 도시에서 찾아낸 최초의 쾌락은 도시의 감미이다. 처음에 나를 매혹시킨 도시의 미각은 "국화빵의 달콤한 팥속 맛"이었다. 그 "혀가 녹을 것 같은" 고혹적인 감미는 "대처의 추파"이며, "대처의 사탕발림"이다. 그 다음에 '나'는 차차 알사탕, 박하사탕, 캐러멜 등의 감미에 매혹당하여 "눈이 뒤집힐 정도로 군것질에 환장"하게 된다. 그 쾌락을 추구하기 위하여 '나'는 처음으로 돈의 가치를 터득한다. 그리고 돈을 구하기 위하여 교활해진다. '엄마'가 기겁을 할 짓을 저질러 '엄마'에게서 돈을 얻어내는 방법을 찾아내는 것이다. 하지만 그 작업은 오빠에게 매를 맞고 간단하게 끝이 난다. 오빠의 체벌은 "대처의 감미를 두루 염탐하는" 일에 종지부를 찍게 만든 것이다. 그러면서 동시에 오빠에 대한 친밀감도 종지부를 찍게 하여 '나'를 더 외롭게 고립시킨다.

다음에 '나'가 찾아낸 쾌락은 싸움 구경이다. "그 동네에선 싸움이 잦았고 싸움 구경은 군것질 다음으로 내가 즐기는 거였다." 그런데 싸움 구경도 즐길 수 없는 사태가 벌어진다. 이번 싸움은 자기가 구멍가게 유리를 깨놓고 잠자코 있는 게 빌미가 되어 구멍가게 주인과 '엄마'가 하는 싸움이었기 때문이다. 그 후에도 '나'는 '엄마'가 동네 사람과 싸울 빌미를 만드는 일을 자주 했고, 그 결과로 오빠가 빰을 맞거나 '엄마'가 곤욕을 치러야 했기 때문에 '나'는 싸움 구경도 즐길 수 없게 된다.

세 번째로 찾아낸 즐거움은 바느질이다. 방 안에 갇혀서 기생옷의 삯바느질을 하는 '엄마'와 둘이만 지내야 하는 '나'는 '엄마'가 만지는 기생옷의 현란한 색채에 매혹 당한다. "그들의 옷은 하나같이 곱고 매끄럽고 부드러웠다……. 그건 내가 먼 훗날 입어보길 꿈꾼 바로 그 아름다운 옷"이다. '엄마'에 의해서 자신들과는 상종 못 할 족속으로 치부된 기생에 대한 "호기심과 매혹은 은밀하고도 짜릿했다. 그건 사탕 맛보다 훨씬 자극적인 죄의식의 미각이었다." '나'는 "도대체 어떤 여자가 그런 옷을 입는 걸까?" 궁금해 하며 바느질 속에서 재미를 찾아냈다. 홈질,

박음질, 감침질, 공그르기 등을 익힌 '나'는 "네모난 헝겊을 접어 괴불도 만들고, 세모난 헝겊을 네모나게 붙이기도 하다가 꽤 큰 조각보"를 만들기도 했다. 그러나 바느질 솜씨가 숙달되어 칭찬을 받을 만해지자 '엄마'는 질겁을 하며 "실과 바늘과 헝겊 보따리를 몰수해 갔다. 그날부터 즉시 바느질 장난도 엄마의 금지 사항 속에 포함됐다." 딸이 자기처럼 삯바느질을 하며 살게 될까 봐 '엄마'는 두려웠던 것이다.

모든 재미난 것들을 빼앗긴 대신에 '나'에게는 "신여성"이 되기 위한 준비 작업으로 글씨 공부와 공책이 주어졌다. 그러다가 공책의 소모가 부담이 되자 오빠는 석필을 사다 주면서 문 밖에서 땅에 그림을 그리는 일을 허락했다. 문 밖은 낭떠러지 위여서 전망이 좋았다. 그런데 막상 탁 트인 시야에서 제일 눈을 끄는 건물은 서대문 감옥이었다. 처음에 '나'는 그곳을 임금님이 사는 궁궐쯤으로 잘못 알고 좋아한다. 그 잘못을 깨우쳐 준 건 땜장이 딸이었다. 땜장이 딸은 '나'가 서울에서 만난 최초의 친구다. 그애는 도시의 켯속을 '나'에게 가르쳐주고 익히게 하는 교사가 된다. 그애는 '나'의 석필을 반으로 갈라 가지고 온갖 그림을 그리기 시작한다. "그애는 못 그리는 게 없었다."

그애 "입가가 찌개가 조는 것처럼 자글자글한 웃음"을 띠며 '나'에게 바지를 벗고 서로의 성기를 그리자고 제안했을 때, '나'는 거절하지 못했다. 그애의 나쁜 장난은 거기에서 끝나지 않는다. 그애가 벽과 널빤지 문에 사람의 성기를 잔뜩 그려 놓고 그 위에 안집 식구의 이름을 써넣은 사건 때문에 '나'의 엄마와 오빠가 봉변을 당한다. 그 낙서 사건으로 나는 처음으로 사귄 친구와의 교제를 금지당하게 된다. 하지만 이번의 금제는 전의 것처럼 쉽게 받아들여지지 않는다. "이번에 마음을 붙인 건 먹을 거나 물건이 아니었다. 그건 친구였다." '나'는 처음 사귄 그 친구에게 "깊이 매혹당하고 있었다." 그래서 그 아이가 "앳되고 구슬픈 소리로" 나와 놀자고 부르면 "나는 눈이 새앙쥐처럼 교활해지면서 엄마의 눈을 속일 기회를 잡으려고 온몸으로 조바심"하게 된다. 할 수 없이 엄마는 그애와의 교제를 허락했다.

그애를 통하여 '나'는 집 밖의 세계의 그 복잡한 켯속을 익혀 갔고 "익힌 만큼 자유로울 수 있는" 신나는 경험을 하게 된다. 그 신나는 경험 중의 하나가 감옥소 마당에서 미끄럼을 타는 일이었다. 미끄럼 타기는 "꽁무니가 짜릿짜릿하도록 재미있는 놀이였다. 나는 그 놀이의 재미에 흠뻑 빠져"버렸다. '나'가 감옥소 마당에서 논 일이 탄로 나자 엄마는 '나'를 "문 안"의 학교에 넣게 된다. 주소를 속여서 겨우 넣은 매동학교에 가려면 사람의 왕래가 없고 수목만 울창한 산등성이를 넘어야 한다. 문둥이가 굴을 파고 살고 있다는 소문이 난 후미진 곳이어서 여덟 살짜리 여자애가 혼자 다니는 건 무서웠지만 할 수 없는 일이었다. '나'가 매동 학교에 입학하자 시골에서 돈이 와서 셋집보다 더 높은 곳에 여섯 간짜리 집을 사서 이사를 갔고, 그리하여 땜장이 딸과의 인연도 저절로 끊어져버렸다.

그 다음에 찾아낸 쾌락은 인왕산 계곡의 시냇물에서 노는 일이었다. 물이 없는 산꼭대기에서 사는 '나'는 그 물이 "환장을 하게 좋았다." 하지만 어느 날 엄마의 서답을 빨러 온 소녀와 만나서 놀았고, 국사당에서 굿 구경도 한 것이 탄로 나서 그곳에마저 금족령이 내려진다. 그래서 '나'는 "엄마와 오빠는 내가 마음 붙이는 건 뭐든지 나로부터 떼려 한다."는 생각을 갖게 된다. 사실 서울에 와서 '나'가 느끼는 부자유와 고독은 모두 엄마의 금제에 기인하기 때문이다. 엄마의 이런 간섭은 이웃에 대한 경멸에서 연유한다. 이웃을 모두 상종할 수 없는 상것들로 간주하니 아이를 내놓을 수 없고, 그러면서 그들과 함께 살지 않을 수 없는 것은 엄마의 비극이었다. 그것은 엄마의 이상과 현실과의 갈등이다. 그 갈등의 해소를 위하여 엄마는 자식을 이용하고 있으면서 "정작 자식이 겪는 갈등에 대해서는 무지"했던 것이다. '나'는 그런 '엄마'를 이해 하기에는 너무 어렸다. 그래서 그녀의 금제를 불합리하고 이유 없는 것으로 받아들여 앙심을 품는 것이다.

③ 소외된 자의 고독

도시의 미로적인 구조와 엄마의 고립 정책, 그리고 불합리한 금제들은 삼중의 착고가 되어 '나'를 "못쓰게" 만들어 갔다. '나'에게는 소일거리가 없었다. 현저동 생활에서 '나'를 괴롭힌 가장 큰 고통은 심심함이었다. "엄마도 오빠도 심심함이 얼마나 깊숙이 나의 생기를 잠식하는지 모르고 있었다." '나'는 그 "골수에 사무치는" 무료함 때문에 "하루하루 꺼칠하고 눈에 총기가 없어"져 가면서 못쓰게 돼 갔다. 그 동안에 '나'의 주거 상태는 셋방에서 자기 집으로 개선되었지만 '나'의 외톨이 신세는 변하지 않았다. 아니 더 악화되었다고 볼 수 있다. 이사 갔기 때문에 유일한 친구인 땜장이 딸하고도 멀어졌고, 혼자만 멀리 있는 매동학교에 다녔기 때문에 동네 아이들에게 따돌림을 받게 된다. 그런 따돌림은 학교에서도 받아야 했다. 새도 짐승도 아닌 박쥐처럼 양쪽에서 모두 따돌림을 받게 된 것이다. "나는 동네에서도 친구가 없었지만 학교에서도 친구를 사귀지 못했다." 양쪽 동네에서 모두 소외되고 있었으며, 가족에게서도 역시 소외되어 있었다. 모든 면에서 '나'와는 반대의 의견을 가진 어머니, 나이 차가 많아서 '나'보다는 '엄마'를 더 잘 이해하게 된 오빠와의 공감대의 상실은 '나'를 구제할 수 없는 고독 속에 유폐시키는 요인을 형성한다. 엄마의 금제는 '나'를 교활하게 만들었고, 소외된 자의 고독감은 '나'에게서 생기를 앗아갔다. 물심양면으로 망가져 가는 것이 현저동에서의 '나'의 생활상이다.

「엄마의 말뚝」 1에는 '문 안'에서의 생활에 대한 묘사가 거의 없다. 해방 후에 오빠가 "문 안의 평지에다 집을 장만해서 엄마의 소원을 풀어드렸"고 살림도 여유가 생겨 이사도 여러 번 다녔다는 말이 나올 뿐이다. 그러니까 「엄마의 말뚝」 1의 공간적 배경은 서울의 '문 밖'의 현저동으로 한정되어 있다고 해도 과언은 아니다. '엄마'의 두 개의 서울관은 철저하고 명백하나 이 소설의 시간적 배경이 현저동 시절에 치우쳐져 있기 때문에 여기에서는 또 하나의 서울의 모습은 다루어지지 않은 것이다.

'문 안'에 대한 묘사는 씨의 6 · 25 체험과 밀착되어 작품화된다. 박완서의 '문 안' 시대는 6 · 25 동란기와 근접되어 있기 때문이다. 오빠의 죽음을 전후한 동란기의 서울 묘사는 「목마른 계절」, 「나목」, 「부처님 근처」, 「엄마의 말뚝」 2 등에 자세히 나온다. 그 서울은 「엄마의 말뚝」 1에 나오는 1930, 1940년대의 현저동과는 또 다른 면모를 가진 서울이다. 그것은 다음 장에서 다루기로 하였기 때문에 이 장에서는 제외하기로 했다.

따라서 여기에서는 1938년~1945년의 현저동에서 '나'가 발견한 서울의 도시적 특성으로 그 대상이 한정된다. 이 작품의 화자는 행동반경이 좁은 어린 여자아이이다. 따라서 지역적인 범위는 지극히 좁다. 현저동과 서대문 형무소, 매동학교 사이의 삼각형의 지대가 그 전부이다. 사르트르의 「자유에의 길」이 주인공 매튜의 내면에 투영된 것이 파리의 지도이듯이 이 소설의 서울은, 초등학생인 '나'의 내면세계에 투영된 서울의 일부분이어서 그것을 통하여 당시의 서울의 파노라마를 찾아내는 일은 불가능하다. 하지만 이 소설에서 씨의 도시관의 원형은 확실하게 드러난다. 도시에 대한 씨의 자세는 삶 그 자체를 향한 작가의 관점을 단적으로 나타내주는 중요한 관건이 된다는 점에서 씨의 도시관의 실상을 분석하는 일은 의미를 지니는 것이다.

「엄마의 말뚝」 1은 박완서의 작품에서는 처음으로 동란 전의 서울이 나타나 있다는 점에서도 중요성을 지닌다. 이 작가는 6·25 체험을 주축으로 작품 활동을 하고 있기 때문에 그 전쟁 이전의 세계, 즉 작가의 유년기 체험에 대한 부분은 그 동안 가려져 있었던 것이다. 씨의 유년기 체험은 나시 십여 년의 세월이 지난 후에야 「그 많던 싱아는 누가 다 먹었을까」로 결정되어 나타난다. 그 중간을 다시 6·25 체험이 차지하게 되는 것이어서 「엄마의 말뚝」 1은 예외적인 작품이라고 할 수 있다. 「엄마의 말뚝」 2는 다시 동란기의 서울로 돌아가고 있기 때문이다.

5) 서울, 문 밖의 풍속도

이 소설에는 '도시'라는 말이 나오지 않는다. 송도도 서울도 여기에서는 모두 '대처'다. '도시'가 '대처'로 불리던 시대, 서울이 '문 안'과 '문 밖'으로 양분되어 인식되던 1940년 전후가 이 소설의 현저동 시절의 배경인만큼 여기에 나오는 서울은 1970년대의 산업화된 서울과는 그 규모나 문제점이 다르다. 하지만 산업화에 따른 특성을 제외한, 도시의 도시적 특성은 그 때나 지금이나 근본적인 면에서는 큰 차이가 없다. 산업 혁명 이전에도 도시는 존재해 왔고, 그 자체의 특성을 지니고 있었기 때문이다. 도시의 도시적인 특징은 사람에 따라 조금씩 다르게 정의되지만 보편적인 면에서 보면 다음과 같은 것으로 나타난다.

   i) 인구의 밀집성
   ii) 주민들의 이질성

iii) 행동의 동시성

iv) 무명성, 익명성

v) 소외

vi) 비정성非情性

vii) 공포와 불안

viii 불모성

ix) 혼돈

x) 인공성[6]

「엄마의 말뚝」 1에 나타난 도시의 성격도 이와 유사하다

i) 올가미가 있는 곳……자유의 침해

ii) 적의를 곤두세운 빛의 덩어리……비정성

iii) 인공적인 질서……공포와 불안감 유발

iv) 사람과 건물의 밀집성……자연 상실

v) 무질서와 미로성……무서움

vi) 주민들의 이질성……낯설음

vii) 소외와 격리……고독, 무료함

viii) 불모성……생기 상실

ix) 무명성……정체성 상실

x) 인공……골목, 계단, 감옥 건물

6 D. W. Levi, "Toward a Definition of Urban Literature", *Modem Ficition Studies*, 1978. 봄, p.66와 M. Spears, "Dionysos and the City", p.74 참조.

거의 모든 부분에서 도시의 보편적인 특성과 그대로 부합되고 있다. 도시와 반대되는 장소의 경우에도 이와 유사한 부합성이 나타난다. 도시와 반대되는 곳은 일반적으로 사막, 바다, 촌락 등으로 나타나는데, 기준은 '자연적인 생성'이다. 「엄마의 말뚝」 1에서는 그것이 박적골로 나타난다. 박적골은 생명이 숨쉬며 자라고 있는 곳으로 되어 있다. 도시는 모든 면에서 박적골과 대척적이다. 도시와 박적골의 성격을 대조해보면 다음과 같은 표가 생겨난다.

	대처	박적골
환경	· 불모성: 척박하고 메마름 · 고지대: 좁고 가파르고 위험 · 인공성: 집, 방, 골목, 계단 · 밀집성: 뒤죽박죽 · 이질적인 이웃: 낯설음 · 적의 어린 반사광: 유리, 기와	풍요성: 꽃, 과일, 물 등이 풍성 평지: 넓고 평탄하고 안정됨 자연: 마당, 뒤란, 뒷동산 산재성: 여유 있고 아름다움 동질적인 이웃: 친숙함 온화한 흡수성 빛: 토담, 초가지붕
옷	· 검은 옷, 짧은 통치마	무색 옷, 댕기, 긴 치마
머리형	· 단발, 하사시까미	종종머리, 낭자머리
인물	· 외삼촌, 엄마: 비정함	할머니: 다정함
음식	· 국화빵, 알사탕, 캐러멜	조찰떡, 깨강정
느낌	· 주눅 들림, 두려움	편안함, 만만함
기타	· 심심함, 외로움, 부자유, 생기 박탈	즐거움, 친화감, 자유, 생기 부여

이 소설의 경우, 도시는 항상 부정적으로 받아들여지고 있는 데 반해 박적골의 모든 특징은 긍정적으로 수용되고 있는 경향이 나타난다. 도시는 지옥적인 영상으로 부각되고 있는 반면에 시골은 낙원적인 이미지로 나타나는 것이다. 이런 현상은 박완서 문학을 관통하는 하나의 특성을 형성한다. 씨에게 있어서 도시는 "목마름"을 자아내는 불모의 땅이며(「목마른 계절」), 가뭄의 고장(「나목」의 원제목이 「한발기」였음)이다. 그곳은 또 항상 흉년이 들어 있다.(「도시의 흉년」 참조) 도시에 대한 이런 부정적인 시각은

현대의 도시문학의 공통되는 특징이라고 할 수 있다. 화자의 연령의 연소함, 행동반경의 협소함, 중편으로서의 작품의 양적 핸디캡 등의 제한에도 불구하고 박완서는 「엄마의 말뚝」 1에서 서울이라는 도시의 도시적 특성을 파헤치는 데 성공하고 있다.

이 소설에 나타나 있는 서울은 전술한 바와 같이 동란 전의 도시이다. 말하자면 도시의 평상시의 보편적인 양상이 나타나 있는 곳이라고 할 수 있다. 일제 말이었는데도 불구하고 전쟁의 피해가 간접화되어 있기 때문이다. 거기 비하면 「목마른 계절」과 「나목」에 나오는 동란기의 서울은 도시의 비상시적인 특징에 초점이 맞추어져 있다. 「도시의 흉년」에 가면 1970년대의 서울의 파노라마가 드러난다. 소비와 패륜이 판을 치는 대형화된 산업 사회의 불모성이 부각되는 것이다. 그 연장선상에 1980, 1990년대의 서울이 놓여 있다. 박완서는 이 세 측면을 고루고루 작품화한 작가이다. 따라서 씨의 소설에 나타난 도시의 양상에 대한 연구는 동란기 이전의 서울, 동란기의 서울, 1970년대 이후의 서울에 대한 지속적인 탐색 작업을 필요로 한다. 「엄마의 말뚝」 1은 그 첫 단계에 해당된다.

2. 「나목」, 「목마른 계절」에 나타난 동란기의 서울

1) 6 · 25 동란과 박완서

박완서는 1970년대 작가 중에서 6 · 25와 밀착되어 있는 작가 중의 하나다. 소설가가 된 동기 자체가 6 · 25의 체험을 작품화하고 싶은 욕망에 있었다고 작가 자신이 고백하고 있을 만큼 씨는 그 전쟁의 체험에 갇혀 있다. 그래서 데뷔작인 「나목」(1970)에서 시작하여 이상문학상 수상 작품인 「엄마의 말뚝」 2(1981)에 이르는 십여 년간의 창작 기간 동안에 씨는 쉬지 않고 계속하여 6 · 25 동란과 관계되는 작품을 집필하여 왔다. 그 중에는 「겨울 나들이」(1975)처럼 타인의 체험을 다룬 작품도 많이 있다. 「그 살벌했던 날의 할미꽃」(1975), 「그 가을의 사흘 동안」(1980), 「아저씨의 훈장」(1983) 등이 같은 계열에 속한다. 그러나 그보다 더 많은 수의 작품에 동란기에 작가가 직접 겪은 전쟁의 체험이 투영되어 있다. 「나목」(1970), 「목마른 계절」(1971), 「세상에서 제일 무거운 틀니」(1972), 「부처님 근처」(1973), 「카메라와 워커」(1975), 「엄마의 말뚝」 2(1981), 「엄마의 말뚝」 3(1991), 「그 많은 싱아는 누가 다 먹었을까」(1992), 「그 산이 정말 거기 있었을까」(1995) 등의 자전적인 작품들이 이 계열에 속한다.

이 일련의 소설들은 모두 좌익운동을 하다가 전향한 오빠의 6·25 체험과 유착되어 있다. 동란 중에 의용군에 잡혀간 그는 실성을 하여 돌아오고, 1·4 후퇴 무렵에는 다리에 총상을 입고 그 일이 빌미가 되어 결국 사망한다. 그의 좌익 활동 때문에 가족들은 주민증을 발급받지 못하여 1·4 후퇴 때의 텅 빈 서울에 남게 되어, 다시 전향자의 가족으로서의 곤욕을 치르게 된다. 양 진영 어디에도 그 가족이 발붙일 데는 없었던 것이다.

6·25를 둘러싼 그 일련의 이야기들은 작품마다 조금씩 변주되어 형상화된다. 「나목」에서는 오빠의 사인死因이 폭격으로 되어 있고, 「엄마의 말뚝」 2와 「목마른 계절」에서는 인민군이 사살하고 가는 것으로 처리되고, 「그 산이 정말 거기에 있었을까」에서는 오발된 총을 맞아 그 상처 때문에 오래 앓다가 죽는 것으로 되어 있으며, 「세상에서 가장 무거운 틀니」 같은 소설에서는 죽은 것이 아니라 월북한 것으로 되어 있다.

문제는 그가 어떻게 죽었느냐에 있는 것이 아니라 그의 실성과 죽음이 작가와 그 어머니에게 미친 영향의 크기에 있다. 박완서의 6·25 체험은 빨갱이 가족으로서의 체험인 동시에 전향자 가족의 체험이다. 그리고 대학 신입생에서 P.X.의 초상화부 판매원으로 작가의 운명이 바뀌는 이야기이고, 오빠의 망령에 사로잡혀서 나머지 생애에서 삶의 모든 기쁨을 차압당하는 이야기인 것이다.

시기적으로 보면 문단에 데뷔한 초기 쪽으로 갈수록 작가의 6·25 체험을 다룬 작품의 빈도가 잦게 나타난다. 이십 년 동안 곪은 상처에서 피고름이 한꺼번에 터져 나오듯이 씨는 데뷔한 1970년에서 시작하여 4

년 동안 한 해도 거르지 않고 자신의 6·25 체험담을 작품화하고 있다. 그러다가 1974년 한 해를 거른 후 1975년에 다시 「카메라와 워커」를 발표하고는 오 년 동안의 휴식기가 나타난다. 그리고 1980년에는 처음으로 전쟁 이전의 시기를 다룬 자전적 소설 「엄마의 말뚝」1이 발표되어 6·25의 악몽에서 벗어난 것이 아닌가 하는 기대를 갖게 했다. 그런데 다음 해인 1981년에 발표된 「엄마의 말뚝」2는 다시 오빠의 죽음으로 회귀하고 있다. 30년의 세월이 흘렀는데도 수술을 받은 '엄마'는 마취에서 깨어나면서 다시 아들이 죽는 장면으로 되돌아가 있었기 때문이다. '엄마'의 "마음의 오지奧地"에 그 상처가 삭지도 아물지도 않은 채 고스란히 그대로 보존되어 있었던 것처럼, 작가의 마음의 오지에도 그 주검은 고스란히 그대로 보존되어 있었던 것이다. 그것은 일종의 고착현상이라고 할 수 있다. "조이스J. Joyce의 평생의 과제는 역사의 악몽에서 도망가는 일"[1]이라는 H. 레빈의 말처럼 박완서의 평생의 과제는 오빠의 죽음에서 벗어나는 일이었음을 씨의 다음과 같은 말을 통하여 확인할 수 있다.

다시 쓸 때마다 이것이 마지막이라고 안간힘 쓰듯이 별렀었다. 상까지 받았으니 정말 마지막이 되었으면 싶다.[2]

「부처님 근처」에서 씨는 자신이 이십여 년 동안이나 6·25 때 죽은 오빠의 "망령에 갇혀 있다."는 말을 한 일이 있다. 그 망령에 갇혀 있기 때문에 씨는 6·25의 기억에서 자유로울 수가 없다. 거의 불가항력적으

1 M. Spears, *Dionysos and the City*, Oxford Univ., 1970, p.79.
2 이상 문학상 수상 연설, 『제3세대의 한국문학』 17권, 삼성출판사, 1983, p.445.

로 그 기억에 고착되어 있는 것이다. 오빠의 망령은 "명치 끝에서 체증을 의식하듯" 감각적인 실감을 수반한 채 작가의 "내부의 한가운데서 늘 의식"되는 것(이상 문학상 수상 소감)이어서, 이 작가는 그 망령에게 갇혀 있으며, 망령에게 갇힘으로써 "온갖 사는 즐거움, 세상 아름다움으로부터 완전히 격리" 당하게(「부처님 근처」) 되는 것이다. 말하자면 6·25의 불행한 기억은 삼십 년이 지난 1980년대까지 쫓아와서 작가의 일상을 여전히 훼방하고 있다. 그래서 씨는 "토악질하듯이 괴롭게 몸부림을 치며" 6·25의 체험을 쓰고 또 쓰지 않을 수 없다. 되풀이하여 그 작업을 계속하지 않을 수 없는 이유는 써놓고 보면 언제나 "거짓말이라고 외칠 수밖에 없기" 때문이다.

이 소설에서 씨는 망령들에게서 해방되기 위해서 지노귀굿을 하자는 '엄마'의 말에 찬성한다. 박수에게 가서 굿을 하고도 미흡해서 또 산신령에 가기를 원하는 어머니의 뒤를 그녀는 소리 없이 따라간다. 그건 신트림이 날 정도로 혐오스러운 일이지만, 그 일들이 어머니를 망령에게서 해방시키는 데는 효험을 나타낸 줄 알고 위로를 받는다. 왜냐하면 돌아오는 차 속에서 어머니는 평화로운 얼굴로 잠이 들어 있었기 때문이다. 그런 평화로운 얼굴로 잠들듯이 죽은 "고운 사상死相을 지니고 어머니가 돌아가신다면 그 고운 어머니의 죽음으로 내 오랜 얽매임을 풀고 자유로워질 실마리를 삼아" 볼 수 있지 않을까 하는 희망을 가져보는 것이다. 그러고 나서 오랜 침묵의 시간이 지나간다. 그 동안에 이 작가는 전쟁 이전의 세계로 회귀할 수 있을 만큼 오빠의 죽음에서 자유로워졌던 것이라는 추측이 가능해진다.

그러나 「엄마의 말뚝」 2에서 그 희망은 박살이 난다. "부처님을 닮은 곱고 자비롭고 천진한" 어머니의 노안 밑에 "원한과 저주의 마음"이 담긴 마음의 오지가 잠복해 있다가, 마취된 육신 속에서 원한 맺힌 맹수 같은 모습으로 되살아나는 것을 목격했기 때문이다. 그것은 이 작가가 앞으로도 당분간은 6·25의 망령에서 해방되기 어려움을 시사하고 있다. 이 작가의 6·25 고착증은 삼십 년이 지나도 아물지 못하는 그 상처의 깊이에 기인한다.

이 장에서 필자는 박완서의 6·25 체험의 실상을 구체적으로 분석하기 위하여 6·25 체험을 가장 절실하게, 그리고 집중적으로 다룬 초기의 두 장편 「나목」과 「목마른 계절」을 대상으로 선정하였다. 작가가 체험한 동란기의 서울의 비상시적 양상을 통하여 민족 분단의 비극의 실상을 점검하기에 가장 적합한 작품들이라고 생각했기 때문이다.

「엄마의 말뚝」 1은 서울 변두리의 빈민촌인 현저동을 주 무대로 한 작품이다. 그래서 그것은 서울의 '문 밖'을 그린 소설인 동시에 평상시의 서울을 그린 작품이기도 하다. 물론 해방 직전의 시대의 이야기인 만큼 전쟁과 무관하다고 할 수는 없지만, 이 소설이 작가가 서울에 입성한 초기에 역점이 주어져 있어서 전쟁과는 직접적인 관계가 없다. 그건 제2차 세계대전이 나기 이전이기 때문이다.

「나목」과 「목마른 계절」에서는 전쟁의 모습이 노출되어 있다. 그래서 이 장에서는 전쟁을 겪는 비상시의 서울에 초점을 두기로 했다. 지역적으로도 '문 안'이 주무대가 되고 있는 점에서 이 소설들은 「엄마의 말뚝」 1과 구별된다. 신세계 백화점과 명동, 계동 등지가 「나목」의 무대이고 돈암동, 동숭동 일대가 「목마른 계절」의 생활권이다. 정확하게 말하자면 돈암동은 '문 안'에 속하지 않는다. 그러나 현저동에 비하면 '문 안'과 문화적 여건이 유사하고, 주민들도 그쪽보다는 수준이 높다. 「엄마의 말뚝」 2에 나오는 "중산층이 사는 점잖은 동네"에 속한다. 그 점잖은 동네는 작가가 6·25를 겪은 동네이기도 하다. 하지만 「목마른 계절」에서 오빠가 죽는 곳은 현저동으로 되어 있다. 이 소설의 내용은

1) 전향자인 오빠가 적 치하에서 겪는 마음의 갈등, 2) 오빠의 의용군 행, 3) 오빠의 귀환과 실성, 4) 오빠의 죽음, 5) 오빠 사후의 다섯 단락을 지니고 있다. 그 중에서 4)의 부분이 현저동에 속하고 나머지는 모두 '문 안'을 무대로 하고 있다.

「엄마의 말뚝」 1에서 '문 안'은 엄마의 동경의 표적이 되던 지역이다. 그런데 전쟁이 일어나 비상시가 되었을 때, 엄마는 그 점잖은 동네의 도시적인 비정함과 냉혹성에 두려움을 느꼈다. 그래서 그들은 난리를 피할 때 서울에서도 덜 도시적인 지역으로 숨으러 간다. 그것이 현저동이다. 「엄마의 말뚝」 1에서 현저동은 박적골과 대척되는 장소, 도시적인 속성을 가진 장소로 그려진다. 그러나 「엄마의 말뚝」 2와 「목마른 계절」에서는 상대적으로 비도시적인 동네로 그려진다. 여기에서는 철저하게 도시적 성격을 지닌 문 안과 대비되어 그려지기 때문이다. 따라서 상대적으로 그곳은 박적골과 근사한 성격을 지니게 된다.

시기적으로 보면 「목마른 계절」은 1)에서 4)까지를 그리고 있어 데뷔작인 「나목」보다 앞의 시간을 다루고 있다. 1950년 6월부터 1951년 5월까지가 「목마른 계절」의 시간이다. 「나목」은 5)에 해당되는 부분을 그린 소설이다. 「나목」은 1951년의 김장철에서 시작된다. 마지막 장에서는 중년이 된 시기가 그려져 있기 때문에, 이 소설에 서술된 시간은 상당히 폭이 넓은 것 같지만, 실질적인 비중은 1장에서부터 16장까지에 주어져 있고, 그것은 1951년 김장철부터 다음해의 해동하기 전까지의 한 겨울을 배경으로 하고 있다. 따라서 이 두 작품을 합치면 6 · 25 발발 후 삼 년간이 대상이 된다.

주인공은 두 소설이 다 스무 살 전후의 처녀이다. 가족 중 유일한 성인 남자인 오빠를 동란 중에 잃고 어머니를 부양할 책임을 진 대학 1년생에 해당되는 나이의 소녀들이다. 그래서 이 소설들에 나타난 서울은 범위가 아주 좁다. 여주인공의 행동반경과 상응해야 하기 때문이다. 따라서 여기 나타나는 전쟁은 "울타리 안에 스며든 전운戰雲"의 양상을 띤다. 교제 범위가 좁은 이십대 초반의 처녀의 주관에 투영된 전쟁의 모습이기 때문이다.

제인 오스틴처럼 박완서는 자신이 소상하게 알지 못하는 세계의 이야기는 쓰지 않는 작가나. 따라서 씨의 소설에 그려진 동란기의 서울은 작가가 직접 체험하고 목격한 그 범위를 별로 벗어나지 않는 것이라고 할 수 있다. 그 대신 그것은 한 시기의 정확하고 절실한 정밀화가 된다. 그 정밀한 그림을 통하여 1) 6·25 동란이 서울 사람들의 가치관에 미친 변화와, 2) 서울이라는 도시의 외관의 변화, 3) 그것에 호응하는 도시인의 내면적 황폐화의 양상을 추적하는 일이 가능하다. 「목마른 계절」은 주로 1)·2)를 다루었고, 「나목」은 3)이 주축이 되어 있다.

2) 전쟁이 가져온 서울의 변모

(1) 새로운 이분법

어느 시대, 어느 나라를 막론하고 전쟁은 언제나 그 지역을 안팎으로 뒤흔들어 망가뜨리는 대규모의 지진과 같다. 그래서 모든 나라의 역사는 전쟁 전avant-guerre과 전쟁 후après guerre로 양분되어 서술되는 게 상례이다. 전쟁은 분수령처럼 그 앞과 뒤를 분명한 선을 그어 변화시키기 때문에, 앞의 풍경과 뒤의 풍경은 판이한 것이 되지 않을 수 없다. 전쟁은 국경선의 위치를 바꾸어놓아 지도책의 재편성을 촉구하는 역사의 큰 획인 것이다. 6·25 동란도 마찬가지다. 그 전쟁으로 인해 남북한의 경계선이 바뀌었고, 그 전쟁으로 인하여 남북한의 인구 밀도가 달라졌다. 박완서의 말대로 "6·25, 그것은 우리 모두의 공동의 획이었다. 그 획을 통과하면서 각자의 운명은 얼마나 심한 굴절을 겪어야 했던가?"[3]

전쟁이 터지면 지리적 판도의 변화보다 더 먼저 생겨나는 것은 인간의 내부에서 일어나는 가치관의 변화이다. 6·25처럼 동족 간의 이데올로기 전쟁인 경우는 그 정도가 훨씬 더 심각하다. 죽고 사는 일이 사상의 빛깔에 따라 판정되기 때문에, 중앙청에 꽂히는 깃발의 색깔에 따라 주민들의 삶에 변화의 파도가 인다. 석 달에 한 번씩 정체가 바뀌는 그 소용돌이 속에서, 새로운 질서에 재빨리 적응하여 죽지 않고 살아남기 위해서, 사람들은 결사적으로 자신의 가치관에 수정을 가한다.

그 중에서도 제일 먼저 나타나는 증상이 인간에 대한 분류법의 변화다. 적과 내 편을 가르는 새로운 분류법은 전시를 만난 사람들의 본능적인 자위책인데, 6·25의 경우는 피부색이나 언어 같은 외형적인 차이에 의해 적과 내 편을 가르는 일이 불가능했다. 동족끼리의 싸움이었기 때문이다. 피난 가다가 숲속에서 같은 말을 하는 사람 소리가 나 반가워서 달려갔더니 적군이었을 때의 경악감을 우리는 지금도 잊을 수 없다. 적이 같은 언어를 사용한다는 것은 동족상잔의 비극 중에서도 가장 뼈아픈 비극이라 할 수 있다.

외형적 분류가 불가능하니까 머리 속에 들어 있는 사상을 가지고 네 편과 내 편을 가르는 수밖에 없다. 이데올로기 전쟁이기 때문이다. 그 사상은 남쪽도 북쪽도 모두 수입한 지 얼마 되지 않는 것이어서 육화되지 못한 채 겉도는 경우가 많았지만, 그 불확실하고 애매한 것을 기준으로 모든 인간을 양분해야 하니까 사람들은 그 일에 과잉반응을 나타

---

3 같은 책, p.323.

내게 된다. 일 년 동안에 중앙청에 깃발이 네 번이나 바뀌어 꽂히는 상황 속에서 적과 내 편을 구별하는 일은 생존 자체와 직결되는 과제였기 때문에, 이웃을 사상에 따라 양분하는 작업은 비상한 열기 속에서 행해졌던 것이다. 그 이상 열기는 속단을 수반한다.

"글쎄 진이네 그 골샌님 같은 이가 빨갱이 두목이라지 뭐요?" 하고 누가 발설을 하면 확인하거나 재고할 여유를 두지 않고 그 일은 낙착된다. 그리하여 그 다음에는 벌써 경계 태세가 취해지는 것이다.[4]

"쉿, 말조심해요. 그 집 노인네 듣는데 행여 허튼 소리 삼가요. 노인네라고 무관하게 알았다간 큰코다칠 테니."[5]

이 두 마디의 대화를 통하여 한 가족의 사상적인 성분이 단정된다. 그러면 그 순간부터 이웃으로 사귀어 온 오랜 정의와 친밀감이 즉석에서 일소되고 만다. 인간의 다양성이나 심리적 복합성은 전혀 고려되지 않은 채, 인간을 간단하게 두 그룹으로 양분하는 이 새로운 분류법은 연합군의 폭격기보다 먼저 도착한 6·25의 새로운 생태학이다.

요즈음의 사람들이 사람을 보는 눈은 남녀의 성별도 용모의 미추도 직업의 귀천도 아니요, 다만 빨갱이냐 흰둥이냐였다. 죄목 중 으뜸가는 것이 빨갱이였고, 그밖의 죄는 어떤 파렴치죄건 사람들은 관용할 수 있었다.[6]

---

4 『목마른 계절』, 수문서관, 1978, p.58.
5 같은 책, pp.58-59.

깃발이 바뀌어 꽂히면 이번에는 으뜸가는 죄목의 색깔은 빨간색에서 흰색으로 바뀌고, 그밖의 죄는 모두 관용할 수 있는 반대의 현상이 일어난다. 따라서 사람들은 좋건 싫건 누구나 그 때마다 둘 중의 하나를 골라야 하는 궁지에 몰리게 된다. 중간색은 용납될 수 없는 것이다. 「목마른 계절」의 민준식의 말대로 "이 더러운 동족상잔의 싸움에서 어차피 남자는 어느 편이고 선명하게 선택할 수밖에 없는" 처지에 놓이게 된 것이다.

「목마른 계절」의 하열의 비극은 바로 그 새로운 양분법의 풍토에 적응하지 못한 데서 생겨난다. 그는 그 "선명한 선택"을 할 수가 없었다. 왜냐하면 그는 이미 한 번 선택한 일이 있고, 자기가 선택한 것에 환멸을 느껴서 전향한 일이 있는 사상적 전과자이기 때문이다. 따라서 그는 다시 한 번 변신을 하는 길밖에는 공산주의 치하에서 살아남을 방법이 없었다. 그런데 그는 "지조를 최고의 이상으로 삼는 선비 기질을 간직하고 있어",[7] 살기 위해서 자기가 믿지 않는 사상을 위장하는 재주는 부릴 수 없는 형의 인물이다. 그는 이미 "목적을 위해 수단을 안 가리는 좌익 사상의 본심을 참을 수 없는"[8] 상태에 놓여 있었기 때문에 다시 변신하는 일은 불가능했다.

그러면서 그는 반대편에도 선명하게 설 수가 없었다. 이미 공산주의의 지배권에 들어 있으니 반대편을 선택하는 것은 불가능한 상황이기도 했지만, 다른 투철한 반공주의자처럼 신변의 위험을 느끼고 숨어버린다거나 하지도 않은 채 그는 방관하는 자세를 취하고 있었던 것이다. 그

---

6 같은 책, p.217.
7 「엄마의 말뚝」 2, 『문학사상』 1981. 9, p.409.
8 같은 글.

가 이미 이웃 사람들에게 빨갱이 두목으로 낙인 찍혀 있어 "민청, 여맹, 인민 위원회 등의 말단 조직의 촉수가 집집의 안방 속 깊숙이까지 뻗쳐"9 있던 상황 하에서 "치외 법권이라도 있는 것처럼 조용"하게 지낼 수 있었던 데에도 그 원인이 있다.

그가 숨거나 도망가지 않은 두 번째 이유는 집안의 유일한 남자로서 가족을 부양할 의무를 절감한 데 있다. 제3의 원인은 그의 소시민적인 안일주의와 우유부단함이다. 그는 "만삭의 아내가 푸성귀를 씻는 모습, 늙은 어머니가 다림질거리에다 안개처럼 물을 내어 뿜는 모습, 누이동생이 책을 읽는 모습, 이런 소시민적인 평온의 모습들이 오래 지켜보고 싶게 좋았다." 그래서 그는 "고이 모시 적삼 차림으로 좁은 뜰을 서성대기도 하고 태극선으로 파리를 때려잡다가 늘어지게 낮잠을 자기도" 하면서 그 치외법권의 한가함을 즐기고 있었다. 그는 "어차피 그렇게 될 줄을 빠안히 알면서도 망설이고 거듭 생각하고" 하는 내성적 성격의 소유자였다. 인간을 간단하게 두 그룹으로 양분하는 분류법과는 생리적으로 적성이 맞지 않는 인간형인 것이다.

그런데 세상은 이미 그런 방관이 용납될 만큼 한가하지 않았다. 그의 방관적 자세와 우유부단함을 양쪽에서 모두 용납하지 않았다. 어느 쪽에도 서지 않는 그의 애매한 자세가 용납되기에는 사상전의 양상이 지나치게 극단화되어 있었던 것이다. 그래서 그는 양쪽에서 모두 복수를 당한다. 한쪽에서는 시민증을 주지 않아 그의 피난길을 차단했고, 다른 한쪽에서는 그를 잔혹하게 학살하고 만다.

외견상으로는 열과는 반대로 분명한 선택을 한 진이에게도 그런 양면성과 복합성은 내재하고 있다. 결단성이 있고 분명한 성격인 진은 방관

---

9 『목마른 계절』, 같은 책, p.58.

이 허용되는 시대는 갔다는 것을 알고 있는 인물이다.[10] 그녀는 오빠처럼 "풍랑이나 그물로부터 영원히 소외된 해구海溝를 발견한 어류魚類처럼 안심하고 싶다."는 생각을 하는 대신에 민청단원으로서 석 달 동안 학교에 나가, 반동분자의 명단도 작성하고, 비행기 기금 모집도 하고 다닌다. 그러니까 비교적 선명한 선택을 한 빨갱이인 셈이다.

그러나 그녀는 "자신의 죄명을 빨갱이라고 붙이기만은 망설이고 있었다." 그렇게 간단하게 양분되기에는 인간의 내면은 너무나 다채롭고 복합적인 것으로 가득 차 있다고 생각한 것이다. 인간의 내면의 복잡성은 그녀가 학교에서 요구하는 자서전을 세 가지나 쓸 수 있었던 사실로 미루어보아서도 알 수 있다. 아주 정서적인 것, 반공적인 것, 친공적인 것, 이렇게 세 통의 자서전을 쓸 만큼 복합적인 요인들이 한 인간의 내부에 공존하고 있었던 것이다. 그래서 진이도 "빨갱이와 흰둥이의 죽고 죽이는 순환에서 벗어날 수 있는 또 하나의 색은 없을까?" 하는 생각을 한다. 이런 생각 때문에 그녀는 지난 석 달 동안 "동무족"에게서 겉도는 신세였듯이 이번에는 "또 희희낙락하는 여럿에서 어쩔 수 없이 겉돌고 있었다." 정도의 차이는 있지만 열과 비슷한 의견으로 낙착되고 있는 것이다.

이런 양분법에 무조건 동의하지 않는 또 하나의 인물은 수복 후에 진이의 사상 심사를 맡은 감찰부장 손진섭이다. 그는 "그들과 손을 잡고 속속들이 그들을 안 사람들 중에야말로 이가 갈리게 그들을 미워할 사람이" 있을 수 있다는 이유로 진이의 부역 행위를 용서해 준다. 하지만 그런 양분법이 전혀 먹혀 들지 않는 인물은 진이의 엄마였다. 그녀는 이 새로운 분류법 이전의 세계에 살고 있었던 것이다.

---

10 같은 책, p.69.

어머니에겐 아들이 살았느냐 죽었느냐가 문제지 빨갱이냐 흰둥이냐는 문제가 아니었다.[11]

하지만 그들이 어떻게 생각하건 그 새로운 양분법이 현실에서 지니는 위력에는 변동이 없었다. 깃발의 색이 바뀌면 기준이 역전될 뿐 9·28 이후에도 그 위세는 여전했다. 진이네도 양쪽에서 협공당하여 시달리는 동안에 어느덧 그 분류법에 적응성을 나타낸다. 1·4후퇴 때 그들은 "또다시 빨갱이로 몰릴까봐 겁도 났지만 그 집에서 또다시 빨갱이 세상을 맞기는 더 무서워" 주민증도 없이 "덮어놓고" 피난을 떠난다. 순전히 자기들이 떠나는 것을 이웃 사람들에게 확인시키기 위해서이다. 인간의 삶이 그 전체성integrality을 상실하고 이렇게 "자기 의사와는 아무런 상관없이 함부로 어떤 거대하고 무자비한 힘에 의해 틀[鑄型]에 부어지고 마는 끔찍스러운 일"은 6·25 동란이 인간의 생활에 부과한 가장 큰 피해이다.

(2) 불신 사상

진이네 일가가 시민증이 없는데 무턱대고 집을 떠나지 않을 수 없었던 이유는, 이웃에 대한 불신에 있다. 그들에게 피난 갔다는 사실을 확인시키지 않으면 앞날에 또 무슨 봉변을 당할지 모른다는 두려움이 난리를 피하는 일보다 더 중요성을 띠었던 것이다. 폭탄보다도 이웃 사람이 더 무서워진 이 증상은 적군이 서울에 입성하자마자 생긴 새로운 사회적인 병폐였다. 미처 피난을 못 가고 앉아 난리를 당한 사람들에게

---

11 「엄마의 말뚝」 2, 같은 책, pp.410-11.

제일 두려운 존재는 이웃에 숨어 있었던 지하 조직의 좌익분자였다. 그래서 사람들은 촉각을 곤두세우고 이웃의 동태를 주시하게 된다. 그러다가 수상한 사람이 발견되면 거기에 대처하는 방안을 강구해야 하는 것이다.

진이 오빠도 그런 의심을 받은 사람 중의 하나이다. 그가 빨갱이 두목이라는 소문이 퍼져 나가자 이웃 사람들은 사실 확인의 절차도 없이 그 집 식구들을 피하기 시작한다. 그 일의 피해는 이데올로기와는 아무 관계도 없는 어머니가 먼저 입게 된다. 그녀는 "아무리 골똘히 그 까닭을 생각해 봐도 도통 짐작이 가지 않는데" 이웃 사람들이 자신을 따돌리고 있음을 알게 된다. "형님 아우님 하고 두텁게 지내던 은행집 마나님"까지 그녀에게 등을 돌린다. 문조차 따주려 하지 않은 것이다. 어느 날 겨우 문을 열어 받고 이웃집에 들어간 그녀는 수수를 갈고 있던 마나님에게 "아유, 맛난 것 하시네. 무슨 날유?" 하고 말을 걸었다가 봉변을 당한다.

맛난 것? 무슨 날……? 여봐요. 어서 썩 나가지 못해요. 당신네 쌀밥 먹는 자세를 어디다 대고 하는 거요? 이게 바로 우리 저녁거리요. 멀겋게 수수풀을 쒀서 입에 풀칠할 거란 말요. 알아들었으면 썩 나가지 못해요. 꼴도 보기 싫어.[12]

이렇게 엄마가 이웃에게서 악의에 찬 대접을 받게 되는 이유는 그녀의 자식이 빨갱이라는 데 있다. 자식이 좌익이란 사실은 서 여사 자신에게도 "꺼림칙하고 두려운" 일이지만, 그렇기로서니 자기까지 지탄받

---

12 『목마른 계절』, 같은 책, p.78.

아야 할 이유는 없다고 그녀는 생각한다. 하지만 반동으로 몰리면 여축없이 박해당하는 상황에서 사람들은 남의 가족을 세분하여 판단할 여유가 없다.

> 동족상잔의 이념의 싸움은 무기로 살상되는 수효보다는 혓바닥으로 살상되는 희생자의 수효가 더 많게 마련이었고, 무사히 이 난리통을 넘기자니 총탄을 피하기보다는 남의 눈치를 살피고 재빨리 영합하기에 한층 신경을 쓰게 마련이었다.[13]

하룻밤 사이에 다시 세상이 바뀌자 입장은 역전된다. 진이네를 두려워 회피하던 사람들이 모두 그들을 박해하기 시작한 것이다.

> 세상이 바뀌자 우리는 이웃 인심의 극심한 박해를 받지 않으면 안 되었다. 빨갱이 집이라고 고발을 해서 청년 단원들이 몽둥이와 총을 들고 달려들어 온 집안을 들들 뒤지고 쓸 만한 가물을 파괴하고 만삭의 올케의 배를 몽둥이 끝으로 쿡쿡 찔러 보는 행패를 동네 사람들은 굿구경하듯 신명까지 내면서 즐겼다.[14]

다시 한 번 더 세상이 바뀔 낌새가 보이자 열은 시민증이 필요했다. 인민군에서 도망 온 그는 인민군에게 잡히면 죽음을 당할 처지인데 도와주는 이웃이 없었다. 그가 사지에 서 있는데도 이웃 사람들은 형제같이 지내던 옛정을 되살려내려 하지 않은 것이다. 그들은 이미 이웃이

---

13 같은 책, p.345.
14 같은 책, p.410.

아니라 적이었다.

도심지 사람들의 인심의 이런 각박함이 그들을 현저동으로 귀환하게 만드는 계기가 된다. 사람에 대한 두려움 때문에 정신이 망가진 열과 그의 가족은 "오랜 방황 끝에 고향으로 돌아가기로 결심한 탕아처럼 조용한 희열에 넘쳐 허위단심 현저동 꼭대기로 기어올랐다."[15] 그곳에 남아 있을 진국스러운 인심에 대한 기대가 그들의 인간 공포증을 완화시켜 준 것이다. 하지만 막상 가보니 그곳도 텅텅 비어 있었다. 어머니의 자궁을 연상시키는 그 동네의 "천엽 속처럼 구질구질한" 골목도 그들을 숨겨줄 안식처는 아니었다. 자궁벽으로 막아내기에는 전쟁은 너무나 엄청난 재앙이었던 것이다. 결국 열은 "골목마다 낮익고 정다워서 감싸안는 듯한" 현저동에서 인민군에게 발각되어 사살당하고 만다. "독사와 더불어 춤을 추는 것 같은 아슬아슬한 세월" 끝에 그의 유혈이 낭자한 주검이 가로놓여 있었던 것이다. 이웃이 이웃을 고발하고 인간과 인간의 관계가 독사와 더불어 춤을 추는 것 같은 세월……. 심지어 "식구끼리 애인끼리도 서로 누가 어느 편인지도 모를"(「목마른 계절」) 그 정신적인 황폐성은 동란기의 서울 주민 모두의 것이었다고 해도 과언이 아니다. 그 전쟁은 폭탄에 죽는 사람의 수보다 혓바닥으로 살상되는 사람의 수가 더 많은 동족상잔의 싸움이었기 때문이다.

(3) 증명서의 위력

이러한 인간 불신의 풍토 속에서 위세를 떨치는 것이 증명서다. 누가 누군지 서로가 서로의 근지를 알 수 없는 도시의 이질적인 주민들에게

---

15 「엄마의 말뚝」 2, 같은 책, p.412.

는, 평상시에도 자신의 존재를 보증해 줄 표지로서 증명서가 필요하다. 하지만 그것은 특별히 자신의 신분을 밝혀야 할 경우에 국한되어, 평시에는 효력이 정지된다. 전시에는 그렇지 않다. 거리 모퉁이마다 검문소가 설치되는 것이다. 그 하나하나의 관문을 통과하기 위하여 사람들은 자신을 보증해 줄 쪽지를 필요로 한다. 전세가 불리하여 피난을 가는 경우나, 피난 간 시민들이 한강을 넘어야 하는 경우에 증명서 유무는 생명의 안위와 직결된다. 특히 6·25 동란처럼 밤사이에 정부가 바뀌는 일이 거듭되는 동족끼리의 싸움의 경우, 적과 내 편을 판가름하는 모든 기준이 증명서가 된다. 동족상잔의 싸움의 난점은, 적도 자기 편도 모두 모습을 하고 같은 언어를 사용하고 있다는 데 있다. 따라서 적을 색출하는 작업은 지난한 것이 되고, 증명서의 위력은 거의 절대화되는 것이다.

그래서 진이의 동급생인 현민은 증명서 한 장을 얻기 위해 최치열에게 "뼬을 다 빼 비쳐야" 하는 굴욕도 감수한다. 빨갱이도 흰둥이도 될 수 없는 열의 비극은 어느 편에서도 증명서를 얻을 수 없다는 데 있다. "젊은 남자가 시민증이 없인 피난은커녕 잠깐의 외출도 어려울 만큼 그 단속이 날로 심해"져 가고 있는 상황에서 그에게는 증명서가 없었다. 시민증을 얻으려면 이웃의 보증이 필요한데, 아무도 그를 보증해 주려고 하지 않기 때문이다. 남아 있는 유일한 방법은 경찰서에 가서 심사를 받는 것인데, 인간 기피증에 걸린 열은 경찰서 소리만 들어도 담박 안색이 바래지면서 덜덜 떨었다. 그는 인민군에 강제로 끌려갔다 도망해 온 사람이기 때문에 시민증을 못 받을 사유는 없다. 그런데도 그는 사람이 두려워 경찰서에 가지 못해서 피난을 못 가고 텅 빈 서울에 남아 있다가 인민군에게 학살당한다. 인민군 도망병인 그가 인민군 치하에 남아 있는 것은 자살 행위나 다름 없는 짓이어서 그 죽음은 예견된 것이라 할 수 있다.

증명서는 이렇게 개개인의 죽느냐 사느냐 하는 문제와 직결되어 있었다. 인간의 본질이 무시되고 종이 쪽지가 위력을 나타내는 일은 본말本末이 전도되는 것을 의미한다. "타고난 인두겁"보다는 명함만한 종이가 더 중요시되는 것은 비상시의 모순이다. 하열은 그 모순의 희생자다. 증명서 때문에 그는 결국 참담한 죽음을 맞이하게 된다. 인간의 생사여탈권이 시민증 한 장에 전적으로 달려 있던, 그 인간 상실의 시기가 6·25 동란기였던 것이다.

(4) 생명의 평가 절하

모든 전쟁의 공통적인 특성은 인간의 대량 살육에 있다. 그것은 인간의 목숨 값을 형편없이 하락시킨다. 레마르크의 말대로 사람의 죽음이 "이상"으로 간주되지 못하는 그 살벌함이 전쟁이 지니는 최대의 악이라 할 수 있다. 6·25 동란의 경우도 마찬가지였다.

서울은 온갖 최신 화력으로 격렬한 공격을 당하면서도 아직도 모진 집념과 독기 서린 악의의 지배하에 있었고 이 틈바구니에서 사람들은 이래 죽고 저래 죽고 앉았다가도 죽고 섰다가도 죽고 폭력에 죽고 포탄에 죽고 반동이라 죽고 원한을 사 죽고 이렇게 파리 목숨만도 못하게 명분 없이 죽어가고도 더 많은 사람들은 아직도 살아남아 죽을까봐 떨며 끈질기게 평화를 기다렸다.[16]

---

16 「목마른 계절」, 같은 책, p.131.

사람의 목숨이 파리 목숨과 같이 값이 없어져 가는 그 세계에서는 죽음이 사건이 되지 못한다. 그런 기이한 현상은 인간의 죽음이 흔해져서 예사롭게 받아들여지는 데 원인이 있다.

폭격과 기총 소사는 쉬 무슨 끝장을 보고야 말듯이 나날이 격해 가 이제 아주 절정에 다다른 듯했고 이에 따른 처참한 죽음과 파괴의 참상에 사람들은 익숙다 못해 목석처럼 무심해 갔다.

이런 무감동은 비단 남의 일, 이웃의 일이라서가 아니다. 금방 자식이 깔려 죽은 폐허에서 양식을 파내어 남은 자식을 위해 죽을 끓이는 에미에게도 이런 무감동은 있었다. 죽음이 도처에 있으면서도 상가나 통곡은 없었고, 파괴에 뒤따른 건설이 있을 수 없었다.[17]

보통 죽음의 경우에 나타나는 이 무관심은 "반동분자"의 죽음인 경우에는 또 다른 이상반응을 수반한다. 유가족은 죽음 그 자체를 무슨 스캔들처럼 은폐하려 드는 것이다.

우리는 마치 새끼를 낳고는 탯덩이를 집어삼키고 구정물까지 싹싹 핥아먹는 짐승처럼 앙큼하고 태연하게 한 죽음을 꼴깍 삼킨 것이었다.[18]

「부처님 근처」에 나오는 오빠의 죽음을 처리하는 과정에 대한 서술이다. 그 죽음이 그렇게 처리되는 이유는 다음 인용문에서 명시된다.

---

17 같은 책, p.164.
18 「부처님 근처」, 같은 책, p.59.

우리 식구는, 나는 얼마나 소름끼치게 참혹하고 추악한 죽음을 목도하고 처리해야 했던가? 형체를 알아볼 수 없이 산산이 망가진 상체의 살점과 뇌수와 응고된 선혈을 주워 모으며 우리 식구는 모질게도 악 한마디안 썼다. 그런 죽음, 반동으로서의 죽음은 당시의 상식으론 떳떳치 못한욕된 죽음이었으니 곡을 하고 아우성을 칠 계제가 못 됐다.[19]

그래서 그런 죽음은 소리 없이 처리되고, 남은 자들은 자신에게 해를 끼칠 그 죽음을 침묵 속에 묻어버려, 시간이 지난 후에도 제사조차 지내지 않고 "삼켜버리고" 마는 것이다. 전시에 그렇게 죽은 죽음들은 무덤도 없다. 「엄마의 말뚝」 2에 나오는 오빠처럼 화장되어 재가 바다에뿌려지고, 그렇게 하여 그 존재의 흔적은 영원히 사라져버리고 마는 것이다.

하지만 그보다 더 끔찍한 것은 대량학살의 반복에 있다. 죽은 곳도시신도 찾을 수 없는 인간들의 떼죽음이 곳곳에서 자행되고 있었다. 「목마른 계절」에서 그것은 우선 "대학병원 뒤뜰의 방치된 국군의 시체들"로 나타난다. "전쟁의 명분을 얼굴로 치면, 살육과 파괴는 내장"이라고 진이는 생각한다. 그리고 이 국군의 시체들은 "초면에, 얼굴도 내밀기 전에 내장부터 내보인" 전쟁의 모습이라고 생각하는 것이다.

그 무차별 학살에 대한 보복이 9·28 후의 빨갱이 사냥이다. "죽여라, 죽여라, 죽여라, 성난 군중들이 발을 꽝꽝 구르고 이를 부득부득 갈면서" 소용돌이친다. 피가 피를 부르는 비극의 악순환이다. 이런 살육의악순환은 심약한 하열을 실성하게 만드는 원인이 된다. 인민군에서 탈출한 그는 천신만고 끝에 태극기가 꽂힌 마을에 다다라 안도의 숨을 내

---

19 같은 책, p.67.

쉬는 순간에 민간인의 시쳇더미와 만난다. "총에 맞고 칼에 찔리고, 차마 눈뜨고 볼 수 없는 모습으로" 죽은 민간인의 시체가 산골짜기에 무더기로 쌓여 있는 것을 본 것이다. 인민군들이 후퇴하면서 저지른 만행이다.

그런데 "그 시체의 더미 앞에서 또 하나의 대량 학살이" 행해지고 있었다. "제발 한번만 살려 달라고 애걸하는 부녀자와 빨갱이가 되기는 너무 어린" 아이들에게까지 총이 난사되고 있었다. 그것을 목격한 충격은 하열에게 인간 기피증과 불면증을 병발시켰다. 사람을 하나도 만나서는 안 된다는 강박 관념이 그에게 피해망상증을 심어 주어, 자지 않고 산속으로만 숨어 다닌 긴 행정이 그의 정신을 속속들이 망가뜨려버리는 것이다.[20] 대부분의 사람들은 섬세한 하열처럼 스스로가 망가져버리는 대신에 죽음에 만성이 되어 무감각해진다. 죽음을 예사롭게 받아들이는 쪽으로 훈련이 되어 가는 것이다. 그리하여 곡성도 의식도 무덤도 없이 인간들의 죽음은 처리되어 갔다.

(5) 인간의 퇴화

폭격과 교통의 차단으로 인하여 물자의 유통 질서가 파괴되고, 생업이 중단되어 수입원이 없어진 전시의 카오스 속에서 제일 먼저 품귀가 되는 것은 식량이다. 사는 것이 아니라 살아남는 일이 지상의 과제가 되는 비상시에 식량의 비중은 한없이 무거워진다. 먹는 일이 삶의 모든 목적을 깔아뭉개는 상태로 인간이 퇴화하는 것이다.

---

20 「엄마의 말뚝」 2 참조.

> 사신死神만이 횡행하는 이 죽음의 도시에 움직임이 아직도 남아 있다면
> 그것은 먹을 것을 얻기 위한 사람들의 끈덕진 상행위였다.[21]

상행위라고 하지만 그것은 실제로 물물교환의 원시적인 거래다. 물건을 들고 나가 쌀이나 보리와 바꾸는 것에 불과하기 때문이다. 다른 물건 값은 형편없이 하락해가는데 식량 값은 계속 상승되는 여건 하에서 조만간 팔 물건이 바닥이 나고 말 것은 자명한 이치다.

진이네는 능곡에 있는 학교 교사인 열이 월급 대신 양곡을 받아와서 처음에는 식량 고생은 하지 않는다. 은행댁 마나님이 쌀밥 먹는 자세를 한다고 서 여사에게 삿대질을 한 것은 동란 초기의 일이다. 열이 의용군에 잡혀가 없어지자 식량난이 닥쳐오고, 대학 일년생인 진이는 만삭의 올케와 노모를 부양할 책임을 지고 식량 때문에 악전고투하지 않을 수 없게 된다. "악착같이 하루의 양식을 구하는 일" 때문에 진이는 우선 "부끄러움을 모르는" 상태에 빠진다. 그것은 순덕의 경우도 마찬가지이다. 순덕은 교수 관사의 담장에 붙어 있는 별 쓸모도 없는 콩깍지를 얻기 위해 "폭이 넓은 치마를 걷어 올리고 흰 인조 속치마를 드러낸 볼썽사나운 꼴"을 하고 있다가 진이에게 들켰는데도 부끄러워하는 대신에 자랑스러운 얼굴을 한다. 진이와 순덕은 알맹이가 영글지 않아 볶아 반찬을 해먹을 수밖에 없는 콩을 얻기 위해서 "가시를 무릅쓰고 장미덩굴 속으로 손을 마구 넣어 휘젓고 손등에서 피가 흐르고 종아리가 찢기"면서도 먹을 것을 얻는다는 생각에 대견한 마음이 된다. 그 일을 통하여 두 친구는 "여태껏 둘을 따로따로 굳게 감싸오던 자존심과 예절, 문득문득 위화감을 일으키던 이념의 차이" 같은 걸 내동댕이치고 "동기간

---

21 「목마른 계절」, 같은 책, p.164.

비슷한 친화감"을 느낀다. 그것은 수치심과 자존심, 예절 같은 것을 모두 팽개치고 비인간적인 데로 퇴화해 가는 인간끼리의 공감에서 오는 친화감이다.

그들뿐 아니다. 모든 사람들이 식량을 얻기 위해 예절과 자존심과 수치심을 버렸다. 진이의 동급생인 민은 식량을 구할 자유를 보장하는 민청의 신임장을 얻기 위해 앞날에 올 수난을 예견하면서도 민청대원이 된다. 미래를 저당 잡히고 오늘의 먹이를 보장받으려 한 것이다. 그러나 신임장만으로 식량이 저절로 얻어지는 것은 아니다. 그는 만삭의 아내를 위해 필요한 미역을 구하지 못해 사색이 되어 있다. 진이는 자기네가 올케를 위해 마련해 둔 산곽을 좀 나눠 줄까 하는 생각을 잠깐 하다가 얼른 그만둔다.

> 안 된다. 안 되고말고. 차라리 한 점의 살을 뜯기는 편이 훨씬 날 것 같다……. 남을 위한 동정심 그런 건 아주 망각해버리는 거다. 심장에 굵은 털을 심는 거다. 그래야만 이 통에 나도 내 가족도 살아남을 수 있다.[22]

식량이 살점과 동격이 되는 상황에서 식량을 남에게 나누어주는 일은 금기 사항이 될 수밖에 없다. 살아남기 위해, 이 수난의 시기에 죽지 않고 살아남기 위해, 사람들은 심장에 굵은 털을 심고 비인간적인 데로 전락한다. 더 이상 팔 물건이 없어졌을 때, 진이는 주저하지 않고 자신의 혼숫감과 졸업할 때 받은 기념품인 은수저를 쌀과 바꿀 결심을 한다. "아아니, 너 정말 환장을 했니?" 서 여사가 기겁을 하며 막아도 소용

---

22 앞의 책, pp.161-162.

이 없다. "보따리에 전신을 덮어씌우듯이 매달린 서 여사를 그녀는 거칠게 밀어놓고" 보따리를 낚아챈다. 그것은 그녀 자신의 미래를 위한 꿈 보따리이며, 과거의 명예가 쌓여 있는 추억의 보따리이기도 하다. 진이는 추억도 미래도 서슴지 않고 먹을 것과 교환한다. 먹는 것은 지상의 과제이기 때문이다. 「엄마의 말뚝」 2에는 진이네 일가가 오빠가 잡혀간 대가나 마찬가지인 배급 식량으로 밥을 지어 "아귀아귀" 먹는 장면이 나온다.

세상에 아무리 목구멍이 포도청이라지만, 그 아들이 어떤 아들이라고 그 아들 목숨하고 바꾼 밥뎅이가 걸리지도 않고 이리 술술 넘어가노.[23]

밥을 먹다 말고 엄마가 내뱉는 이 한탄은 생명의 비정함과 그 에고이즘을 향한 모든 인간의 한탄이라고 할 수 있다. 진이는 사람들의 그런 감상感傷에 신경질적인 반응을 나타낸다. 인간이 먹는 일이 죽기 전엔 끝장이 안 날 일이라는 걸 생각하면, 그 일가를 먹여야 할 책임은 어린 진이를 두렵게 하고, 그 공포감 때문에 그녀는 지나치게 그 일에 몰입하여 본성을 잃어간다. 결국 "먹고 먹이는" 고달픈 업고는 그녀에게 빈 집털이까지 하게 만든다. 그건 도둑질이다. 그러면서 그녀는 양심의 가책조차 느끼지 않게 된다. 인의예지仁義禮智라는 인간적인 이상을 휠휠 벗어버리고, 먹는 것을 지상선으로 삼는 동물적인 본능 쪽으로 퇴화해 가면서 사람들은 전시를 힘겹게 넘겨가고 있었던 것이다.

---

23 「엄마의 말뚝」 2, 같은 책, p.410.

(6) 본성의 상실

먹는 것을 위하여 인간은 자존심과 예의와 염치를 버리게 되고, 인간이 인간을 대량으로 학살하여 도처에 주검들이 널려 있고, 종이 쪽지 하나가 사람의 생명을 좌우하는 막중한 위력을 지니며, 부모와 자식이, 이웃과 이웃이 서로를 믿지 못하여 박해하고 의심하며, 모든 인간이 적이냐 내 편이냐는 두 개의 그룹으로 양분되어 처단되는 비상시의 상황은 인간으로 하여금 인간으로서의 본성을 지니면서 사는 일을 어렵게 만들어 갔다. 그래서 사람들은 사람다움을 자꾸만 상실하여 더러는 짐승처럼 되어 갔고, 더러는 독사처럼 되어 갔다. 살아남기 위하여 모두들 망가져가고 있었던 것이다.

조신하게 늙은 얌전한 노인네, 전시의 생태를 이해하거나 배울 줄을 모르는 고지식하고 무능한 여인인 서 여사 같은 인물도 전시를 겪으면서 변모해간다. 까닭도 알 수 없이 따돌림을 당하고, 아들의 생사를 알 수 없는 암담한 시간을 보내는 동안에, 그녀가 얻은 새로운 재주는 교활함이다.

> 이렇게 잘돼 돌아와 기쁘지만 피난 생활에 얼마나 고생이 많았나? 그저 자네가 있어야 집안 내가 든든하이.[24]

9 · 28 후에 군복을 입고 친척이 나타나자 엄마는 은행집 할머니가 들으라고 필요 이상의 큰 소리로 이렇게 그와의 친분을 과시하는 것이다. 진이는 "처음으로 본 어머니의 교활한 처세술에 미움과 측은함을 동시

---

24 「목마른 계절」, 같은 책, p.220.

에 느낀다." 그건 너무나 어머니답지 않은 행동이었기 때문이다.

당숙모에게서는 서 여사와는 비교도 할 수 없을 만큼 더 큰 변모가 나타난다. 그녀는 자기네끼리만 피난을 가면서 어린 조카에게, 어느 모로 보아도 숙모가 조카딸에게 할 성질이 아닌 말을 하고 있다.

> 이런 땐 너희 식구도 살리고 너도 살리려면 수단을 부릴 줄 알아야 하느니. 우리 집에 전에 세들었던 집의 고 미애란 년 있잖니? ……고년이 글쎄 요새 흥청대는 군인 장교하고 눈이 맞아 들락거린다는 소문이 자자하더니 그 장교 덕으로 우리보다 먼저 피난을 갔단다. 너도 좀 수단을 부려 보렴. 우리만 바랄 게 아니라.[25]

진이도 많이 변하는 인물이다. 그녀는 혼숫감을 들고 덕소까지 가서 보리쌀 서너 말과 바꾸어서 그걸 서울까지 이고 오는 악착 같은 생활력을 보여주며, 심지어 빈집털이까지 한다. 뿐 아니다. 그녀는 피난이 너무 가고 싶어서 당숙모의 말대로 혹시 길거리에서 군인 장교가 걸리지 않나 두리번거려보기도 한다. 그러나 전쟁 중에 가장 바람직하지 않은 쪽으로 변해버린 인물은 하열이다. 그는 준수한 용모에 신중하고 책임감이 있는 인품을 지닌 명석하고 떳떳한 인물이었다. 그런데 전쟁은 그를 속속들이 망가뜨려 폐인을 만들어버렸다. 정화수를 떠놓고 밤마다 그의 귀가를 빌던 엄마마저 차마 반가운 낯을 할 수 없는 몰골이 되어 그는 집으로 돌아온다.

> 눈은 잠시도 한군데 머무르지 못하고 휘번득댔고, 심한 불면증으로 몸

---

25 같은 책, p.231.

은 수척했고 피해망상으로 하루도 몇 번씩 깜짝깜짝 놀라고 사람을 두려워했다.[26]

그런 증상은 병이라고 하면 변명의 여지라도 있다. 그런데 그는 그냥 신경쇠약에만 걸려 있는 것이 아니다. 그는 염치를 잃어갔고, 비굴한 인간이 되어 있었다. 식구들에게 흉몽 같은 존재가 되고 있으면서 그는 미안해하지도 않았다. 오히려 뻔뻔스럽게도 자기는 가만히 앉았고, 식구들이 무슨 수를 써서든지 시민증을 구해다 주기를 바랐으며, 심지어 동생에게 "야아, 너 빽 있는 놈 하나 물어서 이 오빠 좀 살려주면 안 되니? 누이 좋다는 게 뭐냐?" 하는 치사한 말까지 하게 된다. 그는 자신의 아들에게조차 무관심하다. "착하고 다정하던 눈매는 이유 모를 불안으로 핏발 섰다가는 조고만 소리에도 곧 튀어나올 듯이 둥그레졌다." 그러다가 마지막에 현저동에서 인민군을 만났을 때는 실어증에 걸렸는지 "으, 으, 으, 으, 짐승 같은 신음소리"[27]를 내는 게 고작인 상태로까지 퇴화되고 만다. 몸도 마음도 완전히 망가져 폐인이 되어버린 것이다.

실성을 하는 사람은 오빠만이 아니다. 「목마른 계절」에서는 아들을 학살당한 어머니 역시 실성하고 만다. 그녀는 "허구한 날을 아들이 묻힌 땅을 손바닥으로 쓰다듬으며" 자장가를 부른다. 그녀가 "젊은 어머니였을 적에 귀여운 첫아들을 잠재우며 불렀음직한 묵은 자장가"를 부르는 것으로 소일하게 되며, "그 대신 다른 말은 온통 잊어버려" 벙어리처럼 되어버린다.

하열의 실성은 동란기의 광기 어린 분위기가 개인의 심신에 미치는

---

26 「엄마의 말뚝」 2, 같은 책, p.411.
27 위와 같음.

파괴력을 입증하는 상징적 성격을 지니고 있다. "눈먼 악마" 같은 전쟁의 광기는 선량한 소시민들을 교활하게 만들고 극악스럽게 만들며, 몰염치하게 만든다. 말하자면 인성을 훼손하여 인간으로 하여금 그 인간다운 본성을 상실하게 만드는 것이다. 하열의 실성은 그 인간 상실의 비극의 정점을 이룬다.

3) 도시의 황폐화

(1) 무너진 고가古家

전쟁으로 인한 도시의 황폐화 현상은 우선 시각적인 면에서 나타난다. 폭격으로 인한 건물들의 파괴, 질서가 무너진 거리의 혼잡상, 통신을 두절시키기 위하여 끊어놓은 전선의 뒤얽힘 같은 것이 전쟁이 도시의 외양에 미치는 첫번째 변화이다. 6·25 동란 며칠 후부터 시작된 폭격은 9·28 무렵이 되자 절정에 달하면서 도시를 시각적으로 황폐화시킨다.

> 찬이 태어난 날을 고비로 폭격은 한층 심해지고 주택가고 어디고 박격
> 포탄이 밤낮 없이 날아들기 시작한 것이다. 언제 죽을지도 모르는 전전긍
> 긍한 시간……. 어둡고 긴 밤, 지축을 흔드는 폭음과 포성, 마치 죽음의
> 촉수가 목덜미를 스치는 불길함 같은 쌔앵, 하는 차고 날카로운 박격포탄
> 의 공기를 자르는 긴 여운. 서울은 온갖 최신 화력으로 격렬한 공격을 당
> 하면서도 아직도 모진 집념과 독기 서린 악의의 지배하에 있었고…….[28]

이러한 폭격의 소용돌이 속에서 9·28을 눈앞에 두고 「나목」의 두 오빠는 폭사하고 만다.

"방바닥이 크게 들썩이며 귀가 꿩꿩했다." 폭탄이 경아의 집에 떨어진 것이다. "어머니의 맨발이 마루에 흩어진 유리 조각을 딛는" 소름 끼치는 소리에 이어 경아가 본 것은 "검붉게 물든 시트, 군데군데 고여 있는 검붉은 선혈, 여기저기 흩어진 고깃덩어리들"이다. "어떤 부분은 아직도 삶에 집착하는지 꿈틀꿈틀 단말마의 경련을 일으키고 있었다."

부서지고 망가진 것은 오빠들의 육체만이 아니었다. 오빠와 아빠가 그토록 사랑하던 아름다운 기와집도 처참하게 한 부분이 부서져버렸다. 오빠들이 자고 있던 행랑채가 폭격을 당한 것이다. 그들의 고가의 붕괴는 전쟁 전의 평화롭던 세계의 붕괴를 상징한다.

> 한쪽 추녀가 달아난 커다란 한옥은 마치 날개를 잃은 전설 속의 큰 새 같았다. 하늘을 향한 비상을 단념한 새는 쓸모없는 괴물처럼 누워 있었다.[29]

건물의 붕괴는 그 속에서 살아남은 사람들의 정신의 붕괴를 수반했다. 경아의 어머니에게 있어 그 고가는 아들들과 동질시 되었다. 그리고 아들들은 그녀의 생명 그 자체였다. 그래서 용마루를 꿰뚫은 폭탄은 어머니의 중추를 함께 꿰뚫어서 그녀까지 "쓸모없는 괴물"로 만들어버린다. 오직 그 집에서 죽는 것만이 목적이 된 허수아비 같은 엄마와 둘이만 남은 경아는 1951년 겨울의 혹한 속에서 흙갓집을 흔드는 바람 소리를 듣고 있다.

---

28 「목마른 계절」, 같은 책, pp. 184-185.
29 같은 책, p. 83.

그래도 들리는 흉가집을 흔드는 바람 소리, 행랑채의 뚫어진 지붕으로 휘몰아쳐 들어와 부서진 기왓장을 짓밟고, 조각난 서까래를 뒤적이고 보꾹의 진흙을 떨구고, 찢어져 늘어진 반자지와 거미줄을 흔들고, 쌓인 먼지를 날리느라 마구 음산한 휘파람 소리를 내며 돌아다니는 바람은 이불 속에서 귀를 막아도 사정없이 고막을 흔들어댔다.[30]

그 소리는 스무 살 된 경아의 심장을 공포로 멎게 할 정도로 음산하고 끔찍했다. 그것은 망령들의 울음소리이며, 유령같이 된 엄마의 울음소리이기도 하기 때문이다. 속속들이 망가진 것은 비단 그녀의 집만이 아니다.

번화가인 충무로에도 어두운 모퉁이 불빛 없이 우뚝 선 괴물 같은 건물들이 너무도 많았다. 주인 없는 집이 아니면 중앙 우체국처럼 다 타버리고 윗구멍이 뻥 뚫린 채 벽만 서 있는 집들…….[31]

서울 전체가 타버리거나 구멍이 뻥 뚫린 괴물 같은 건물로 이루어진 거대한 폐허였다. 혹독한 겨울 추위를 배경으로 한 이 황량한 폐허에 "거대한 촉루같이 늘어선 가로수들이 심한 바람 속에서 애처로운 소리를 내며 떨고 있었다." 그 황량하고 스산한 거리는 경아에게 공포감을 불러 일으킨다. 하지만 정작 공포의 절정은 그녀 자신의 무너진 집이었다. 그것은 빛나고 화려하고 생기에 넘쳐 있던 한 가정의 주검을 의미했다. 전쟁 전의 그녀의 세계는 목가적이고 평화로운 곳이었다.

---

30 같은 책, p.94.
31 같은 책, p.19.

등교 길에 문득 고개를 젖히고 우러른 가로수의 눈부신 신록과 햇빛의 오묘한 조화……. 동부인해서 나들이 가려는 감장 세루 두루마기의 아버지와 늘 조금 떨어져 걷는 옥색 모본단 두루마기의 화사한 어머니……. 섣달 그믐날 소반 위에 가지런히 늘어선 불룩한 만두의 행렬……. 처음 신사복을 맞춰 입던 날의 혁이 오빠와 욱이 오빠의 몰라보게 준수하던 모습……. 어머니와 내가 같이 사랑하던 어머니의 소지품들. 뽀오얀 수달피 목도리와 늘 낀 채로 있던 굵은 금가락지. 화창한 날 뚝뚝 떨어져 오던 중정의 보랏빛 오동꽃…….[32]

눈부시던 신록의 가로수는 촉루같이 되어 버리고, 세루 두루마기를 입었던 아버지와 신사복의 오빠들은 죽어버렸으며, 모본단 두루마기 속에서 화사했던 어머니는 회색 누더기에 묻힌 유령이 되어버렸다. 만두도 수달피 목도리도 금반지도 다 포탄에 날아가 버리고 남은 것이 없다. 그 많은 것들을 모두 전쟁이 쓸어가 버린 것이다. 경아네 아름다운 고가의 붕괴는 전쟁이 파괴하고 황폐화시킨 서울 전체의 상징이며 핵심이다. 한 집의 무너진 모습 속에 동란기의 서울 전체가 수렴되어 있다.

(2) 사람들이 버린 도시

전쟁이 일어나자 사람들은 조난당한 배의 쥐들처럼 재빨리 몸을 움직여 그 죽음의 도시에서 빠져나가기 시작했다. 미처 빠져나가지 못한 사람들도 숲, 땅굴, 마루 밑, 다락 등에 숨어 버려 서울은 "빨래 하나 내건 집이 없는" 공허한 도시로 변해 갔다. 그런 서울의 모습이 「목마른 계

---

32 같은 책, p.185.

절」에서 다음과 같이 그려져 있다.

> 낮에는 낮대로 각종 전쟁의 무기들이 요란스럽게 머리 위를 오가고 지
> 척에서 터지고 무너지고 하느라 고막이 터질 듯한 가운데도 진이는 문득
> 문득 견딜 수 없는 적막감에 사로잡혔다. 도대체 이웃에고 거리에고 인기
> 척이라곤 없기 때문이다. 문틈으로 내다본 한길엔 사람들의 왕래가 며칠
> 째 완전히 끊기고 담 너머론 아기들의 울음소리조차 들리지 않고 해 저문
> 창엔 등불도 없다.[33]

인적이 끊긴 그 어두운 도시에서 사람들은 "고도에 유배된 듯한 절실
한 고독감"에 사로잡힌다. 하지만 그것은 6·25 때의 서울이다. 6·25
때만 해도 하룻밤에 세상이 바뀌는 일의 구체적인 의미를 미처 터득하
기 전에 인민군이 들어왔기 때문에, 피난 간 사람의 수는 그다지 많지
않았다. 사람들은 그저 몸을 숨기고 숨을 죽인 상태에서 최저의 삶을
영위하고 있는 것뿐이다. 그러나 전쟁의 의미를 충분히 터득한 1·4 후
퇴 때는 사정이 달랐다. 거의 모든 주민들이 다시 다가올 전쟁을 앞에
두고 필사적으로 서울에서 떠났다. 1·4 후퇴 때의 서울은 거의 무인지
경이나 다름이 없었다. 그런데 「목마른 계절」의 진이네는 피난을 갈 수
가 없었다. 오빠 때문이다. 다리에 관통상을 입은 오빠로 인해 그들은
사람들이 버리고 간 서울에 남아 있지 않을 수 없게 된다. 그때의 텅
빈 서울을 작가는 다음과 같이 묘사하고 있다.

> 이것은 분명히 전설에나 나오는 끔찍한 악역(惡疫)이 휩쓸고 지나간 거리

---

33 같은 책, p.186.

인 것이다. 역신疫神이 지배하는 거리. 그러면 진이네는 무엇이란 말인가? 악역을 면할 수 있었던 행운아들? 아니다. 역신조차 외면하는, 지옥으로 가는 축에서조차 따돌림을 당한 저주받은 족속인 것이다……. 진정코 지옥 속에서라도 여럿이 함께 있고 싶은 것이다.[34](방점: 필자)

지옥 속에서라도 사람들과 함께 있고 싶다는 열망은 진이로 하여금 밤에 빈집을 뒤지는 도둑 행각까지 벌이게 할 만큼 절실하다. 식량 문제가 해결이 나고도 그녀는 밤털이를 그만두지 못한다. 빈집들에 남아 있는 사람들의 생활의 냄새라도 맡지 않고는 견딜 수 없는 것이다.[35] 그러다가 그녀는 갑희를 만난다. "갑희를 알고 나서부터 지겹게 외롭던 서울살이도 훨씬 견디기 수월해"진다. 그래서 진이는 밤에 남의 집을 뒤지는 습성을 잊게 된다.

텅 빈 서울의 공허를 견디지 못하는 것은 진이만이 아니다. 서울에 쳐들어온 인민군의 장교 황 소좌에게도 그 공허는 역시 견딜 수 없는 그 무엇이었다. 그들은 흰 홑이불로 얼굴을 가리고 빈집들을 뒤지고 다니다가 드디어 진이네와 갑희네를 발견한다. 서울의 공허가 그를 기습하고 그는 그 타격으로 적지 않이 비틀대고 있었는데, 그 무렵에 진이네와 갑희네를 알게 된 것이다. 진이와 갑희를 못 만났다면 H동이야말로 당장 불 질러 놓고 싶으리만큼 그의 울화통을 건드리는 동네였다.

H동 이 부스럼딱지처럼 더러운 빈민촌까지 깡그리 빈집일 게 뭐람. 가난뱅이들, 이른바 무산 계급까지도 우리들에게 등을 돌렸다는 건 참을 수

---

34 같은 책, p.257.
35 같은 책, pp.279-286 참조.

없는 배신이다……. 황 소좌는 가슴 속에서 대상도 분명치 않은 살의가 활활 타오름을 의식한다.[36]

흰 홑이불 속에서 나타난 그 살의를 지닌 사나이는 진이네를 망치러 온 역신이었다. 그의 눈먼 살의의 표적이 진이 오빠가 되었기 때문이다. 그 죽음의 거리, 버림받은 도시의 얼어붙은 빈민굴에서 그는 총을 난사해서 하열을 죽인다. 그래서 주민들이 버리고 간 서울은 문자 그대로 역신이 휩쓸고 간 악역의 도시가 되는 것이다. 카뮈의 「페스트」에서처럼 박완서의 「목마른 계절」에서도 전쟁은 전염병과 동질시 되고 있다. 전쟁이 휩쓸고 간 거리는 악역의 거리처럼 지옥의 도시로 변모되는 것이다.

(3) 빛과 색채의 소멸

「나목」에서는 그 지옥의 도시가 빛과 색채의 소멸로 상징화된다. 이 소설에서 전쟁과 평화는 빛의 많고 적음에 의해서 구분되고 있다. 1951년 겨울의 서울의 어두운 거리는 전쟁 그 자체를 의미한다. 그 거리의 어둠은 그녀에게 공포감을 불러일으킨다. 거리뿐 아니라 진이네 집도 어둡기는 마찬가지다. 그래서 그녀는 불을 환하게 켜놓고 있으라고 매일같이 어머니께 간청한다. "엄마두 참, 불 좀 켜놓으시래두. 온통…… 안채구 바깥채구 온통……." 무서움 때문에 심장이 멎을 것 같아 그녀는 밤마다 엄마한테 이렇게 앙탈을 부리지만 효력이 없다. 그 어둠은 엄마의 절망을 의미하는 것이기 때문이다.

---

36 같은 책, p.384.

집채를 휩싸안은 어둠 속에서 경아는 미칠 듯이 밝음을 갈망한다. "집집마다 불빛이 있고 거리마다 사람이 넘치는 곳"에 그녀는 살고 싶다. 부산이나 대구처럼 전장에서 먼 곳, 불빛이 있는 밝은 곳은 평화의 고장이다. 그녀는 어둠에 싸인 서울을 떠나 그런 곳에서 살고 싶다. 그것이 안 되면 명동의 상가 근처에라도 있고 싶다. 장난감 침팬지가 술을 마시고 있는 명동 입구의 장난감 가게에 그녀가 자주 들르는 이유는 그곳이 밝은 곳이기 때문이다. 밝음은 따스함을 의미한다. 아버지, 오빠들과 함께 살던 전쟁 전의 세계는 "따습고 환한" 세계이다. 고향도 역시 따습고 밝은 곳이다. 그 따스함은 사랑을 의미하는 것이기도 하다. 경아에게는 남녀 간의 애정도 "춥지 않은 그 무엇"을 의미한다.

그래서 어둠은 추위와 연결된다. 「나목」의 시간적 배경은 겨울이다. "추위도 유별나고, 눈도 유난히 잦은 겨울"이 경아에게 주어진 「나목」의 계절이다. 그 소설에 나오는 "김장철 특유의 을씨년스러운 첫 추위"는 경아의 인생이 만난 삶의 첫 추위를 의미한다. 계절이 상징적 의미를 지니게 되는 것이다. 그 혹한의 계절을 대표하는 인물이 어머니이다. 전쟁을 겪고 아들들을 잃은 후의 어머니인 것이다. 딸이 아무리 손을 꼬옥 쥐어도 결코 "마주 쥐어 오는 법이 없는" 어머니는 경아를 춥게 만드는 원흉이다. 어머니의 "자애로움에 대한 인색함" 때문이다. 그래서 경아에게 남아 있는 가식 없는 자신의 몫은 "무섭다는 생각과 춥다는 생각뿐"이다.

어둠과 추위가 등가관계를 이루는 것처럼 밝음은 따스함과 동질성을 띠고 있다. 그리고 그 밝음과 따스함은 색채와도 같은 속성을 지닌다. 다채로운 색깔들은 삶의 기쁨 그 자체를 의미하는 것이다. 그것들은 행복과 평화를 상징한다. 오빠들이 있던 세계는 "위태롭도록 다채롭고 현란한 색채"를 지닌 세계였다. 열중할 만한 대상을 찾아내는 데는 선수인 오빠들처럼 경아는 "여러 가지를 재미나 하고팠고", 신나는 음향으로 가득 차 있는 집에 살고 싶었다. 실제로 과거에 경아는 "그런 속에서 태어나 그렇게 살아 왔던" 것이다. 그런 평화롭고 따뜻한 세계를 상징하는 것이 원색의 비단옷이다.

다홍 모본단 치마와 색동 저고리는 재작년의 설빔이다. 경아는 엄마 몰래 그 옷을 꺼내 입고 거리에 나와서 '바람을 함뿍' 안으니 '한복은 마치 날개옷처럼 느껴진다.'[37]

전쟁은 그녀의 아름다운 고가를 무너뜨리면서 동시에 그 고가에서 색채를 앗아 갔다. 다홍 치마와 색동 저고리의 현란한 색채의 세계에서 경아는 갑자기 뿌우연 무채색의 세계로 추락한 것이다. 그 무채색을 대표하는 색깔이 회색이다. 회색은 원색의 시체이고 경아의 어머니의 색깔이다. 아들을 잃은 어머니는 삶 자체를 거부하며 그 허虛의 세계에 칩거하고 만다. 젊은 경아는 원색의 비단옷을 꺼내 입고 회색의 세계에서 벗어나 보려고 안간힘을 쓰지만 소용이 없다. 어머니의 회색 세계가 그녀의 비상을 훼방하기 때문이다.

나는 어머니를 싫어하고 있는 것이다. 우선 어머니를 이루고 있는 그 뿌우연 회색이 미웠다. 백발에 듬성듬성 검은 머리가 궁상맞게 섞여서 머리도 회색으로 보였고 입은 옷도 늘 같은 찌든 행주처럼 지쳐 빠진 회색이었다. 무엇보다도 견딜 수 없는 것은 그 회색빛 고집이었다. 마지못해 죽지 못해 살고 있노라는 생활 태도에서 추호도 물러서려 들지 않는 그

---

37 『나목』, 민음사, 1981, pp.91-92.

무섭도록 탁탁한 고집, 나의 내부에서 꿈틀대는, 사는 것을 재미나 하고 픈, 다채로운 욕망들은 이 완강한 고집 앞에 지쳐 가고 있었다.

　회색 벽지에 몸을 기대듯이 앉은 어머니의 후줄근한 모습, 의치를 빼놓은 입의 보기 싫은 다뭄새⋯⋯[38]

　어머니는 머리도 회색이요 옷도 회색이며, 삶을 향한 자세도 회색이고, 기대 앉은 벽지도 회색이다. 어머니가 마지못해 끓여대는 유일한 반찬인 시척지근한 김칫국도 빛깔로 환산하면 회색이 될 것이다. 그것은 죽음의 색깔이며 추醜의 색상이다. 아들이 죽은 후 다시는 의치를 끼려 하지 않는 어머니의 얼굴은 "이십 년은 더 늙어보였고 아주 낯선" 존재였다. "자연의 윤기를 지닌 검은 머리가 곱게 빗겨져 있고 윤곽이 고운 얼굴과 아름다운 치아를 가지고 있었던" 전쟁 전의 어머니와는 도저히 동일시할 수 없는 여인이 된 것이다.

　어머니의 회색 분위기는 삶에 대한 의욕을 말소시킨 데서 생겨났다. "아무것도 생각 않는 상태, 완전한 허虛" 그것이 어머니이다. 생활의 냄새가 없는 어머니의 장롱 서랍도 역시 "허"인 것이고, 그래서 경아는 "한쪽 날개를 잃은 흉가에서 완전히 혼자서 살고 있다."는 생각을 하게 된다.

　그 회색은 어머니만의 색상이 아니다. 그것은 전쟁이 휩쓸고 간 황량한 폐허의 도시의 색깔인 것이다. 1951년 겨울의 서울은 보도도 회색이며 경아가 일하는 직장의 휘장도 회색이고, 구멍 뚫린 건물들도 회색이며, 심지어 하늘까지 "암회색으로 막혀" 있었다. 어머니뿐 아니다. 옥희도 씨의 세계의 주조색도 역시 회색이다. 그는 한없이 권태로운 침팬지

---

38 같은 책, p.21.

의 동작에서 자기와 경아의 영상을 본다. 달러 냄새를 맡으면 그 슬픈 브로큰 잉글리시를 지껄여대는 경아와 "똑같은 잡종의 쌍판을 그리고, 또 그리고" 하는 자신의 모습 위에 태엽만 틀면 술을 마시는 침팬지의 모습이 오버랩되는 것이다. 그 상심과 절망과 권태가 상징적으로 응결된 것이 옥희도 씨가 그린 "나목"이라는 그림이다.

　　거의 무채색의 불투명한 부우연 화면에 꽃도, 잎도, 열매도 없는 참담한 모습의 고목이 서 있었다. ……하늘도 땅도 없는 부우연 혼돈 속에 고목이 괴물처럼 부유하고 있었다.[39]

　그 고목을 보면서 경아는 그것이 "한발旱魃에 고사枯死한 나무"라는 생각을 한다. 그들이 처한 상황은 "태양이 없는 한발"이며 "짙은 안개 속의 한발"이다. 햇빛조차 없는 그 불모의 한발에 말라죽은 나무가 바로 옥희도 씨이며 자기의 오빠와 어머니라고 본 것이다.
　이십 년의 세월이 흐른 후 옥희도 씨의 유작전에 간 경아는 그 나무의 그림을 보면서 그것이 고목이 아니라 사실은 나목이었음을 발견한다. 고목은 죽은 나무이지만 나목은 산 나무이다. 회생할 가능성을 지닌 겨울나무를 말이다. 세월의 흐름이 나무에 대한 부정적 시각을 수정하게 만든 셈이다. 하지만 나목이라고 해서 회색이 아닌 것은 아니다. 그 그림이 지닌 "빛깔에의 빈곤"은 여전히 "삶의 기쁨의 빈곤"을 말해주고 있다. 경아는 혼신의 힘으로 그 회색에 저항한다. 젊은 그녀는 사는 것을 재미나 하고 싶은 다채로운 욕망들을 가지고 있고, 그 욕망을 저해하는 회색 지대에서 벗어나 밝은 곳에 가고 싶은 갈망에 찢기운다.

---

39 같은 책, p.178.

그러나 그 일은 불가능했다. 자신이 어머니의 딸임을 사임할 수 없는 것처럼 그녀를 사슬처럼 휘감고 있는 회색에서 벗어날 방법은 없다. 아무리 "허우적대도 벗어날 길 없는 첩첩한 회색"을 경아는 뒤흔들어라도 보고 싶다. 그래서 그녀는 여러 번 자신의 직장인 P.X.의 매장에서 물구나무를 서는 꿈을 꾼다. 회색의 세계에서 탈출하지는 못하더라도, 이 탁탁하고 두터운 회색에 파문이라도, 균열이라도 일으키고 싶었기 때문이다. 그래서 그녀는 섹스를 생각한다. 미군 병사 죠오와 호텔에 갈 결심을 하는 것이다. 죠오를 통해 그녀는 자신의 "영육의 나신을" 보기를 원했다.

그러나 그녀가 계획한 회색에서의 모반은 실패로 돌아갔다. 그와 함께 간 호텔방의 진홍빛 갓 속에 진홍빛 꼬마 전구가 켜진 침대 위에서 그녀가 본 것은 회색보다 몇 배나 무서운 색깔인 "핏빛"이다. 경아는 붉은빛을 띤 침대 시트에서 성적 흥분을 느끼는 대신에 오빠들의 주검을 떠올린다. "순백의 호청을 붉게 물들인 처참한 핏빛과 무참히 찢겨진 젊은 육체"를 본 것이다.

회색이 폐허의 빛이라면 핏빛은 살육 그 자체의 빛이다. 1950년 7월에 진이(「목마른 계절」)가 본 "핏빛 글씨들 ─ 혁명, 원쑤, 투쟁, 당, 인민, 수령, 영광, 애국…… . 오랜 한발 끝에 지심에서 내뿜은 뜨거운 화염처럼 처절한 저주를 주위에서 발산하던 핏빛 칸나꽃" 등은 모두 그 살육의 색상을 지니고 있다. 그것은 광기의 빛깔이다. 전쟁의 광기를 나타내는 빛깔이다. 회색은 핏빛이 회신灰燼한 빛깔이다. 그것은 핏빛의 주검이다. 회색이 폐허의 추위를 나타내는 빛이라면 핏빛은 6·25가 일어나던 여름의 찜통 속 같은 더위의 빛깔이다. 「목마른 계절」에서 그 더위는 "시루 속", "백조가 타 죽을 더위" 등의 부정적 비유를 통하여 반복되고 강조되면서 살육의 색상으로 정착해간다. 빛, 색채, 온기, 사랑, 기쁨 등이 평화의 속성이라면, 어둠, 무채색, 추위, 미움, 절망 등은 전쟁과 살육의 세계를 나타낸다. 그래서 그것은 전시의 서울과 동질화되는 것이다.

4) 울타리 안에 쳐들어온 전쟁

전술한 바와 같이 6·25의 기억은 박완서에게 있어 헤어날 길 없는 하나의 흉몽이다. 가족 속의 가장 소중한 존재인 오빠의 실성, 그리고 그 참혹한 죽음이 이 시기에 일어났기 때문이다. 「목마른 계절」과 「나목」은 6·25에 얽힌 가족사적 비극을 본격적으로 다룬 씨의 초기의 장편들이다. 따라서 여기에 나타난 도시는 전시의 서울로 압축된다. 「목마른 계절」은 6·25가 일어나던 1950년 유월에 시작되어 오빠의 무덤에서 어머니가 자장가를 부르는 장면에서 끝이 나고, 「나목」은 그해 겨울에서 다음해 해동 무렵까지가 대상으로, 아들을 잃은 어머니와 폐허의 서울에 초점이 맞추어져 있다. 두 편을 모두 합쳐도 6·25 발발 후 삼 년 안의 이야기가 되는 것이다.

내용은 한 집안의 울타리 안에 쳐들어온 전쟁의 모습으로 제한되어 있다. 스무 살 전후의 예민한 처녀의 감성을 통하여 본 전쟁의 모습인 것이다. 그런데 박완서는 한 가정의 전쟁 체험을 그린 정밀화를 사회 전체의 벽화로 확산시키는 묘체를 터득하고 있다. 「목마른 계절」과 「나목」에 나타난 비상시의 서울은 주인공의 좁은 행동반경 안으로 지역이 한정되고 있지만, 그것은 모든 전쟁의 보편적인 특성을 함유하면서 서울 전체, 나아가서는 한국 전체의 동란기의 모습을 포괄한다. 「엄마의 말뚝」 1에서 "한 가족사의 말뚝이 그대로 민족사의 말뚝으로" 확산되듯이 여기에서도 같은 현상이 나타난다. 「목마른 계절」에 나타난 전시의 증상들이 그것을 입증한다.

6·25 동란이 서울 시민의 정신에 미친 전시의 징후는 우선 1) 가치관의 변화로 나타난다. 그 첫 항목이 새로운 인간 분류 방법이다. 「목마른 계절」에 나오는 전시의 서울은 인간들을 좌와 우의 두 카테고리로 양분하는 현상이 극단화되던 시기였다. 물론 그런 양분법은 전쟁 이전에도 있어 왔지만, 상당한 융통성을 지니고 있었고, 이념에 관심이 많은 사람들에게만 해당되는 것이었다. 전쟁은 그것을 극단화시키면서 확대하여 중간층의 설 자리까지 점령해버린다. 그 일은 목숨과 직결되는 사항인만큼 사람들은 과민 반응을 나타내며, 오해와 속단 속에서 애매한 사람이 희생양이 되는 사태가 벌어지는 것이다. 하열은 그런 희생양 중의 한 사람이다. 어느 쪽도 선명하게 선택할 수 없어 희생되는 사람들의 비극을 그가 대표한다.

그 기계적인 양분법의 결과로 생겨난 것이 이웃끼리의 불신사조다. 생명이 경각에 달려 있는 각박한 분위기는 사람들을 극단의 이기주의로 몰고 가서, 정으로 맺어졌던 모든 인간관계를 불신과 시의猜疑로 바꾸어 놓는다. 하열이 시민증을 못 얻은 것, 그래서 결국 학살당하고 만 것은 그를 외면한 이웃들의 책임이기도 하다. "천사에게도 살의를 가르치는" 분위기 속에서 인간 불신 사상이 팽배해 가는 것이다. 증명서가 위력을 발휘하는 것은 그 때문이다.

세 번째 변화는 생명의 평가절하현상에 있다. 인간을 대량으로 학살하는 전쟁의 메커니즘은 사람값을 형편없이 하락시킨다. 그래서 주검은 도처에 널려 있는데 상가나 장례식은 찾아볼 수 없는 기현상이 벌어진다. 하열의 실성의 원인은 거기에 있다. 그는 사람의 죽음을 무심하게 넘겨버릴 수 없었던 것이다. 인민군에서 도망쳐 나온 열은 태극기가 꽂

헌 마을에서 인민군이 학살한 민간인의 시쳇더미와 만났으며, 그 시쳇더미 앞에서 국군이 반동분자를 척결하는 장면을 보게 된다. 살려 달라고 애걸하는 아녀자들에게 총이 난사되는 것을 본 그는 인간에 대한 공포증과 불면증이 병발된다. 대부분의 사람들은 하열처럼 자기가 망가지는 대신에 타인의 죽음에 대해 무관심해지고, 그리하여 인간의 목숨 값은 바닥 모르게 하락해간다.

그 다음에 나타나는 현상이 인간의 퇴화현상이다. 전시가 되니 사람들은 짐승으로 퇴화하여서 식량 확보에 전력투구한다. 「목마른 계절」의 진이도 그들과 같다. 그녀는 자신이 졸업할 때 받은 은수저와 결혼할 때 쓸 혼숫감을 주저하지 않고 식량과 바꾼다. 꿈과 추억을 식량과 바꿔버리는 것이다. 뿐만 아니다. 그녀는 빈집털이까지 한다. 그녀의 가족은 훔친 쌀만 먹는 것이 아니라 오빠가 의용군이 된 대가로 나온 배급쌀도 "아귀아귀" 잘 먹는다. 다른 사람들도 마찬가지다. 사람들은 먹이에 모든 것을 거는 아귀가 되어 가는 것이다. 이런 상황은 인간이 그 본성을 간직하는 것을 훼방한다. 진이의 엄마는 그 와중에서 교활해지고, 당숙모는 천격이 되며, 진이는 그악스러워지고, 열이는 실성한다. 그들은 모두 본성을 상실하게 되는 것이다.

전쟁이 망가뜨리는 것은 인간의 내면만이 아니다. 그것은 도시를 폐허로 만든다. 「목마른 계절」에서는 전자에 초점이 맞추어져 있는 반면에 「나목」에서는 후자에 초점이 맞추어진다. 「나목」은 전선이 북상한 1951년 겨울을 다루고 있기 때문에 전쟁 후유증 쪽에 역점이 주어진 것이다. 서울의 폐허화는 경아네 무너진 고가를 중심으로 하여 그려진다. 그 집은 전쟁 이전의 세계와 그 후의 세계를 상징화한 건물이다. 전쟁 전의 그 집은 사랑과 기쁨이 충만한 평화로운 장소였다. 하지만 폭격으로 두 오빠가 죽으면서 집도 같이 무너진다. 날갯죽지가 부러진 새처럼 한쪽이 무너진 고가는 스산한 바람이 휘몰아치는 어두운 흉가가 된다. 그 바람 소리는 전쟁에 죽은 원귀들의 울부짖는 소리이면서 동시에 아들을 잃은 경아 엄마의 단장의 비명이기도 하다. 그 집을 확대하면 서울이 된다. 폭격으로 인해 무너져 내린 건물들, 어두운 거리, 헐벗은 사람들, 모진 추위 같은 것이 「나목」에 나타난 수복 직후의 서울의 특징이다.

하지만 그보다 더 끔찍했던 것은 중공군을 피해 사람들이 버리고 간 1·4 후퇴 후의 서울이다. 6·25 때 혼난 사람들은 인민군이 다시 들어온다는 것을 알자 모두 서울을 버리고 떠난다. 빨래 하나 널려 있지 않고, 아기 울음소리 하나 들리지 않는 텅 빈 도시는 죽음의 도시이다. 그 죽음의 도시는 어둠, 추위, 잿빛, 공포 등의 합성물이다. 그런데 진이네는 그 죽음의 도시를 떠날 수 없다. 오빠 때문이다. 진이는 그 도시의 정적을 견디지 못해 밤마다 이웃집을 뒤지고 다닌다. 사람이 살던 흔적이라도 보기 위해서이다. 그녀는 지옥에 가서라도 사람들과 함께 있고 싶다고 갈망한다. 그 거리에 홑이불을 뒤집어쓰고 인민군 황 소좌가 나타나 진이 오빠를 죽이고 만다. 그 도시는 악역의 거리였고, 황 소좌는 역신疫神이었던 것이다.

서울의 황폐화를 나타내는 세 번째 특성은 빛과 색채의 소멸이다. 빛과 색채의 소멸을 단적으로 드러내는 것이 경아네 집이다. 경아네 고가는 전쟁 전에는 눈부신 신록, 엄마의 옥색 두루마기, 소반 위에 늘어선 만두, 준수한 오빠들, 수달피 목도리와 금가락지, 중정의 보랏빛 오동꽃 등으로 형상화된다. 하지만 수복 후의 그 집은 몽땅 회색의 장막으로 뒤덮이고 만다. 그 황량한 도시. 전쟁이 휩쓸고 간 그 정신적·물질적 폐허를 박완서는 "한발의 땅"으로 보고 있다. 그 불모의 황무지가 박완서의 소설에 나타난 동란기의 서울이다.

3. 「도시의 흉년」에 나타난 1970년대의 서울

1) 박완서 세계의 가로축과 세로축

박완서에게는 자전적인 소설이 많이 있다. 「엄마의 말뚝」1·2·3과 「나목」, 「목마른 계절」, 「부처님 근처」, 「카메라와 워커」, 「그 많던 싱 아는 누가 다 먹었을까」, 「그 산이 정말 거기 있었을까」 등이 그것이다. 시점은 1칭인 경우가 많지만, 3인칭의 경우에도 주동 인물이 작가와 지 니는 유사성이 그 소설들을 자전적인 것으로 분류하게 하는 근거를 제 공한다. 이 일련의 소설들은 어머니, 오빠와 나, 조카 등의 세 세대를 통한 한 가족의 역사를 보여준다. 그 가족사의 주축이 되는 비극은 동 란기에 겪은 오빠의 죽음이다. 오빠의 죽음을 둘러싼 6·25 동란기의 체험은 가시지 않는 악몽이 되어 그 가족의 생활을 수시로 훼방한다. 그래서 "결국 소속이 문제다."라고 말한 에밀 아자르처럼[1] 피의 세로축

---

1 강인숙 역, 『가면의 생 Pseudo』(문학사상사) 서두 참조. 이 소설의 주인공은 조상

의 소속의 문제는 이 작가의 끊임없는 관심의 대상이 되고 있다.

자신의 가족사가 박완서의 작품 세계를 받치고 있는 세로축이라면, 시대는 그 가로축이다. 1970년대 작가인 박완서는 70년대 작가답게 한국의 70년대가 가지는 시대적인 특징에 대하여 끊임없는 탐색 작업을 계속해 왔다. 씨가 감지해낸 70년대의 특징은 인간의 왜소화(「지렁이 울음소리」), 수치심의 상실(「부끄러움을 가르칩니다」), 가성의 와해(「포말의 집」), 생활의 획일화(「닮은 방들」), 인간의 고독과 소외(「어떤 나들이」), 도시인의 속물 근성(「주말농장」, 「화랑에서의 포식」), 도시 속의 토속성(「재수굿」), 결혼 풍속에 나타난 물신주의(「휘청거리는 오후」) 등으로 대별할 수 있다.

「도시의 흉년」은 70년대의 시대적인 특성에 관심을 표명한 씨의 소설들 중에서 가장 스케일이 큰 작품이다. 1975년 12월부터 1979년 7월까지 4년 가까운 기간 동안에 연재된 이 소설은 3부작으로 되어 있다. 「미망」을 빼면 씨의 소설 중에서 가장 부피가 큰 소설이다. 그래서 상술한 중·단편에서 단편적으로 그려지던 시대의 초상화가 여기에서는 포괄되어 종합적으로 나타나고 있다. 공간적 배경은 서울이다. 「도시의 흉년」은 '1970년대의 서울'을 다각적으로 탐색한 도시 소설이다.

따라서 이 소설은 「엄마의 말뚝」이나 「목마른 계절」, 「나목」 등과는 다른 측면을 지니고 있다. 이 소설들이 씨의 피의 소속과 관련되는 데 반하여 「도시의 흉년」은 시대적 소속과 관련이 된다. 전자가 가족의 초상화를 그린 것이라면 「도시의 흉년」은 시대의 초상화를 그린 것이라고 할 수 있다. 씨의 문학의 가로축과 관련되는 소설인 것이다. 그 변별 특징은 소설 구성의 모든 면에서 드러난다.

중의 하나가 유태인이어서 지속적으로 피의 소속의 문제에 시달린다.

2) 공간의 광역성과 다층성

박완서의 소설들은 공간적 배경이 협소한 것을 특징으로 하고 있다. 씨에게는 노상을 무대로 한 소설이 거의 없다. 씨의 소설 무대는 정착 공간이 주가 된다. 씨는 주동 인물의 행동 범위 안으로 공간을 한정시키는 작가다. 그런데 씨의 인물들은 대체로 행동반경이 좁다. 그들은 대부분이 소녀이거나 가정주부이며, 남자의 경우에도 활동적인 인물이 적다. 박경리의 「시장과 전장」에 나오는 기훈 같은 인물은 찾아보기 어려운 것이 박완서 소설의 특징이다. 씨의 인물들은 남녀를 막론하고 비사교적이며 폐쇄적이다. 씨가 애용하는 시점은 여주인공의 1인칭 시점이다. 3인칭인 경우에도 제한적 시점을 선호한다. 넓이보다는 깊이를 중시하는 것이다. 이런 모든 여건들이 그의 소설의 무대를 좁게 만들고 있다.

그 중에서도 「엄마의 말뚝」 1은 공간적 배경이 거의 고정되어 있다. 서울 변두리의 한 동네가 주인공의 전 세계를 의미하는 것이다. 「나목」이나 「목마른 계절」의 경우도 별 차이가 없다. 신세계백화점, 명동, 계동의 연결선 안이 경아(「나목」)의 생활권이며, 돈암동, 동숭동의 보행 가능한 거리가 하진(「목마른 계절」)의 생활 무대다. 배경의 협소함과 단조함은 남자를 주동 인물로 하는 소설의 경우에도 대체로 그대로 적용된다. 씨의 남자 주인공들은 노인이 많기 때문이다. 「유실」의 주인공의 생활 무대는 명륜동, 종로, 명동의 연결선을 거의 벗어난 일이 없으며, 「천변풍경」의 경우는 그보다 더 좁다.

거기에 비하면 「도시의 흉년」의 공간적 배경은 씨의 소설에서는 예외적일 정도로 넓다. 정릉, 금호동, 한강변, 화곡동, 수색 등의 광범위한 지역이 망라되어 있어, 공간의 확산이 눈에 띈다. 뿐 아니라 이 소설에는 감옥, 병영, 시장, 학교, 고층 빌딩에 있는 사무실, 명동 등의 비주거 공간이 다양하게 등장한다. 이질적인 성격을 가진 서울의 구석구석이 주동 인물과의 연관성을 통하여 차례차례로 등장하고 있는 것이다.

이런 다양성은 주거 지역의 경우에도 나타난다. 고급 주택가, 신흥 주택가, 산동네, 아파트 단지 등으로 주거 공간도 세분되고 있다. 그것을 빈부의 차이에 의해 다시 세분하면, 아파트만도 세 종류가 등장한다. 경화네가 사는 점보 맨션은 면적이 팔십 평이 넘는 반면에 성미영이 사는 서민 아파트는 방이 두 개밖에 없는 연탄을 때는 아파트이며, 수희의 한강 맨션은 그 중간쯤에 해당된다. 산동네도 두 군데가 나온다. 정릉과 금호동이 그것이다. 두 곳이 다 경제적으로는 비슷한 사람들이 사는 빈민촌이지만, 지역적으로 남과 북으로 멀리 떨어져 있어 거리상으로 차이가 난다. 이런 다층성은 사무실의 경우에도 해당된다. 시장에 있는 수연이 엄마의 사무실과 도심지에 있는 경화 아버지의 사무실은 엄청난 격차를 가지고 있다.

도심에서부터의 거리에 따라 다시 구분해보면, 경화 아버지의 사무실과 명동이 핵심권에 속하고, 그 다음이 동대문 시장과 수연이네 집이 있는 돈암동이 되며, 정릉, 금호동, 한강의 아파트 단지, 수연과 구주현의 학교가 변두리에 속하며, 가장 멀리 떨어져 있는 곳은 절름발이 첩의 새집이 있는 화곡동과 수빈이 입영하러 가는 수색이다. 경제적, 지역적인 다층성과 건물의 성격의 다양성은, 공간적인 광역성과 더불어 이 소설의 배경이 되는 70년대의 서울의 도시로서의 성격을 형성시킨다.

「엄마의 말뚝」 1의 배경인 1930~1940년대의 서울과 「목마른 계절」, 「나목」의 1950년대 전반의 서울이 산업화되기 이전의 도시pre-industrial city라면, 「도시의 흉년」의 배경인 1970년대의 서울은 산업화된 도시이다. 그 매머드적인 거대한 도시는 광역성과 밀집성 때문에 교통난을 안고 있다. 서울의 하루를 「도시의 흉년」에서 작가는 시간대별로 다음과 같이 분류하고 있다.

① 도시는 어떤 모습으로 잠에서 깰까? 새처럼 푸드득거리며 깰까? 사나운 짐승처럼 으르렁거리며 깰까? 능구렁이처럼 꿈틀거리며 깰까?

그러나 다 아니었다. 도시는 엷은 안개 같기도 하고 연기 같기도 한 것에 잠겨 몽롱하니, 비몽사몽간처럼 보였다. 나는 이 게으르고 아둔한 도시의 귀청에다 대고 목청껏 악을 써봤으면 얼마나 속이 후련할까 싶었다. "나는 네 내장이 얼마나 더러운가를 알고 있다. 나는 네 내장에다 침을 뱉은 일도 있다. 깔깔깔"[2]

② 거리는 러시 아워였다. 사람도 차도 무작정 헐떡대며, 삑삑대며 신경질을 부리고, 단 오 분의 시간에 전 생애를 걸겠다고 너도 나도 아우성치는 미친 시간이었다.[3]

③ 건물도 옷을 입고 있다가 밤이면 그걸 벗는 것처럼 암회색의 골조를 거침없이 드러내고 서 있는 모습이 살벌하고도 파렴치해 보였다. ……운전사는 뭐가 못마땅한지 투덜댔다. 통금 직전의 서울 거리는 수많은 헤드라이트들이 끼익끼익 괴성을 지르며 질주하고, 가끔 그 사이로 미친 듯이 손을 흔들며 뛰어드는 사람들의 모습이 유아등誘蛾燈에 모여드는 곤충처럼 참담해 보였다.[4] (방점: 필자)

---

2 『도시의 흉년』 1, 문학사상사, 1979, p.137.
3 같은 책, 3권, p.49.

①은 새벽, ②는 러시아워, ③은 통행금지 직전의 서울의 모습이다. ①에 나타난 서울은 추하고 더러운 내장을 가진 게으르고 아둔한 괴물 같다. 수연은 도시가 새나 짐승처럼 활발한 동작을 통하여 잠에서 깨기를 기대한다. 그러나 그것은 마비된 듯한 비몽사몽간의 모습을 하고 있다. 나태와 둔감성으로 표상화되어 있는 것이다. 그러다가 ②의 시간이 되면 도시는 광기와 뉴로시스neurosis의 소용돌이가 되고, ③의 시간대에는 살벌하고 파렴치한 모습으로 변모하며, 사람들은 하루살이처럼 고식적인 목적에 지배당하는 참담한 맹목성을 띠게 된다. 1) 마비된 공간, 2) 의미 없는 움직임, 3) 뉴로시스와 광기, 4) 살벌함과 파렴치함, 5) 고식성과 맹목성 등이 시간대별로 본 서울의 특징이다. 도시의 기능에 따라 구분된 구역별로 서울을 고찰하면 다음과 같은 성격이 나타난다.

(1) 상업지구

① 동대문 시장

주동인물이며 화자인 수연의 어머니가 부를 축적하는 현장인 동대문 시장은 "돈씨"가 지배하는 영토로서 파악되고 있다. 돈을 벌기 위해 상인들이 내일이 없는 사람들처럼 발악하고,[5] 조그만 아이들이 춘화를 들고 서성거리고 있다. 돈 이외의 것은 가치를 상실하는 고장인 것이다. 동대문 시장의 두 번째 특징은 미로성에 있다. 좁은 통로가 방향을 가늠할 수 없게 뒤얽혀 있다. 건물 안에도 그런 통로들이 착종錯綜되어 있다. 생전 볕을 보지 못하는 음습한 통로들이 거미줄처럼 얽혀 있는 것

---

4 같은 책, 2권, p.246.
5 같은 책, 3권, p.88.

이다. 한 치의 땅도 그냥 놀릴 수 없다는 수익성의 추구가 시장 전체를 혼잡한 미로로 만들어버린다. 세 번째 특징은 광장 시장이 내뿜는 유독 가스로서 나타난다.

주단 포목부가 나타나면서 눈이 맵기 시작했다. ……피륙들은 사람의 눈을 당장 멀게 할 것처럼 독한 가스를 내뿜고 있었다.[6]

화학 섬유가 내뿜는 시장의 독기는 시장의 공기를 오염시키는 공해이다. 바느질하는 사람들의 공동 작업장을 비치는 인공의 빛도 역시 시장 속의 공해 중의 하나이다.

군데군데 연탄 난로와 전기 다리미도 보였다. 이런 모든 것과 끈끈한 진땀을 쥐어짜며, 단내 나는 한숨을 몰아쉬며, 맹렬하게 틀질을 하는 여자들 위로 오뉴월 한낮의 햇빛처럼 밝은 빛이 쏟아져 내리고 있었다. …… 무참하도록 밝은 빛은 그곳에서 과로하는 여자들의 마지막 생기, 마지막 핏기, 마지막 땀내까지 건조시켜 바삭바삭하게 만들어 놓을 것처럼 무자비하게 느껴졌다.[7]

대낮에도 볕이 들지 않는 작업장에 정밀 작업을 해야 하는 필요에서 켜진 이 촉수 높은 인공의 빛은 인간의 생기를 건조시키는 마성을 지니고 있다. 그것은 수연 엄마의 사무실에 놓여 있는 조화와 함께 시장의 반자연적인 불모성을 상징적으로 드러내 주는 소도구들이다. 그 속에서

---

6 같은 책, pp.69-70.
7 같은 책, p.74.

탈세 사건에 얽힌 음모가 진행되고 있다. 누가 누구를 사기 치는 건지 알 수 없게 얽히고설킨 복잡한 사건이 소용돌이치고 있다. 춘화를 파는 소년, 발악하는 상인들, 미로같이 뒤얽힌 좁은 통로, 핏기를 말리는 인공의 빛, 눈이 멀 것 같은 유독 가스, 백치 같은 조화, 상스러운 말투, 지저분함…… 그런 것이 동대문 시장의 공간적 특징이다.

엄마가 돈을 버는 현장의 살벌한 분위기를 보면서 수연은 "개같이 벌어서 정승같이 먹는다."는 말을 생각한다. 엄마가 돈을 버는 현장은 "개같이 버는" 장소라고 여겨졌던 것이다. 엄마는 그런 곳에서 돈을 벌어서, 고급 주택가의 대리석 문패가 있는 집에서 산다. 돈이 들어오는 현장과 그것을 소비하는 장소 사이에는 너무나 엄청난 격차가 있는 것이다. 그런데 경화네 아버지는 정승같이 벌어서 정승같이 쓴다. 돈 버는 곳과 쓰는 곳 사이에 격차가 없다. 그래서 수연은 부자에도 두 계층이 있음을 알게 된다.

② 도심지의 고층 빌딩

경화네 아버지가 돈을 버는 현장은 위치부터가 도심지 한복판에 있다. 건물도 서울에서 제일 높은 빌딩이며, 그 빌딩의 22층과 23층을 그의 회사가 독점하고 있다. 똑같이 돈을 버는 현장인데도 광장 시장과는 천양지차가 있다. 이 사무실은 엄청나게 넓고 호화스럽다. 사장실에 가려면 몇 개의 방을 거쳐야 한다. 그 방에는 비서들이 있다. 아침마다 세련되게 꽃꽂이를 하는 여비서가 있고, 또 사장님의 시간을 쪼개서 배급하는 일을 전담하는 명문 대학 출신의 남자 비서도 있을[8] 뿐 아니라 세금 관계를 전담하는 사람이 따로 있다. 모든 것이 전문화되고 분업화

---

8 같은 책, pp.75-76.

되어 있어서, 광장 시장의 세무감사 사건 같은 원시적인 혼란상은 일어날 수가 없는 것이다.

> 사장실과 응접실과 이런 사람들이 있는 방엔 푹신한 카펫이 깔려 있고 창엔 주름도 풍요한 아름다운 커튼이 늘어져 있어, 그 안에서 나는 모든 소리를……, 고음을 저음으로, 상스러운 말투를 고상한 말씨로, 음모를 꾸미는 소리를 간담을 나누는 소리로 변질시키는 데 효과적이었다.[9]

싸움도 음모도 탈세도 이 호화로운 사장실에서는 모두 고상하게 행해진다. 동대문 시장처럼 악을 쓰고 핏기를 말려 가면서 돈을 버는 것이 아니라 세련되고 우아하게 돈을 버는 것이다. 이곳을 지배하는 것은 기능주의다. 업무의 분담과 전문화, 옥상에 떠 있는 애드벌룬, 22층을 삽시간에 오르내리게 하는 엘리베이터, 계절을 몰아내는 냉·온방 시설, 타이프라이터의 조급한 금속성, 합리적으로 관리되는 사장의 시간 등이 기능주의적인 측면을 대표한다. 인사 관리도 예외는 아니다. 사람들은 그 능률주의의 풍토에서 탈락하지 않기 위해서 타이프라이터처럼 조급하고 기계적으로 움직여 다닌다. 그래서 그 속에서 나는 모든 소리는 "금속성"이 되고 만다.

광장 시장과 경화네 사무실을 대비해보면 다음과 같은 표가 된다.

광장 시장	경화네 사무실
1. 악 쓰는 소리-육성	금속성 소라-기계 소리, 기계를 닮은 소리
2. 춘화를 파는 소년	세련된 비서
3. 조화 화분	생화 꽃꽂이

---

9 같은 책, p.76.

4. 미로 같은 통로	엘리베이터와 넓은 복도
5. 유독 가스	에어컨디셔너
6. 지저분하고 조잡함	세련되고 정결함
7. 연탄 난로	냉·온방시설
8. 비기능적, 원색적	기능적, 전문적

여러 가지 측면에서 두 사무실은 엄청난 격차를 나타낸다. 수연의 표현을 빌리자면 개와 정승만큼의 거리가 있는 것이다. 외견상으로는 이렇게 엄청난 격차가 나는데도 불구하고 두 곳 사이에는 공통점이 많다. 첫째로 그곳은 모두 "돈씨"가 지배하는 곳이며, 둘째로 그곳의 부는 둘다 도둑질이나 착취한 것들에서 형성되며, 셋째로 계속되는 탈세에 의해 그 부는 증가해 가고 있다는 사실이다.

이 두 장소를 대표하는 인물은 둘 다 부자다. 그 점에서도 그들은 공통된다. 그런데도 그들의 돈 버는 현장이 나타내고 있는 차이만큼이나 그들의 사회적 신분에는 격차가 있다. 후자의 계층을 수연은 "상류 사회"라고 상정한다. "끼리끼리" 의식으로 똘똘 뭉쳐진 그 부르주아의 상부의 계층은 "인종의 차이만큼이나 분명한" 의식을 가지고 수연네 계층을 밀어낸다. 한 치의 양보도 없는 배타의식을 가지고 있는 것이다. 그래서 수연은 다음과 같이 생각한다.

엄마가 부자에서 한층 격을 높여 상류 사회에 도달하기를 원한다면, 그건 엄마가 적빈赤貧에서 지금의 부를 이룩하기보다 더 어려운 일이 될 것 같다.[10]

---

10 같은 책 3, p.79.

실질적인 면에서 볼 때 경화네 회사는 "부채가 자산의 배가 넘는" 회사지만 수연이 엄마에게는 부채가 없다. 그러니까 이 두 사람의 신분의 격차는 현금의 많고 적음에서 오는 것이 아니라고 수연은 생각한다. 그것은 벼락부자와 세습적 부자와의 차이일 것이며, 장사꾼과 기업인의 차이일 것이다. 수연의 어머니에게는 기업가가 될 만한 두뇌가 없다. 그녀는 금을 최고의 패물로 여기는 세계에 살고 있다. 금은 그녀의 재물에 대한 평가의 한계다. 그녀가 1970년대의 고도 성장에 편승하지 못하고 주저앉은 이유가 거기에 있다.

③ 명동

「도시의 흉년」에 나오는 명동은 부잣집 딸들이 상습적으로 낭비를 일삼는 소비의 고장으로서의 성격만 가지고 있다. 같은 상업지역이라도 돈 버는 자의 입장에 설 때와 소비자의 자리에 설 때는 그 성격이 판이해진다. 전자의 경우에 "개"와 "정승"의 격차가 나타났지만, 소비의 광장에는 그런 차별이 없다. 돈만 있으면 고객은 모두 왕일 수 있는 것이다. 그래서 명동에 오면 경화와 수연은 대등해진다. 그들은 똑같이 마담 그레이스의 단골이 될 수 있다. 부모가 천차만별의 다른 방법으로 벌어들이는 돈을 그들의 아들딸들이 명동에서 비슷한 방법으로 소비하고 있는 것이다. 그들의 소비 양식은 다음과 같다.

> 새로 생긴 술집에서 밀주의 맛을 보고 기분 나쁜 두통을 앓기도 했고, 스낵 코너에서 걸신 들린 것 같은 군것질로 욕구 불만을 달래기도 했고, 소문 난 미용실에서 머리를 지지고 볶거나 싹둑 잘라냄으로써 해방감에 도취하기도 했고, 양화점에서 미남 점원한테 오만하게 발목을 내맡기며, 이발소에서 여자 이발사에게 귓구멍을 내맡긴 남자의 기분도 고작 이것

밖에 더 됐을까 하는 엉뚱한 남녀 평등감을 맛보기도 했고, 파리에서 갓 돌아왔다는 디자이너가 신장개업한 의상실만 났다 하면 쫓아가서 다리 꼬고 앉아, 최신 패션 잡지를 뒤적이며 첨단감을 만끽하기도 했다. 그러나 이 모든 것들은 순간적인 환각이었을 뿐 이 거리에서 가장 확실하게 얻어 가진 것은 이 거리의 단골 자격이었다. 그것은 습관적인 낭비벽이었고, 자신의 삶의 방법을 이 거리의 단골들의 삶의 방법에 재빨리 일치시키는 순발력이었고, 이 거리의 단골이 아닌 사람들의 삶에 대한 철저한 외면과 무관심이었다.[11](방점: 필자)

　여기에 나타나 있는 명동의 생태는 젊은이들의 1) 습관적인 낭비벽, 2) 유행에 대한 적응 속도, 3) 이기주의 등으로 요약될 수 있다. 명동의 감각주의와 낭비벽을 조장시키는 인물로는 마담 그레이스가 설정되어 있다. 명동의 정체가 '화냥기'라면, 마담 그레이스는 화냥기의 환각을 파는 상인이다. 영감이라는 주술이 그 화냥기의 환각의 기반을 이룬다. 하지만 영감에는 지속성이 없다. 그래서 영감을 통해 발현된 마담의 화냥기는 늘 새로운 옷을 필요로 하게 만드는 상습적인 소비의 패턴을 형성시킨다. 철마다 새 옷이 필요해지는 것이다.

　수연은 마담의 "세련되고 교활하고 향기 짙은" 화냥기에 중독되어버린 단골손님이다. 그러나 그녀가 빙판 위에서 학대받는 한 남자의 고통을 함께 아파할 마음이 생겼을 때, 명동의 단골로서의 자격은 상실된다. 타인에 대한 무관심도 명동의 특성 중의 하나이기 때문이다. 이기주의, 쾌락주의, 낭비벽, 유행 추종 등은 명동이 지니는 소비성 문화의 특성인

---

11 앞의 책 3, pp.121-122.

동시에 1970년대의 서울의 속성이다. 그것은 다른 자본주의 사회들과 공통되는 속성이어서 세계성을 띤다고 할 수 있다.

(2) 주거지역

① 고급 주택가

이 소설에 나오는 고급주택은 주인공이 사는 돈암동에 있다. 여대생이 1인칭 화자가 되고 있는 것도 그 원인 중의 하나겠지만, 돈암동이라는 지역 사회는 이 소설에서 수연네 집과 아무런 유기적인 관계를 가지고 있지 않다. 수연이네 집은 평범한 동네 한복판에 고립되어 있는 호화주택이다. 그래서 그 집이 가지는 첫 번째 특징은 고립성으로 나타난다. 높은 축대와 담장에 의해 외부와 차단된 이 집은 흡사 바다에 떠 있는 외딴섬 같다. 이웃과의 관계가 거세되어 있기 때문이다. 그래서 이 집은 마치 격리된 장소 같은 느낌을 준다. 그 속수무책의 고립감을 작가는 다음과 같은 말로 재확인시켜 준다.

> 거실의 유리창 밖 어둠 속에선 나무들이 무뢰한처럼 건들대고 있었고, 그 사이에서 늑대라도 울부짖을 것처럼 인가와 동떨어져 보였다.[12](방점: 필자)

그 고립성은 그 집의 돈으로 인해 보장받는 것이다. 그래서 원래는 프라이버시를 지킨다는 고급한 의미가 수반되어야 한다. 그러나 수연의 엄마 김복실 여사는 그 집을 다만 비싸기 때문에 산 것이다. 그래서 그

---

12 앞의 책 3, p.315.

집의 은밀함은 전혀 의미를 지니지 못하고, 고립성만이 눈에 띄게 된다.

그 집의 두 번째 특징은 벼락부자 티에서 나오는 취향의 속악성이다. 그것은 건물의 정면에서부터 드러난다. 집의 전면은 "화강암과 대리석 조각을 더럭더럭 붙이고" 있다. 그 대리석 기둥에 문패가 붙어 있다. "옻칠한 문패에 번쩍거리는 자개로 '지대풍'"이라는 한자 이름이 아로새겨져 있는 요란한 것이다. 벼락부자의 속악성을 드러내는 두 번째 특징은 그 건물의 불필요한 크기에 있다. 그 집은 "다만 넓기 위해서" 있는 집이다. 너무 넓기 때문에 빈집 같은 느낌을 주는 것이다. 그 넓이의 무의미함을 작자는 그 집 식모와 안주인의 대화를 통하여 다음과 같이 비판하고 있다.

> 세상에 돈 많다고 큰 거 살 게 따로 있지 집은 사람이 쓰고 사는 거니까 이를테면 입성이나 마찬가진데 분수 없이 큰 걸 장만하셔 갖고 저 같은 황소 기운도 온종일 집에서 헤어나질 못하니……
>
> 그러게 말일세. 그러니 장차 이 큰 집을 어쩐다지.[13]

수연이 올케가 된 순정이도 이 집의 크기에 대하여 언급하고 있다. 그녀는 시어머니가 모든 것을 잃자 돈암동 집을 팔아 "작고 예쁜 집"으로 이사를 가려고 한다. 유지비가 많이 드는 것도 문제지만, 그보다도 이 집의 "크기와 구조가 너무 허황"하다는 것이 그녀의 의견이다.

이 집의 속악성은 조화의 결여에서 온다.

> 이 구석 저 구석에 그득그득 들어찬 손때 묻지 않은 가구들도 빈집 같

---

13 앞의 책 2, pp.195-196.

은 느낌을 한층 더했다. 고가한 것일 뿐 몰취미한 것들이 한껏 난잡하게 집합하여 있을 뿐, 집합한 것끼리 서로 사귀어 관계를 맺을 맥락이 없었다. 그래서 그것들은 빈집에 인부가 막 부린 가구들처럼 **뿔뿔**이 있었다.[14](방점: 필자)

고가한 가구들이 조화를 이루지 못하고 뿔뿔이 흩어져 있는 이유는 그 집주인에게 미적 감식안이 없기 때문이다. 이 집 안주인인 김복실은 충동적이고 원색적인 성격을 지닌 무식한 여인이다. 그래서 이 집의 몰취미함은 그녀의 방에서 절정을 이룬다. 그녀의 안방은 수 병풍, 분홍빛 갓 스탠드, 자개 장롱의 휘황한 야광패 등이 가득 들어찬 "어지럽고 휘황"한 방이다. 고급 요정에서 "고급 손님을 꼬드겨 바가지 씌우기 위한 제일 좋은 방"을 연상시키는 그 방은 여염집 안방다운 데는 하나도 없다. "이 방 주인은 벼락부자에 주책바가집니다라는 현판이라도 걸었으면 어울릴 성싶은" 방이다.

사물에 조화와 균형을 부여할 감식안이 없는 안주인의 속악성이 방과 상응하는 것과는 다른 의미에서, 인물과 방이 호응하고 있는 것이 할머니의 방이다. 비싸고 크고 번쩍거리는 것들이 불균형하게 모여 있는 안방과는 정반대로 할머니의 방에는 구닥다리 가구들만 놓여 있다.

초라한 장롱과 반닫이와 놋요강과 고리짝과 횃대보는 이것들이 주인인 할머니와 빈틈없이 꽉 짜인 구도를 이루어 사람과 세간이 서로 살았다.[15]

14 앞의 책 1, p.39.
15 앞의 책 1, p.49.

할머니는 그 구닥다리 가구에 집착하듯이 정신적으로도 구식 세계에 칩거하고 있기 때문에 인물과 거처가 조화를 이루는 것이다.

이 집이 가지고 있는 세 번째 특징은 자동화에 있다. 그것은 대문에 달린 인터폰과 대문의 자동 개폐 장치로 나타난다. 사람이 없는 허공에서 울리는 인터폰 소리, 저절로 열리는 문 등은 수연을 무섭게 하는 요인들이다. 그것들은 "꼭 문 뒤에 누가 숨어 있을 것 같은" 섬뜩한 느낌을 준다. 그 섬뜩한 느낌은 허황하게 큰 집에 불길한 인상을 첨가한다.

이 집이 가지고 있는 마지막 속성은 어둠이다. 덩그렇게 큰 수연네 집의 이층은 거의 불이 켜진 적이 없어 밖에서 보면 늘 어둠에 싸여 있다. "늑대라도 나올 것 같은" 황량한 느낌은 그 집의 어둠과 동질성을 띠는 것이다. 이 집의 어둠은 절름발이 첩의 집의 양지바름과 대조가 된다. 그러면서 그것은 엄마와 첩의 내면의 명암과 조응하고 있다.

밀집성을 특징으로 하는 도시의 한복판에서 이 집이 독립성을 유지할 수 있는 비결은 그들의 부에 있다. 그 집의 넓이는 김복실의 부의 부피이다. 그러면서 동시에 그녀의 고독과 공허의 부피이며, 그녀의 몰취미함의 부피이기도 하다. 주인이 오히려 집에게 혹사당하는 주객 전도의 현상은 인물과 물질의 관계로 확산된다. 벼락부자 티의 속악성, 자동문의 섬뜩함, 텅 빈 이층의 어둠 등은 그대로 그 집의 안주인의 내면과 연결된다. 그러면서 동시에 벼락부자처럼 급성장한 70년대 서울의, 나아가서는 70년대의 한국 전체의 무질서와 부조화, 속악성 등으로 그 의미가 확산된다. 이 집은 "흉년"으로 비유된 도시의 불모성의 구체적이며 시각적인 징표가 되고 있는 것이다.

② 산동네

고급 주택가에서 언급된 집이 고립된 한 집으로 처리되어 있는데 반하여, 정릉의 산동네는 지역 전체가 소개되고 있다. 우선 전체적인 분위기와 전망이 소개되고, 그 다음에는 골목골목의 디테일이 계절과 시간의 변이를 통하여 정밀하게 묘사되고 있는 것이다. 이 동네가 자세하게 묘사되는 것은 1) 사건 전개상의 필요성, 2) 시점 등과 관련된다. 일인칭 화자로 시점이 한정되어 있기 때문에 수연은 자신의 거주지는 상세히 설명할 필요가 없다. 하지만 새로 찾아가는 낯선 지역은 동네 전체의 묘사가 필요해지는 것이다. 이 동네는 수연이 순정이네 집을 찾기 위해서 전화한 경화네 식모의 입을 통하여 다음과 같이 자세하게 설명된다.

> 개천 가에서 비탈 동네를 바라보면 비탈 중간쯤에 장대 끝에 흰 기가 펄럭이는 집이 보이는데 그 흰 기는 무당집이란 표시지만……그 흰 기만 바라보며 가노라면 만화 가게와 튀김 가게를 겸한 구멍가게가 나오고 그 구멍가게 골목으로 들어가서 또 정신 놓고 꼬불꼬불 올라가다 보면 길이 약간 넓어지면서 네거리가 나오는데 그 네거리에 있는 삼표연탄과 싸전을 겸한 집에서 순철이네가 어디냐고 묻든지, 벽돌 공장 문지기네 집이 어디냐고 물으면…….[16]

이 장황한 설명에서 강조되고 있는 것은 우선 그 동네의 미로적인 성격이다. 그 미로적인 성격은 이 소설의 플롯의 진행상 필요 불가결한 요소다. 수연이가 순정이네 집을 찾아가다가 길을 잃게 되고, 그래서 우연히 아버지의 문패가 붙은 첩의 집을 발견하게 되는 일에 개연성을 부여하기 때문이다. 동시에 그것은 부정한 남녀 관계를 은폐하는 덮개

---

16 앞의 책 1, p.159.

구실도 한다. 사람들이 거기에 지대풍 씨가 첩살림을 낸 것을 눈치 채지 못하는 것은 그 동네의 미로성과 관련이 있다.

그 다음에 나타나 있는 것은 이 동네의 가난이다. 절름발이 첩의 가난은 수연이가 어머니의 시앗을 도울 마음이 생기게 하기 위해 필요한 여건이다. 그러면서 동시에 이 소설에서 중요한 몫을 담당하는 순정이에 대한 정부까지 제공하고 있다. 일석삼조의 효과를 노리고 있는 것이다. 순정이와 첩이라는 두 중요한 인물이 한 동네에 살고 있는 것도 이 동네의 묘사가 길어지고 있는 이유 중의 하나라고 할 수 있다.

세 번째 특징은 밀집성이다. 그 밀집성은 TV 안테나의 난립을 통하여 가시화된다. 얽히고설킨 안테나들은 멀리서 보면 꼭 거미줄 같다. 그래서 "산동네의 하늘은 온통 거미줄 천지다." 아이들의 수와 연탄재의 부피도 그곳의 밀집성을 나타내는 징표다.

네 번째는 더러움과 무질서다. "거기도 저기 같고 저기도 거기 같은 천엽 속 같은 비탈 동네의 구질구질한 갈피"에서 군둥내가 진동한다.

봄의 비탈 동네는 미처 울궈내지 않은 하나의 커다란 김칫독이 된 것처럼 그런 냄새를 짙게 풍기고 있었다.[17]

그 속에서 아이들이 득시글거리고 있다. "말세의 동산처럼 황량한 연탄재의 동산"에서 아이들은 눈싸움하듯 연탄재 던지기 놀이를 하고 있다. 생기도 귀염성도 없는 아이들이 숙제나 하듯이 권태롭게 던지는 연탄재가 가뜩이나 더러운 동네를 더 지저분하게 만들고 있다. 이 동네에서 눈에 띄는 것은 무당집이다. 무당집은 이 동네의 유일한 개성이다.

---

17 앞의 책 1, p.342.

그것은 이 동네를 찾은 사람들의 길잡이가 되는 유일한 표적이기 때문이다. 마지막으로 이 동네를 특징짓는 것은 TV 안테나의 난립상이다.

> 주먹이 들어가게 큰 균열이 간 채 행인을 위협하는 삐딱한 블록담을 가진 루핑집에 TV 안테나가 두 개씩이나 하늘 높이 솟아 있는 것도 한심스러운 가관이었다.[18]

TV 안테나의 난립은 전술한 바와 같이 우선 이 동네의 인구 밀도의 조밀성을 나타낸다. 그러면서 동시에 그것은 1970년대의 "번영과 문명화"를 상징한다. 산동네의 셋방에도 TV가 보급된 것이 1970년대의 고도성장의 결과였던 것이다. 그 안테나는 사람들의 사고에 영향력을 행사한다. 그것은 무당집의 백기와는 이질적인 새 힘의 다스림을 의미하는 것이다.

무당집이 나타내고 있는 토속적인 세계와 텔레비전이 상징하는 번영과 문명화의 세계가 사이 좋게 동거하고 있는 것도 1970년대의 서울의 특징 중의 하나다. 그것은 수연과 할머니의 동거 상태와 유사성을 지닌다. 할머니는 무당, 부적, 칠성님 등과 통하는 토속적인 세계를 대표한다. 꿈의 불길한 영검성까지 합치면 할머니는 재래식의 가무적家巫的인 성격까지 지니고 있다고 할 수 있다.

수연은 그와 반대이다. '몽.셀.통통'이나 '파고파고' 같은 이국적인 이름을 가진 찻집에서 친구들과 만나고, 마담 그레이스가 영감에 의해 만든 최첨단 패션을 몸에 감고 다니는 수연은, 사고 방식에 있어서도 산업 사회적 속성을 그대로 받아들인 인물이다. 무당의 백기와 TV, 수연

18 앞의 책 1, p.140.

과 할머니는 모두 화합을 이루기 어려운 상극성을 지니고 있다. 그러면서 함께 있는 곳에 한국 근대화의 특성이 있다고 할 수 있다.

정릉의 산동네는 여러 면에서 「엄마의 말뚝」 1에 나오는 현저동과 유사하다. "천엽 속같이 구질구질한" 이 두 동네는 그 미로 같은 골목길, 밀집성, 무질서와 더러움, 가난, 가파름, 생기를 잃은 아이 등의 여러 면에서 동질성을 지니고 있다. 그런데도 불구하고 이 두 동네는 이질적인 측면도 가지고 있다. 같은 구질구질함이라도 70년대의 구질구질함에는 연탄재, TV 안테나 등 기계 문명의 산물이 섞여 있다. 무당의 백기가 마을 한복판에 있는 것도 특이한 점 중의 하나이다. 인적이 없는 심산의 국사당에서 굿을 하던 무당이 마을 한복판에 내려왔다는 것은, 토속 신앙의 세속화를 의미하기도 하지만, 굿당이 있는 산 위에까지 민가가 쳐들어갔다는 의미도 되기 때문이다.

인심의 변화 역시 간과할 수 없는 요건 중의 하나이다. 1950년대 초만 해도 '진국스러운' 인심이 남아 있던 현저동에는, 상스러움은 있었지만 음모나 도덕적인 타락상은 없었다. 그러나 정릉에는 음모와 사기극이 진을 치고 있다. 첩이 본처의 재산을 알가내기 위해 교활한 눈을 굴리고 있고, 아버지가 딸 앞에서 장물아비로 전락하고 있는 것이다. 현저동과 정릉의 차이는 지역의 차이가 아니라 시대의 차이라고 볼 수 있다. 「엄마의 말뚝」 2의 시간적 배경은 동란기인데 반해 「도시의 흉년」은 1970년대 후반이기 때문이다. 동란기 전후의 서울이 산업화 이전의 도시라면 1970년대의 서울은 산업화된 도시이다. 장작을 사러 다니다가 다친 팔을 산골로 고치는 「엄마의 말뚝」의 세계는 이미 갔다. 비록 비탈 동네일망정 정릉은 연탄재의 동산이며, TV 안테나에 뒤덮인 동네인 것이다.

하지만 보다 근원적인 차이점은 산동네를 보는 작가의 시각에 있다.

돈암동의 대저택이 어둠으로 상징화되고 있는 것과는 대조적으로 아버지의 첩이 사는 정릉의 오막살이는 밝음으로 표상화되어 있기 때문이다. 현저동이 지옥적인 측면만으로 파악되었던 것과는 아주 대조적이다. 첩의 집의 양지바름에 대한 묘사는 이 소설에서 다음과 같이 반복되어 나타난다.

① 순정이네 집보다 훨씬 좁고 허술한 집이었으나 앞이 틔어서 햇빛이 댓돌에서 마루 안까지 들이비치고 있었다. 햇빛이 유난히 넉넉하고 도타운 집이었다. 통틀어 두세 평 정도의 햇빛 속의 광경이 뭔가 눈부셨다.[19]

(방점: 필자)

② 진흙빛 대문은 오늘도 저항 없이 열렸다. 안마당엔 햇살이 이 집만 농축해서 비추는 것처럼 도타웠고, 하얀 기저귀가 빨랫줄 가득히, 만국기나 되는 것처럼 힘차게 펄럭였다.[20](방점: 필자)

③ 아버지와 아버지의 첩이 살고 있는 집은 오늘도 햇볕이 넉넉하련만 우리 집 정원은 춥고 그늘져 보였다. 봄이 올 것 같지도 않았다.[21](방점: 필자)

그 밝음의 구성 요소는 남녀 간의 화합이다. 엄마와 아버지의 부부 관계의 불모성이 돈암동 집의 어둠의 원인이고, 첩과 아버지의 금슬 좋

---

19 앞의 책 1, p.197.
20 같은 책 1, p.237.
21 앞의 책, p.198.

음이 그 집의 넉넉하고 도타운 햇빛의 정체임을 다음 인용문을 통하여
확인할 수 있다.

> 게다가 남자와 여자는 서로 맹렬히 아지랑이를 피워 올리고 있었다. 계
> 집 서방끼리만이 피워 올릴 수 있는 그 낯간지럽고 즐거운 아지랑이를.
> 나는 내가 뛰어든 구질구질한 마을 속, 오막살이 뜨락의 이 조그만 풍경
> 에 신선한 놀라움을 느꼈다.
>
> 혹시 저런 것이 행복이라는 것이 아닌가 싶으면서 괜히 깜짝 놀라지는
> 것이었다.[22](방점: 필자)

이 인용문을 통하여 양성 관계에 대한 수연의 견해가 명시된다. 그리
고 그것은 작가의 의견이기도 하다. 환경과 무관하게, 대상과도 무관하
게, 그리고 재산과도 무관하게 모든 양성의 화합은 행복의 실상이며 풍
요성의 모체라는 것을 이 장면이 명시하고 있기 때문이다. 순정이가 살
기를 원하는 작고 예쁜 집에 절름발이 첩이 먼저 들어가 사는 것을 용
납한 작가의 의도 속에도 양성의 화합을 긍정하는 의식이 잠재해 있다
고 할 수 있다.

뿐 아니다. 빈민굴에 양지를 설정한 사실은 부에 대한 작가의 부정적
견해를 노출시킨다. 빈민촌에 대한 씨의 점수는 언제나 도심지의 부유
한 지역에 대한 것보다 후하다. 「엄마의 말뚝」 2에 나오는 문 안과 문
밖의 경우가 그것을 증명한다. 경화네 아파트보다는 성미영의 아파트가
따뜻하며, 엄마의 안방보다는 이모의 방이 훈훈하고, 수연네 정원보다
는 첩의 집 마루 끝이 양지바르게 그려져 있는 것은 우연이 아니다.

---

22 앞의 책, pp. 187-188.

그런 경향은 순정이라는 인물을 통하여 재확인될 수 있다. 이 3부작의 수많은 등장인물 중에서 가장 바람직한 인간상으로 그려져 있는 순정이는 산동네의 주민이다. 순정은 산동네의 진흙밭에서 핀 연꽃이다. 그녀는 따뜻하고 정갈하고 귀엽고 무구無垢하다. 순정은 수남이와 더불어 수연의 사랑을 가장 많이 받은 인물이다. 그리고 그들은 모두 산동네의 주민이다.

박완서는 방이나 집과 인물을 동질화하는 수법을 자주 쓰는 작가다. 엄마의 속물스러움이 돈암동 집의 속악한 외관과 대응되듯, 순정의 정갈함은 그녀의 방의 깨끗함과 대응되며, 엄마의 집의 공허가 엄마의 여자로서의 공허이듯이, 첩의 집의 눈부심은 첩의 여자로서의 충족감과 상응한다.

③ 신흥주택가

화곡동에 있는 첩의 새집의 특성은 문패에 집약되어 나타난다. 작고 반짝이는 타일이 다닥다닥 붙은 문기둥에 당당하게 새겨진 "지대풍"이라는 한글 문패는 작고 예쁜 그 집의 규모와 분위기를 상징적으로 보여주고 있다. 그 문패가 붙어 있는 첩의 새집에는 멋있는 계단이 하나 있다.

> 다만 눈에 띄는 건 이층으로 올라가는 계단뿐인데, 집안 분위기를 참신한 서구적인 분위기로 돋보일 만큼 한껏 멋을 부려 꾸민 티가 났다. 난간도 받침도 없이 사닥다리처럼 다만 발판만 있는 계단이 유려하게 S자로 몸을 틀고 있는 중간에 절름발이 여자는 활짝 웃으며 오똑 서 있었다.[23]

---

23 같은 책 2, p.308.

불구인 첩의 다리의 가련함을 과시하기 위하여 요구된 이 무대장치는 그 동네 전체의 참신함을 대표한다. 넓지 않으나 깨끗한 골목에 새로 지어진 작고 예쁜 집들로 이루어진 신흥 주택가는 이 소설에서 사람이 살고 싶은 마음을 가지게 하는 유일한 동네이다.

새집의 규모와 분위기를 문기둥과 문패가 대표하듯이 수연의 아버지가 사는 세 집은 그 규모와 개성이 모두 문패를 통해 나타나고 있다. 돈암동 집의 문패는 옻칠한 바탕에 자개로 이름이 새겨진 요란하고 야한 것인데, 대리석 기둥에 붙어 있다. 정릉 집의 문패는 초라하다. 오막살이의 오리목 기둥에 얄팍한 송판으로 된 문패가 붙어 있는데, 형편없는 붓글씨로 이름이 쓰여 있으며 글자도 한글이다. 첩의 집 문패는 두 번 다 한글로 되어 있는데, 본처의 집 문패는 한자로 되어 있다. 대리석 기둥, 타일 기둥, 오리목 기둥 등으로 문패가 달려 있는 문주도 세 층으로 분류되어, 세 집의 경제 상태와 주인의 취향, 지식 정도 등을 모두 함축하고 있다.

④ 아파트

1970년대 후반에 오면 서울의 스카이라인은 많은 변화를 일으킨다. 건물들의 고층화 현상이 급등했기 때문이다. 그 중에서도 주거용인 아파트의 고층화는 특기할 만한 1970년대적 변화이다. 한강변의 아파트 단지의 형성은 주거 양식에 획기적인 변화를 가져왔을 뿐 아니라 사고의 양식, 가족 형태에도 그와 유사한 변혁을 가져왔다. 아파트는 1970년대에 와서 본격화된 가장 70년대적인 주거의 형태라 할 수 있다. 하지만 아파트에도 계층이 있다. 팔십 평짜리가 있는가 하면 십여 평짜리도 있다.

가) 점보 맨션

팔십 평이 넘는 점보 맨션은 경화네가 사는 아파트다. 이 아파트는
「도시의 흉년」에서 번번이 난장판이 되는 파티 장소로 등장한다. 처음
파티는 크리스마스에 열렸다. 양친이 성탄 휴가를 제주도에서 지내게
되자 경화가 친구들을 불러다가 올나이트 파티를 연 것이다.

저녁 때가 되어 모여든 이십여 명 젊은이 중에 남자들은 "댄디 신사
복집 마네킹이 어정어정 걸어 나온 것처럼 빼주그레하고 얼빠진" 차림
을 한 작자들이고, 계집애들은 남의 시선을 끌려고 너무 기를 써서 "미
친년의 유니폼처럼 엇비슷"해진 요란하고 찬란한 옷들을 입고 있다. 이
런 남녀가 모여 "밤새도록 먹고 마시고 악 쓰고 고고를 추"는 광란의
난장판이 벌어지는 것 이다. 그 패에 대하여 수연은 다음과 같은 생각
을 한다.

> 부처님과 신령님과 칠성님과 조상신을 정성껏 받드는 제법 양갓집 딸
> 년이 예수 나신 밤에 도깨비처럼 차리고 나가서 처음 만난 남자와 밤새도
> 록 술 마시고, 노래하고, 춤을 추고, 깔깔대고, 악을 쓰고, 즐거운 척 발악
> 을 하다가, 꼭두새벽에 걸레처럼 지치고 너절해져서 거리로 쫓겨나서 추
> 위와 외로움에 떨어야 하다니. 나는 조금도 흥이 안 날 뿐더러 꼴불견에
> 정나미가 떨어졌다.[24]

이 파티가 꼴불견인 이유는 그들이 크리스천이 아니라는 것, 미팅 방
법이 국적 불명의 해괴한 것이라는 점, 그 광란 상태가 다만 "즐거운
척"하는 흉내일 뿐 자발적인 즐거움과는 무관하다는 사실 등으로 나타

---

24 같은 책 1, p.126.

나 있다. 그런데도 불구하고 그들은 이런 꼴불견의 파티를 꼭 해야 하는 것으로 생각하고 있다.

우리는 마치 그날 밤 풀어 주마고 약속하고 가두어놓은 미치광이를 기르고 있는 것처럼 느꼈다. 그래서 그날 밤의 광란은 피할 수 없는 의무감이 되어 우리를 압박했다.[25]

그들이 의무적으로 연출하는 파티의 광란은 엄마의 친구들이 모이면 술 마시고 여자끼리 벌이는 댄스 파티와 닮아 있다. 세대의 차이와 무관하게 파티가 광란과 꼴불견으로 시종하고 있는 이유는, 파티 양식에 대한 소화 불량과, 남들이 하니까 따라 해야 하는 의무감이 빚어내는 권태에 기인한다. 파티의 순서와 매너에 대한 지식이 없는 채로 광란 상태만 흉내를 내려는 데서 그 추태와 꼴불견이 빚어지는 것이다.

이런 파티는 또 한번 경화의 아파트에서 벌어진다. 경화의 약혼식 파티이다. 카메라맨들이 미친 듯이 사진을 찍어대는 속에서 구식 교자상에 동서양의 음식이 뒤섞여 배설되고, 건배하는 술도 "맥주, 위스키, 포도주, 정종, 법주"로 다양하게 섞여 있다. 음식과 술만 잡탕인 것이 아니다. 의식도 잡탕이며 노는 방법도 잡탕이다. 한쪽에서는 니나노판이 벌어지고, 다른 구석에서는 고고판이 벌어지는데, 또 다른 쪽에서는 싸움판과 먹자판이 벌어진다. 그런데 주인은 행방이 묘연하다. 이런 해괴한 파티의 풍경은 서양적인 것과 동양적인 것이 무질서하게 혼합되어진 데서 온다. 그 결과로 생겨난 풍속과 규범의 무정부 상태는 모든 분야에서 1970년대의 한국 전체의 문제였던 것이다. 수연네 집의 무질서와

---

[25] 같은 책, p.125.

몰취미함, 경화네 집의 난장판 파티 등은 1970년대의 한국 부르주아의 부정적인 측면을 대표한다. 설익은 부르주아의 과시적 생활 태도는 박완서가 가장 혐오하는 것이다. 부르주아가 부정적으로 그려지는 이유가 거기에 있다.

나) 한강 맨션

수희가 결혼하여 살게 될 한강 맨션도 부정적 각도에서 그려지기는 마찬가지이다. 여기에서 중점적으로 다루어지는 문제는 실내 장식의 획일성이다. 법관 사위에게 아파트를 사주는 것도 70년대의 벼락부자들의 유행의 하나였지만, 그들의 신방을 전문가에게 꾸미게 하는 것도 그 계층의 시류였던 것이다. 안목은 없고 돈만 많은 벼락부자들의 수요가 만들어낸 괴물이 실내 장식가인 미스터 남이라는 인물이다. "내시 같은 목소리"에 "무색 투명의 매니큐어"를 칠한 이 무성無性의 사나이는 "하이패션"이라는 그럴 듯한 어휘로 벼락부자의 딸을 유혹하다가 수희의 시어머니에게서 핀잔을 받는다. 미스터 남과 시어머니의 대화는 다음과 같이 진행된다.

> "이거야말로 방금 제가 말씀 드린 품위와 핑크 무드가 아름답게 조화된 침실이니까요. 그리고 요새 가장 유행하는 침실이죠."
>
> "세상에 망칙해라. 신방을 색시가 나서서 꾸미는 것도 망칙한데 신방에도 유행이 다 있다니……
>
> "지당하신 말씀이에요. 아파트라는 획일적인 공간의 주민들이 가장 힘겹게 가장 소중하게 지켜야 할 게 있다면 바로 개성이니까요. ……제가 말씀 드리고 싶었던 건 저속한 의미의 유행이 아니라 특수 고급층의 고상한 취미의 흐름에 대해서죠. 더욱 개성적이기 위해선 당대의 하이 패션을

우선 알아야 하니까요."[26]

개성을 내세워 침실의 획일화를 유행시키는 미스터 남의 이런 괴변은 수희의 시어머니에게는 먹혀들지 않으나, 수희 엄마와 그와 유사한 벼락부자들에게는 호소력을 가진다. 그들은 안목이 없기 때문에 그의 유식하고 세련되어 보이는 제스처와 하이 패션이라는 용어에 쉽사리 현혹되는 것이다. 그리하여 침실의 장식까지 유행에 따라 획일화되는 끔찍한 현상이 벌어지는 것이다.

다) 서민 아파트
이 소설에 나오는 아파트 중에서 꼴불견이거나 망칙하지 않은 것은 성미영의 아파트뿐이다.

작은 두 개의 방과 마루와 부엌과 욕실이 너무 오밀조밀 붙어 있는 게 별로 탐탁지 않았다. 그러나 훈훈했다.[27](방점: 필자)

그 초라한 서민 아파트에 고루 퍼져 있는 훈훈함은 주인의 인품의 훈기다. 그녀는 이 소설에 나오는 아파트 주민 중에서는 타인을 위해 무언가를 희생할 줄 아는 유일한 인물이다. 그런 훈훈한 온기와 함께 그녀의 아파트를 사람 사는 집답게 만드는 요인으로 빨래가 등장한다. 베란다에 구주현의 옷들이 빨아 널려 있었던 것이다. 박완서의 소설에서 빨래는 언제나 집을 사람 사는 곳답게 만드는 소도구로 등장한다. 「도

26 같은 책 2권, p.147.
27 같은 책 3권, pp.181-182.

시의 흉년」에서 빨래는 두 번이나 깃발에 비유되고 있다.

구주현의 내복이 깃발처럼 펄럭이고 있다.[28]

안마당엔 햇살이 이 집만 농축해서 비추는 것처럼 도타웠고, 하얀 기저
귀가 빨랫줄 가득히 만국기나 되는 것처럼 힘차게 펄럭였다.[29]

박완서에게 있어 빨래는 평화의 상징이기도 하다. 그래서 6·25 때의
생활의 황폐화를 씨는 빨래가 없는 것과 연관시켜 그리고 있다. 이 경
우에 빨래는 소시민들이 욕심 없이 누리는 따뜻하고 평화로운 일상을
상징한다. 수연네 집, 경화네 아파트 등에는 빨래가 널려 있지 않다. 그
사랑과 평화의 표지가 없는 것이다.

인물들의 주거 환경을 종합적으로 고찰해보면 대체로 두 그룹으로 구
분되어 있는 것을 알 수 있다. 1) 사람 사는 것 같은 집과, 2) 빈집 같은
집이 그것이다. 경화네 점보 맨션, 수희네 한강 맨션, 수연네 집은 2)
그룹에 속하고, 첩의 집과 성미영의 아파트는 1) 그룹에 속한다. 이 두
그룹의 차이를 비교하면 다음 표와 같다.

	1)	2)
1	따뜻하다	춥다
2	밝다	어둡다
3	빨래가 있다	빨래가 없다
4	가난하다	부자다
5	초라하다	으리으리하다

---

28 같은 책, p.191.
29 같은 책 1권, p.237.

이 비교를 통하여 확실해지는 것이 있다. 2)그룹에는 긍정적인 면이 전혀 없다는 사실이다. 도시가 가지고 있는 흉년적인 측면을 작자가 벼락부자들의 세계와 동일시하고 있다는 사실을 이 비교를 통하여 확인할 수 있다. 본처의 재산을 사취하는 불구의 첩, 술집 호스티스 같은 비정상적인 시민들보다도 훨씬 낮고 비천한 곳에 부자들을 위한 좌석이 마련되어 있다. 그것은 박완서식 인간 분류법이라고 할 수 있다. 그 지나친 도식화에 이 작가의 문제가 있다. 그건 일종의 편견이기 때문이다. 일반적으로 박완서에게는 인물 유형을 지나치게 도식화하는 경향이 있는데, 그 중에서도 벼락부자들의 부정적 특성이 가장 도식적으로 나타난다. 그것은 부르주아의 속악성에 대한 박완서의 혐오감의 심도를 증명해 주는 것이라 할 수 있다.

(3) 기타지역

① 감옥

「도시의 흉년」에 나오는 감옥은 수감자의 그것이 아니라 면회 가는 사람의 감옥이다. 따라서 감방과는 멀리 떨어져 있는 감방 마당이 무대가 된다. 지역적인 면에서 볼 때 서대문 감옥은 도심에서 멀지 않은 곳에 있다. 정릉이나 금호동, 한강변의 아파트 단지보다는 도심과 가깝다. 하지만 그곳은 일상성이 차단된 이방 지대라는 점에서 서울의 다른 지역과 구분된다. "출근하고 나들이하고, 산책하고, 데이트하고, 장 보러 가는"[30] 사람들은 수감자의 가족의 눈으로 보면 행복한 사람들이다. 왜냐하면 그 담장 안에는 지옥의 풍경이 벌어지고 있기 때문이다. 그곳의 첫 번째

---

[30] 같은 책, 2권, p.253.

특징은 사람들이 악에 받쳐 지르는 고함소리와 악다구니에 있다.

① "내 돈 내놓아라 이 날도둑놈아, 그게 어떤 돈인 줄 아냐. 어떤 놈이고 그 돈 먹고 창자가 썩어 문드러지지 않을 줄 아냐?"[31]

② "무고죄는 죽여야 돼. 칵 죽여야 돼." 내 앞의 여자가 깜짝 놀라도록 생생한 목소리로 또 한 번 사형을 선고했다.[32]

저주와 악담은 그 마당에서는 다반사로 여겨진다. 피로와 분노가 사람들을 악만 남게 만든 것이다.

구치소 마당의 두 번째의 특징은 면회 온 사람들이 노약자와 아녀자들로 구성되어 있다는 점에 있다. 구치소 마당에 줄 서 있는 것은 대부분이 여자들이다. 주눅이 잔뜩 들어 있는 여자들이 면회할 차례를 기다리고 있다. 그 중에는 노파들도 있다. "꾀죄죄한 가제 손수건으로 진무른 눈언저리를 꾹꾹 누르는"[33] 궁상맞은 노파들, 그리고 아이들이 있다. 줄줄이 엮여 있는 수인의 그림을 그리며 노는 아이들이 철창 너머에 있는 수의를 입은 아버지를 만나려고 기다리고 있는 것이다. 수연은 아이들이 사랑보다 증오를 먼저 배우게 될까봐 걱정이 된다. 그래서 다음과 같은 생각을 한다.

구치소 둘레의 풍경에서 늙은이와 어린이들만 뺄 수 있다면 덜 불행한,

---

31 같은 책, p.252.
32 같은 책, p.252.
33 같은 책 2, p.258.

얼마나 덜 어두운 풍경이 될 것인가 싶었다.[34]

다음에 문제가 되는 것은 면회 절차의 복잡함과 대기 시간의 지루함이다. "그곳의 모든 구조는 사람의 진액과 얼을 빼게끔 돼" 있다. 입회인의 감시를 받으며 철창을 격해서 수감자와 몇 분간 만나는, 그 짧고 시답잖은 만남을 위해 소모해야 하는 "육체와 정신의 소모량은 가히 중노동"이다. 줄 서서 끝없이 기다려야 하는 육체적 고달픔은 더 말할 필요도 없지만 "사람의 자존심이랄까 긍지 나부랭이를 빠르게 무화시키도록" 되어 있는 것이 구치소의 구조이다. 구치소의 면회 절차에 대한 것을 씨는 「조그만 체험기」에서 다음과 같이 묘사하고 있다.

① 면회하기 위해 내가 통과해야 하는 절차와 사람을 가시 철망으로 생각하면 됐다. ……그 가시 철망을 상처 입지 않고 통과하는 길은 오로지 구더기처럼 그 밑을 기는 길밖에 없다.[35]

② 그곳엔 맨 주눅 들린 여편네 천지였다. 피의자 대기실 주변의 맨땅에 뙤약볕을 무릅쓰고 파김치처럼 늘어져 있는 초라한 여편네들은 살아 있는 사람 같지도 않았다. 뙤약볕에 생기와 수분은 다 증발해버리고 마지막 남아 있는 사람의 가장 흉한 찌꺼기처럼 보였다.[36]

그런 점에서는 "수감자가 면회자보다 행복하다"고 할 만큼 그곳은 인

---

34 같은 책, p.256.

35 『배반의 여름』, 창작과비평사, 1978, p.75.

36 같은 책, p.58.

간의 인간다움을 용납하지 않는 특수 지대이다. 면회뿐이 아니다. 빨래 받아내는 일, 옷이나 돈 등을 차입하는 일들이 모두 이와 비슷한 심신의 소모를 요구한다. 감옥은 수감자에게만이 아니라 그 가족에게도 복역을 요구한다. 옥바라지라는 이름의 복역이다. 거기 모인 사람들이 감정을 극단적으로 노출시키는 것은 그들의 심리적인 불안정성과 과로에 기인한다.[37] 이 부분은 「조그만 체험기」에 쓴 사건에서 겪은 작자의 직접 체험의 복사라고 할 수 있다. 박완서는 자기가 모르는 세계는 거의 그리지 않는 작가이며, 타인의 이야기를 형상화할 때에는 충분한 고증을 바탕으로 하는 타입이다. 씨는 리얼리스트인 것이다.

② 공지空地

수빈이 입영하러 가는 수색 근처에는 개발 지구의 황량한 공지들이 있다. 도시 속의 공지는 토지가 농업적 이용의 상태에서 도시적 이용으로 전환한 데서 생겨난다. 봄이 와도 그 땅에 씨앗을 심는 사람은 없다. 그래서 그것은 생산성이 죽은 땅이다.

여름에 생물을 키우고 겨울 동안 쉬는 들판은 부드럽고 숨쉬는 듯이 살아 보이지만 몸값 오르기만을 기다리며 사시장철 게으르게 누워 있는 개발 지구 땅들은 기지촌의 늙은 창녀처럼 추악했다.[38]

---

37 금세 만난 사람끼리 십년지기처럼 다정해지는 것도 이 고장의 특수한 풍속이었지만 털끝 하나 잘못 건드렸다고 죽일 년 때갈 년 하는 대판 싸움이 붙는 것도 이 고장의 풍습이었다. 이 고장에 모인 사람들이 하나같이 정서적으로 불안정하기 때문인지도 몰랐다. 『도시의 흉년』 3, p.57.
38 같은 책 1권, pp.30-31.

지모신의 거점이었던 생명의 대지는 그 본성을 상실하고 한낱 상품으로 전락하고 말았다. 토지의 기능이 변질된 것이다. 생산성이 죽은 대지는 생식 능력이 죽은 인간과 흡사하다. 봄이 와도 재생을 할 수 없기 때문이다. 그래서 그것은 불모의 황무지인 것이다. 도시의 불모성은 토지의 경우처럼 생명의 원천과의 단절 상태에서 생겨난다. 「도시의 흉년」에서 인간의 성이 언제나 풍요성으로 나타나며, 도시가 흉년인 데 비해 시골은 아직도 풍요로움을 간직한 곳으로 나오는 이유가 거기에 있다. 그것은 「도시의 흉년」에서 긍정적으로 그려진 유일한 남자인 구주현의 출신지가 시골인 데서도 나타난다. 박완서는 「엄마의 말뚝」 1에서 이미 살핀 대로 도시적인 것에 반감을 가지고 있는 작가다. 도시의 도시적 특징을 대표하는 부르주아에 대한 혐오의 출처도 도시 혐오증에서 온다. 박적골로 대표되는 시골은 씨에게는 영원한 유토피아이다. 시골에서 대지는 생산성의 모체이며 풍요신의 거처이다. 그러고 보면 씨가 혐오하는 것들의 공통 특징은 비생산적인 것과 불모성이라는 것을 알 수 있다. 절름발이 첩이 엄마보다 나은 것은 생산성을 보유하고 있기 때문이며, 공지가 추악한 것은 생산성을 상실했기 때문이다. 이것은 박완서 문학의 본질과 관계되는 중요한 문제이기 때문에 다음 장에서 본격적으로 논의하기로 한다.

③ 학교

주동 인물이 학생이며, 그가 사랑하는 남자도 학생인데도 불구하고 이 소설에 나오는 대학의 캠퍼스는 강의실이나 도서관과는 관계가 없는 장소로 그려져 있다. 수연의 학교는 우선 축제의 풍속도를 그리는 데 이용된다. 축제날 밤 수연은 형부가 될 사람에게 학교 담 밖에서 강간을 당한다. 그 다음에는 교정이 나온다. 수연은 그 교정에서 순정의 무릎을 베고 하늘을 우러러 본다. 그러고는 졸업식장이 나온다. 수연의 부모의 몰상식이 노출되는 장소로 제공되는 것이다. 이것은 오늘날의 대학이 그 본분을 상실한 데 대한 고발이라고 해석할 수도 있다. 하지만 정도가 지나치다는 느낌이 있다. 허영에 물든 벼락 부자의 딸을 도식화하기 위해 강의실과 도서관을 배제시켜버렸다고 할 수 있기 때문이다.

수연은 수빈이처럼 학업을 강요당한 아이도 아니며, 싫은 학과에 턱걸이하여 들어간 학생도 아니다. 그녀는 자신이 원하는 대학의 원하는 과에 입학한 대학생이고, 제 기간에 학점을 따서 졸업도 한다. 그런데도 학업과 관련된 부분은 배제되어 있고, 교정에서의 축제 파트너에 관한 수다, 학교 담 너머에서의 형부와의 육체 관계, 졸업식날의 사진 찍는 장면, 순정이와의 만남 등이 수연과 학교와의 관계의 전부로 그려져 있다. 본분에서의 이탈현상이라는 점에서 그녀의 학창 생활을 작가는 도시 속의 공지와 유사한 것으로 보고 있음을 알 수 있다.

④ 도시 밖의 지역

이 소설에 나오는 서울 밖의 지역은 1) 선바위골, 2) 구주현의 고향의 두 시골이다. 둘 다 구주현과 관계되는 고장이다. 선바위골은 그가 탈춤 공연을 하다 잡혀 가는 곳이다. 구주현의 고향은 이 소설에서 유일하게 윤기가 있는 지역으로 그려진 지역이다. 그렇다고 해서 그의 시골이 「엄마의 말뚝」 1에 나오는 박적골처럼 낙원적인 이미지를 지니는 장소로 설정되어 있는 것은 아니다. 지방의 도청 소재지에서도 네 시간이나 버스를 타고 가야 나타나는 그 고장은, 방위도 지명도 명시되어 있지 않은 애매한 벽촌일 뿐이다. 토지도 척박하고 경치도 볼 것이 없는 음산한 시골 구석. 그런데도 불구하고 구주현이 그곳에 정착하고 싶어 하는 이유는 딴 곳에 있다. 그것은 사랑이다.

문제는 땅이야. 그분이 남긴 땅도 척박하고 옹색하지만 풍부한 감동이 있거든. ……우리 아버지가 일편단심 어머니하고 나를 사랑했다는 건 웃음거리가 아니라 감동거리라구. ……사랑하는 것밖에는 딴 수가 전혀 없었던 사람을 감동해 주지 않으면 어쩔 거야. 감동도 모자라지, 경배해 줘야 될 거야 아마도.[39]

자린고비 소리를 들으면서 아버지가 평생 노력하여 처자를 위해 사모은 척박한 땅은 이미 땅이 아니라 사랑이다. 그 사랑이 보잘것없는 메마른 고장을 기름지게 만드는 기름이다. 절름발이 첩의 오막살이를 양지로 만든 것이 남녀 간의 사랑이라면, 이 무명의 벽지를 감동의 땅으로 만든 것은 부성애이다. 박완서에게 있어서 인간끼리의 화합은 부부지간이든 부자지간이든, 친구지간이든 언제나 척박한 땅을 양지로 전환시키는 거름으로 그려진다. 도시의 불모성도 따지고 보면 사랑의 부재에서 생긴 것이다.

구주현의 고향은 수연과 그와의 화합이 이루어질 장소이기도 하다. 이 소설에서 가장 긍정적인 양성 관계가 이루어지는 고장이 벽촌으로 설정되어 있는 것은 박적골에 대한 그리움에서 비롯된 이 작가의 도시에 대한 혐오의 역사와 그 심도를 다시 한 번 명심하게 한다.

3) 「도시의 흉년」에 나타난 1970년대 서울의 특징과 문제점

「도시의 흉년」은 전술한 바와 같이 박완서가 1970년대를 그린 소설

---

39 『도시의 흉년』 3, pp.350-351.

중에서 가장 규모가 큰 소설이다. 1970년대 후반에 쓰인 이 소설은 그 서술된 시기와 현실의 시간이 거의 일치되고 있는…… 당대의 벽화다. 당대의 벽화 중에서도 씨의 작품에서는 가장 스케일이 큰 벽화인 것이다. 따라서 이 소설의 공간 구조는 씨의 어느 소설보다도 넓고 다층적이다. 도시의 근대화가 본격적 단계로 들어선 시기의 서울의 생태가 다각적인 측면에서 부각되고 있는 것이다.

(1) 광역성

「도시의 흉년」은 무대가 넓다. 화곡동, 수색, 정릉, 금호동, 한강변을 잇는 원주 안을 포괄하고 있기 때문이다. 「엄마의 말뚝」 1, 「목마른 계절」, 「나목」의 배경 등과 비교할 때 무대의 넓이는 엄청난 격차를 나타내고 있다. 그러면서 이 변두리 지역은 돈암동, 동대문, 명동, 계동 등의 중심권의 지역들과 유기성을 띠고 연결되어 있다. 그 유기성을 가능하게 하는 것이 교통망이다. 1970년대는 한국 최초의 자동차 시대다. 자가용이 보편화되기 시작한 시기이고, 대중교통도 원활했다. 차가 많아져서 교통 체증이 유발되었다. 이 작가는 그것을 러시아워와 통금 직전의 시간대를 통하여 포착하고 있다. 서울이 드러내고 있는 "광기와 뉴로시스", "파렴치성과 고식성" 등을 통하여 시한에 쫓기는 도시인들의 초상화로 형상화되고 있는 것이 「도시의 흉년」의 특징이다. 배경의 광역성은 1970년대의 서울의 모습을 가능한 한 다각적으로 포착하려는 작가의 의욕을 보여주고 있다.

(2) 다층성

서울의 다층성은 우선 건물의 고층화 현상에서 나타난다. 한강변의 아파트 단지, 경화 아버지의 사무실 등이 그것을 대표한다. 정릉의 산동네의 오막살이들과 비교할 때 그 높이의 격차는 엄청나다. 그것은 그들의 경세석 계층의 다층성과 이어진다. 경제적인 계층은 우선 "가진 자"와 "안 가진 자"로 대별된다. 전자에 속하는 인물이 경화 아버지와 수연이 엄마다. 하지만 이 두 사람이 속하는 계층은 다시 "상"과 "하"로 세분된다.

이와 비슷한 차이화가 "안 가진 자"의 계층에서도 일어나고 있다. 첩의 가난과 순정이네 가난은 색상이 다르며, 이모네 가난과 최기사의 가난은 농도가 다르다. 성미영과 구주현의 가난의 경우도 마찬가지다. 같은 계층 안에도 4, 5개의 계층으로 다시 세분화되어 있다.

다음에 눈에 띄는 것은 도시의 기능에 따른 지역 분활현상이다. 이 소설에서 서울은 상업 지구, 주거 지구 외에 감옥, 학교, 교외 등으로 대분되어 있으며, 그 각 지구는 또 그 안에서 세분되어 있다. 상업 지구는 다시 부의 축적 현장과 그 소비의 장소로 대별되어 나타나며, 전자는 또 동대문 시장과 도심지에 있는 대기업의 사무실로 세분되어 그 성격이 대비되어 있다. 동대문 시장의 특징은 상인들의 고함 소리와 상스러움, 비위생적인 환경, 미로같이 얽힌 통로, 핏기를 말리는 인공의 빛, 화학 섬유와 연탄난로가 뿜어내는 유독 가스, 백치 같은 플라스틱 조화 등에 의하여 지저분하고 조잡하고 비위생적이며 비기능적인 장소로 파악되고 있다.

경화 아버지의 사무실은 조용하고 세련된 대화, 청결하고 깨끗한 환경을 가지고 있다. 엘리베이터와 넓은 사무실, 쾌적한 조명, 계절을 몰아낸 냉·온방 시설, 싱싱한 생화의 꽃꽂이 등을 통하여 그것은 기계화와 전문화가 병행된 세련되고 기능적인 공간으로 나타나 있어 전자와의 사이에 엄청난 격차를 나타낸다. 그 엄청난 차이는 건물의 높이의 격차와 합세하여 경화 아버지와 수연이 엄마의 경제적인 계층의 격차로 나타난다. 그러면서 이 두 계층이 공유하는 배금주의, 부정한 부의 취득, 탈세 등의 병폐를 노출시키고 있다.

자본 축적 과정에 개재된 이런 병폐적인 요소는 그것을 소비하는 현장인 명동에 와서 다시 클로즈업된다. 감각적인 쾌락 추구, 만성화된 낭비벽, 이기주의, 유행에의 맹종 등이 그것이다. 상업 지구의 이런 병적인 요인들은 그대로 주거 지역으로 연장된다. 시장의 조야한 배금주의는 수연네 집의 몰취미한 문패와 가구들로 이어져서, 벼락부자의 속악성을 노출시키며, 명동의 낭비벽과 이기주의는 수연네 집의 포식과 아들에 대한 수선스런 집착, "뽈뽈이"의 가족 관계와 연결되고, 명동의 감각주의는 아버지와 어머니의 성적인 타락과 유기적 관계를 가져, 한 가정의 몰락을 몰고 오는 요인을 형성시킨다. 고층 빌딩의 사무실의 세련미와 기능주의는 경화네 아파트의 그것과 대응되며, 형의 재산을 가로챈 아버지의 부도덕함과 경화의 설익은 박래품 화냥기가 합세하면, 경화네 집에서 열리는 규범도 법도도 없는 광란의 파티가 된다.

비탈 동네의 특성을 이루는 가난과 밀집성, 미로성, 혼돈 등은 불구의 첩과 대응된다. 절름발이 다리의 불구성은 그녀의 정신적인 불구성과 이어지며, 그것이 물욕과 야합하면 범죄의 양상을 띠게 된다. 그 동네와 관계가 생기면서 수연의 아버지가 드러내는 장물아비 같은 몰염치함과 뻔뻔스러움도 같은 속성으로 간주될 수 있다. 돈암동 집과 경화네 아파트가 부의 병리적 측면을 대표한다면, 첩의 집은 가난의 병리적 측면을 대표한다. 감옥이 드러내는 격리성과 인간 부재 현상, 교외의 공지가 나타내고 있는 불모성, 대학의 강의실 소외 현상 등도 도시의 병적인 측면에 속한다.

제목이 예시하고 있는 것처럼 이 소설에 나타나 있는 1970년대 후반의 서울은 긍정적인 면보다는 부정적인 면이 압도적으로 우세하다. 교통 복잡화에 따른 광기와 파렴치성, 사고와 주거양식의 획일화 현상, 광란적인 파티와 쾌락주의, 부르주아의 속악성과 프롤레타리아의 교활성, 이기주의와 가정의 붕괴, 제도의 불합리성과 인간 소외 현상, 규범의 붕괴와 풍속의 무정부 상태, 물량주의와 공리적 인생 계획 등은 70년대 후반의 서울을 흉년이 든 만성의 한발 지역으로 규정짓게 만드는 요인들이다. 이런 부정적 측면이 클로즈업된 것이 「도시의 흉년」의 특징이라 할 수 있다.

끝으로 언급할 것은 이 소설의 시점의 한계이다. 이 소설은 공간적인 광역성을 통하여 서울의 도시적인 특성을 전면적으로 탐색하고 있지만, 작가가 친 울둘레 안에는 공장도 신문사도 사장가도 없으며, 이 소설의 다층성 속에는 중간 부위가 결여되어 있다. 이런 사실들은 시점과 유기적인 관계를 갖는다. 3부작의 거대한 스케일을 한 인물의 주관을 통하여 엮어나가고 있는 1인칭 시점을 채택하고 있다는 것, 그 인물이 사회적으로나 경제적으로 그 사회의 한 부분을 책임지고 있는 사회인이 아니라 여대생이라는 것, 그 인물의 시야가 곧 소설 속의 공간의 한계라는 것 등이 그런 한계점의 요인이 되고 있다. 1인칭 화자의 행동반경 안으로 배경이 제한될 수밖에 없으니까 그녀가 갈 수 없는 병영 안이나 사창굴 등은 배제되게 된다. 반면에 작가가 그리고 싶은 모든 곳에 그녀가 가 있어야 하니까 수연은 책 읽을 시간도 강의를 들을 시간도 없어지고 마는 것이다. 스케일이 큰 소설에서 인간의 내면보다 외계를 파노라믹하게 그리려면 시점을 다양화하거나 전지적 시점을 채택한 편이 소기의 효과를 거두는 데 유용했을 것이다.

4. 1970년대와 80년대 문학의 변별 특징

　전술한 바와 같이 박완서의 글쓰기는 토악질이고, 난도질이며, 허물 벗기기 작업이기 때문에, 거기에는 인간끼리의 따뜻한 사랑이나 낭만적인 비전이 들어설 자리가 적었다. 씨의 문학이 "풍자와 비판의 칼날만이 거의 살기를 띠며 번뜩인다."거나, "전천후 폭격기"라는 혹평을 받는 이유가 거기에 있다. 긍정적인 것보다는 부정적인 것이 압도적으로 우세한 것이 씨의 1970년대까지의 문학의 특징이었기 때문이다.

　하지만 1980년대에 들어서면 박완서의 글쓰기에 변화가 일기 시작한다. 대상에 대한 부정적 관점, 야박스러운 허물 벗기기 작업 같은 것은 여전히 계속되지만, 「닳은 방들」, 「포말의 집」과 「울음소리」 사이에는 분명한 차이가 있다. 부정하거나 거부하는 것들 사이에서 작가가 긍정하고 싶어 하는 것들이 고개를 내밀기 시작하는 현상이다. 이 시기에 씨는 생명의 본질을 응시하며, 그 훼손되지 않은 양상을 추적하는 일련의 소설들을 쓴다. 1980년대 벽두에 쓴 「그 가을의 사흘 동안」(1980. 6)은 그런 변화의 효시가 되는 작품이다. 그 뒤를 「엄마의 말뚝」1(1980. 9)과 「유실」

(1982. 5), 「울음소리」(1984. 2), 「꽃을 찾아서」(1986. 8) 등이 잇는다.

「그 가을의 사흘 동안」은 처음으로 증오의 질곡에서 벗어나 사랑의 싹을 보여준 소설이라는 점에서 기억할 만한 작품이다. 오랜 세월을 사람 백정처럼 살아온 여의사가 자신의 가장 깊숙한 곳에 훼손되지 않고 남아 있던 모성 본능을 되살리는 이 이야기는, 그녀가 자신이 받은 상처를 극복하였다는 의미도 지니고 있다. 그것은 이 작가의 6 · 25 고착증에서의 해탈 가능성도 보여준다고 할 수 있다. 그런 증상은 「엄마의 말뚝」 1에서 이미 나타났다. 거기에서 작가는 도시와 전쟁이 자신을 망가뜨리기 이전에 살고 있었던 자신의 낙원을 보여주었기 때문이다. 「엄마의 말뚝」 1에서 작가는 자가가 사랑하는 고장의 이름을 우리에게 확실하게 알려주었다. 그곳은 농바위 고개 너머에 있는 박적골이다. 박적골의 가치는 그곳에 아름다운 자연이 있는 데만 있는 것이 아니다. 그보다 더 중요한 것은 그곳이 사랑이 충만한 고장이었다는 데 있다. 인간이 인간답게 대접받는 곳, 인간의 존엄성이 존재하는 곳이 박적골이다. 따라서 박적골에 대한 그리움은 이 작가가 지향하는 가치의 방향을 명시한다. 그것은 때묻지 않은 사물들과 사람들, 본성을 잃지 않은 사람들에 대한 작가의 사랑을 의미한다. 그 사랑은 1980년대의 도시의 현실 속에서도 그대로 지속되고 있다는 것을 80년대의 소설들을 통하여 작가는 확인시켜 주고 있는 것이다.

박적골의 토종국화는 「울음소리」의 아이, 「유실」의 성性, 「꽃을 찾아서」의 흰비듬꽃과 동질성을 지닌다. 그것들은 박완서가 지향하는 때 묻지 않은 생명의 순수함과 그 참모습을 상징한다는 점에서 등가 관계를 가지게 된다. 토종국화와 아이가 동질성을 띠듯이 6 · 25 체험과 남성에 대한 공격, 부르주아와 산업 문명에 대한 혐오 등도 동질성을 띠고 있다. 전자가 삶의 훼손되지 않은 원질을 대표하는 것들이라면, 후자는 삶을 망가뜨리는 것들을 대표한다.

박완서가 1980년대에 보여준 이런 변화를 추적함에 있어서, 변화가 나타나는 모든 작품들을 다 대상으로 하는 것이 이상적이지만, 문제를 집중적·심층적으로 다루기 위해서 이 장에서는 「울음소리」를 중심으로 하여 1970년대의 「닮은 방들」, 「포말의 집」과 비교 분석하는 방법을 택하려 한다. 아파트라는 공통되는 주거 공간을 무대로 한 이 세 소설은 씨의 1970년대와 1980년대를 가름하는 특징을 단적으로 나타내는 작품들이어서, 그것을 대비시키는 방법은 박완서의 1980년대적 특징을 부각시키는 데 효과적이라고 생각되기 때문이다.

1) 「울음소리」와 「닮은 방들」, 「포말의 집」의 공통점과 차이점

(1) 공통점

1974년 6월에 발표된 「닮은 방들」, 1976년 10월에 발표된 「포말의 집」과, 1984년 2월에 나온 「울음소리」 사이에는 십 년 혹은 팔 년이라는 세월이 가로놓여 있다. 하지만 이 세 소설은 많은 공통성을 가지고 있다. 공간적 배경이 아파트라는 점 외에도, 주동 인물이 비슷한 계층의 비슷한 나이의 여자들이고, 가족 구성도 비슷하다. 그러나 인물과 배경의 유사성에도 불구하고 「닮은 방들」, 「포말의 집」과 「울음소리」는 많은 차이점을 가지고 있다. 「울음소리」에는 이선영이 "생명주의"라고 이름 지은 것이 나타나 있기 때문이다. 박완서의 70년대와 80년대 문학의 변별 특징을 이루는 이런 변화의 실상을 규명하기 위하여, 이 소설들의 공통점과 차이점을 구체적으로 고찰해보기로 한다.

① 주거공간으로서의 아파트의 문제점

이 세 소설은 모두 처음으로 아파트에 이사를 간 여인들의 아파트 체험을 다루고 있다. 그들은 「닮은 방들」의 여인처럼 시설의 편리함과, 독립성의 보장, 보안상의 이점 등 생활의 편리함을 선호하여 아파트로 이사를 간다. 하지만 일단 이사를 가자 연탄에서의 해방, 외출의 자유로움 등의 이점에도 불구하고 그들은 불면증에 시달리며 조금씩 망가져 간다. 살 기운 자체를 상실하게 되는 것이다.

가) 획일성

그 첫 번째 이유는 획일성에 있다. 아파트의 획일성은 우선 건축 양식과 집합성에서 나타난다. 개성 없는 건물이 밀집해 있으니까 자기 집을 찾는 일 자체가 어려워진다. 그래서 박완서의 아파트 주민들은 자주 길을 잃는다. 그것은 현저동의 천엽 속 같은 길에서 길을 잃는 것(「엄마의 말뚝」 1)과는 차원이 다르다. 그들은 넓고 반듯한 길에서 길을 잃기 때문이다.

> 나는 이번엔 내 아파트를 찾아 달음질치며 몇 번이나 길을 잃었다……. 무수히 직립한 아파트와 그 사이로 난 널찍널찍한 보도는 거기도 여기 같고, 여기도 거기 같은 모습으로 나를 혼미시켰다.
> 설사 내 아파트가 내가 찾아오기 쉽게 잠시 역립逆立을 하고 나를 기다려 준다 해도 사정은 마찬가지였을 것이다. 아파트는 성냥갑처럼 아래 위가 없었으니까.
>
> 「포말의 집」

그래서 「포말의 집」의 '나'는 한참 헤매다가 겨우 자기 아파트를 찾아냈지만, 이번에는 호수를 혼동한다. 406호에 가야 할 것을 404호로 가서 벨을 누른 것이다. 이런 실수는 「울음소리」에서도 나타난다. 잠자다 벨 소리에 놀라 깬 여자가 문을 열어 주니 낯선 남자가 가슴으로 안겨 오는 것이다. 그녀는 그를 힘껏 떠다 밀었고, 그는 계단 밑으로 굴러 떨어진다. 하지만 그녀는 그가 남의 집 벨을 누른 실수에는 관대하다. "술에 안 취했어도 조금만 정신 놓고 있으면 동이나 입구를 헷갈리기 십상인 게 아파트 단지의 구조"임을 잘 알고 있기 때문이다. 「울음소리」에는 처음 아파트에 이사 가던 날, 아파트의 외양을 보고 충격을 받아 망령이 심해지는 할머니가 나온다. 그녀는 아파트를 "아래위 줄행랑 같은 셋집"이라 부른다. 행랑방처럼 똑같은 구조를 가진 아파트의 겉모양의 획일성에 대한 경멸이 그 말 속에 나타나 있다.

아파트를 줄행랑에 비긴 이 비유법은 그들이 아파트 이전에 산 집의 정체를 밝혀 준다. 행랑이 있는 집은 한옥이다. 나무로 지은 한옥촌은 여러 가지 불편함이 있음에도 불구하고 사람이 사는 동네다운 점을 가지고 있다. 거기에는 「닮은 방들」이 지니는 획일성과 비정성이 없기 때문이다. 작가 자신이 한옥에서 아파트로 이사를 갔듯이 그의 인물들도 한옥에서 아파트로 이사 간 사람들이다. 그들은 편리한 아파트에 살면서 끊임없이 불편한 한옥을 그리워하고 있는 셈이다.

한옥이 과거의 집이라면 이 여인들이 살고 싶어 하는 미래의 집은 양옥 단독 주택이다. 아름다운 전원도시의 언덕 위에 있는 "다락방이 있는 뾰족한 지붕을 가진 오밀조밀한 집".(닮은 방들) 마당에는 잔디를 깔고 꽃을 심으며, 텃밭에서는 완두콩, 옥수수 등이 자라는 집인 것이다. 생성하는 터전이 있는 그 집이 풍요성의 상징이라면, 아파트는 반대로 불모성을 상징하는 주거 양식이다. 그런 불모성은 직선으로 된 건축 양식에서 시작된다.

아파트의 획일성을 집중적으로 파헤친 「닮은 방들」에서는 외부 구조의 획일성이 방 안의 유사성으로 이어진다. 아파트로 처음 이사 간 여자가 이웃의 방을 보니 "어찌나 알뜰하고 아기자기한지 꼭 동화 속에 나오는 방 같았다." 그래서 그 집 여자에게 도움을 청해 방을 꾸몄더니 두 집이 "비슷한 것이 되고 말았다." 안팎 공간의 유사성은 생활 패턴의 유사성을 유발한다. 획일성은 식생활과 의복, 소지품 등에도 옮아 붙는다 "철이 엄마가 내 요리 선생"이 되니 두 집에서 먹는 음식이 같아졌고, 두 여자가 같이 쇼핑을 하니 남편들의 잠옷과 포마드도 같아지는 것이다. 그런 유사성은 그대로 내면생활에까지 확대된다. 두 여자는 다 이어트법도 닮아가며, 계란 팩을 교대로 붙이고 누워 있는 것까지 같아지는 동안에, 아파트 생활의 심심함을 못 이겨 노이로제 증세를 나타내는 것까지 닮아버리는 것이다.

뿐 아니다. 이들은 아파트 생활의 "닮음에의 싫증"에서 탈출하는 방법까지 비슷해진다. 철이 엄마도 '나'처럼 언제나 권태롭고 맥이 빠져 있었는데, 어느 날 갑자기 그녀의 얼굴에 미칠 듯한 희열이 나타났고, '나'는 그 희열의 원천이 복권임을 발견한다. 그것은 "닮음에의 싫증"에서의 철이 엄마만의 탈출구였는데, 내가 따라 하자 두 사람 다 맥이 빠져 그 일을 그만둔다. 이미 서로 닮아버렸기 때문에 그 희열은 "바늘로 찔리고 난 풍선꼴"이 되고 만 것이다.

> 이렇게 나나 철이 엄마나 딴 방 여자들이나 남보다 잘살기 위해, 그러나 결과적으로 겨우 남과 닮기 위해 하루하루를 잃어버렸다. 「포말의 집」

"닮음에 대한 싫증"은 나의 엄마다운 직관까지 마비시켜서, 자신의 쌍둥이 아이들을 구별 못 하는 상태가 온다. '나'는 거기에서 벗어날 방법을 찾아낸. 그것은 철이 엄마의 그 "짐승 같은 새끼"와 간음을 할 것 같은 예감이고, 그 예감으로 '나'는 잠시 생기를 되찾는다.

> 배합 사료로 사육되어 오던 들짐승이 어떤 계기로 촉발된 싱싱한 야성
> 의 먹이에 대한 식욕으로 이빨이 견딜 수 없이 근질대듯 내 온몸이 이빨
> 이 되어 근질근질 조바심했다. 「포말의 집」

하지만 간음을 통한 탈출은 실패로 돌아간다. 철이 아빠가 너무나 자기 남편과 닮아 있었기 때문이다. 그는 남편과 같은 파자마를 입고 있었으며, 같은 포마드를 바르고 있었고, 남편처럼 입에서는 담배 냄새가 났으며, 심지어 섹스까지도 닮아 있었다.

> 그의 섹스는 신경질적이고 허약한 주제에 가학적이다. 당하는 쪽의 기
> 분을 공중 변소처럼 타락시킨다. 그의 속살은 쇠붙이에서 풍기는 것 같
> 은, 사람을 밀어내는 기분 나쁜 냄새를 지니고 있다. 그런 모든 것이 내
> 남편과 너무도 닮아 있다. 「포말의 집」

그래서 "나는 내가 간음하고 있다는 느낌조차 가질 수 없게" 되어, 자신을 처녀처럼 느끼는 끔찍스러운 상태에 이르게 된다. 박완서의 소설에서는 일상성의 권태에서 탈피하는 방법으로 간음의 모티프가 자주 등장한다. 「포말의 집」도 마찬가지이다. 하지만 그 경우에도 간음은 실패로 돌아간다. 남자가 서두르느라고 마지막 행동을 하지 못하여 그들은 결합하지 못하고 마는 것이다. 그 여인들에게는 "닮음에의 싫증"에서의 탈출구가 모두 막혀 있었던 것이다.

그런데 그들의 남편에게서는 탈출에의 의욕도 "닮음에 대한 싫증"도 나타나지 않는다. 그 대신 시어머니에게서는 그것이 실성과 이어질 만

큼 더욱 심각한 양상으로 나타난다. 「포말의 집」과 「울음소리」의 시어머니들은 똑같이 아파트에 절망하여 수치심을 상실하는 해괴한 망령을 부리게 된다.

> 노인은 아파트를 쳐다보고는 너무 큰 집을 샀다고 놀랐고 그 큰 집을 통째로 다 쓰는게 아니라는 걸 알자 고래고래 소리를 지르며 소동을 부렸다.
> "싫다. 난 싫다. 내가 왜 영감이 물려준 버젓한 내 집을 두고 이 아래위 줄행랑 같은 셋집에 드냐, 들길. 아이고 망했구나 망했어⋯⋯.
>
> 「울음소리」

「울음소리」의 노인은 이렇게 넋두리를 하면서 아랫도리를 홀랑 벗길래 심술을 그렇게 부리는 줄만 알았다. 그런데 두고 온 기와집의 추억이 다 가신 후에도 그 망령은 고쳐지지 않고 고질화된다. 수치심을 상실하고 폐인이 되는 것이다. 시어머니의 이런 망령은 며느리에게는 견디기 어려운 고통이다. 그래서 며느리는 아침마다 시어머니가 돌아가셨기를 기대하며 그 방문을 여는 죄스러운 바람을 지니게 되지만, "아파트를 처음 보고 느꼈을 그 엄청나고 고독한 이물감"에 대해서만은 깊은 연민을 느낀다. 그와 유사한 이물감이 그녀의 삶을 시들게 하는 원천이기도 하기 때문이다.

아파트의 "닮음에 대한 싫증"은 남자나 아이보다는 여자에게서 심각하게 나타나며, 고령화할수록 그 정도가 심해지고 있음을 「포말의 집」과, 「울음소리」를 통하여 확인할 수 있다. 결과적으로 탈출구가 없는 절망적인 권태 속에 주저 앉은 아파트의 여인들은, 자기 집을 못 찾아 허둥대듯이 가치관의 기준을 잃어 정신적으로 불안하고 초조하다. 「닮은 방들」의 '나'가 자식에 대한 기대치의 기준을 상실하여 "춥고 막막"

해지는 이유가 거기에 있다.

아파트의 획일성 때문에 망가져 가고 있는 인간들을 그린 점에서 이 소설들은 한수산의 「침묵」과 유사하다. 아파트에서 엄마들이 닮기 내기를 하느라 경황이 없는 한편에서, 아빠들이 숨겨 놓은 "똥꼬 그림 보기"에도 싫증이 난 아이들이 마지막으로 찾아낸 병아리 죽이기 게임은 박완서의 간음 모티프와 공통성을 지닌다. 옥상에서 던진 다른 아이들의 병아리는 다 죽는데 자신의 병아리만 죽지 않자 절망하는 아이와, 외톨이가 될까봐 닮기 내기를 하는 여인들은 그 내면 풍경이 유사하다. 그 여인들이 자신의 쌍둥이를 구별하던 본능적 직관까지 상실하고, 렌즈 구멍에서 보이는 남편의 얼굴을 살인범과 혼동하며 노이로제에 걸려 있듯이, 아이들도 본성을 상실하며 망가져 가기 때문이다.

나) 구조의 비정성

그런 불모의 인간상은 아파트의 구조나 외양, 건축 자료 등과도 밀접한 함수 관계를 지닌다. 한옥이 나무로 되어 있는 데 반해 아파트는 시멘트나 쇠붙이로 되어 있고, 고층화되어 접지성을 상실하며, 견고한 문으로 차단되어 인간의 고립화를 초래한다. 「닮은 방들」에서 아파트의 장점으로 나오는 독립성과 보안상의 이점은, 동시에 인간의 고립과 상호 불신의 징표이기도 하기 때문이다. 「닮은 방들」의 경우, 주인공이 아파트에서 가장 못 견뎌하는 장치는 현관문에 달려 있는 조그만 렌즈다. 두 개의 방범용 쇠붙이가 안에 장치되어 있는데도 불구하고 다시 문에 해 박은 어안 렌즈는 불신의 징표이다. 그 렌즈로 내다보면 백색 형광등 밑에 서 있는 "남편의 얼굴은 무섭도록 창백하고 냉혹"하다. 그래서 번번이 '나'는 그가 살인범인 줄 알고 "화다닥" 놀라기부터 한다. 남편인 것을 확인하고 나서도 "당초의 무서움증과 혐오감이 남아 있다."

그래서 그걸 떼버리고 싶다. 그러나 남편에게 그런 심정을 이해시킬 방법이 없다. 무서움증을 하소연하면, 등식 찾기의 명수인 남편은 "흥 노이로제군, 누가 현대인이 아니랄까봐" 하고 냉담한 어조로 비웃기 때문이다. 할 수 없이 날마다 같은 일을 되풀이하면서 그녀는 살 기운을 상실해간다.

그 다음은 높이이다. 사층에 사는 「포말의 집」의 주인공은 아파트의 계단을 내려다보며 현기증을 느낀다. 발밑에서 계단이 무너져 내리는 느낌을 받으며, 아래로 향해 곤두박질쳐 내려가야 하고, 올라갈 때는 "헉헉 숨이 차고 침이 마르면서 나중에는 입천장과 혓바닥이 따갑게 옥죄어" 온다.

세 번째로 문제가 되는 것은 제가끔 문을 잠그게 된 방의 구조다. 그것은 가족 구성원 각자를 고립시킨다. 이 경우에도 그런 고립을 가장 두려워하는 것은 역시 할머니들이다.

> 또 하나의 증세는 오밤중에 일어나 이 방 저 방의 문을 두드리고 다니는 것이었다. 애간장을 끊는 것 같은 슬프고 애달픈 소리로 "애야 문 좀 열어 다우." "애야 나 문 좀 열어다우."
>
> 처음엔 밤에 급한 병환이라도 난 줄 알고 급히 문을 열었더니 머리를 풀어헤친 채 알몸으로 떨고 서서 "너희들은 갑갑해서 어떻게 문을 걸어 잠그고 자냐?" 하는 거였다. 　　　　　　　　　　　　　　　　　「포말의 집」

「닮은 방들」에서도 딸이 아파트로 이사 간다고 했을 때 '나'의 어머니가 아파트의 독립성을 겁낸다. "냉정하고 철저한 독립성"은 살인 사건 같은 것이 일어나는 모체가 된다고 생각했기 때문이다. 그녀는 이웃과의 접촉을 사람이 사는 기본 요건으로 생각한다.

이웃끼리 고사떡 찌는 냄새도 훌훌 넘어오고, 지짐질하는 소리도 지글 지글 넘어가 서로 나누어 먹고 대소사를 서로 의논하고 도와 주고 해야 사람 사는 동네라는 거였다.

그런데 이웃은 고사하고 가족끼리도 제가끔 문을 안으로 걸어 잠그게 된 아파트의 구조는 가족관계까지 단절시키는 원동력이 되는 것이다.

② 인간 관계의 단절

「닮은 방들」, 「포말의 집」, 「울음소리」에는 각각 다른 형태로 나타나기는 하지만 모두 인간 관계의 단절이 나타난다.

가) 이웃과의 관계

「닮은 방들」의 어머니가 염려하였듯이 아파트는 사람 사는 동네가 못된다. 이웃과의 관계가 단절되기 때문이다. 그런데 '나'는 바로 그 이웃사촌들의 지나친 관심이 싫어 아파트를 선택한다. 하지만 결과적으로 '나'도 고립성을 두려워하게 되어 남의 흉내나 내는 인간으로 전락하고 만다. 그래도 「닮은 방들」에는 경쟁자로서의 이웃이나마 존재하지만, 「포말의 집」에는 그것조차 없다. 주인공은 "아무하고도 친하지 않았지만 아무하고나 대개는 낯이 익었고 남 하는 대로 휩쓸리지 않으면 뒤로 욕을 먹을 것 같은 막연한 공포감"을 느끼게 되어 자신을 상실하게 된다.

「울음소리」의 경우도 마찬가지이다. 주인공은 싸움을 한 부부가 빈 집에 버리고 간 이웃집 아이를 밤새 보호해 주지만, 그 일은 소 닭 보듯 하는 이웃 관계에 아무런 보탬이 되지 못한다. 집을 잘못 찾아온 남자를 계단 밑으로 떠다밀어도 보는 사람 하나 없는 철저한 프라이버시 역시 이웃 관계를 황폐화시키는 요인이 되고 있다.

나) 가족 관계

인간 관계의 단절은 가족 사이에서도 생겨난다. 가족 관계의 단절을 본격적으로 다룬 소설은 「포말의 집」이다. 남편이 외국에 나가 아들, 시어머니와 세 식구가 사는 가족을 그린 이 소설에서, 열다섯 살짜리 아들은 엄마인 '나'에게 "일주일 동안 거의 말을 안 하고 지냈다." 그애가 일주일 만에 엄마에게 한 말은 혼식을 안 하면 선생님이 부모를 "고발"한다고 했으니 도시락에 보리를 더 섞으라는 요구뿐이다. "말이 없는 애는 아무리 내 자식이라지만 나는 겁났다." 그래서 새벽 다섯 시에 보리쌀을 구하려고 계단을 뛰어 내려가는데 "발밑에서 계단이 무너져 내리는 느낌"이 든다. 그렇게 허둥대며 뛰어 내려갔다가 길을 잃게 되고, 잘못 찾아간 집에서 쿠킹 포일에 싸서 냉장고에 넣어두었던 보리밥을 얻어 들고 나오면서 주인공은 진저리를 친다. 그녀가 진저리를 치는 것은 이때만이 아니다. 그녀는 줄곧 진저리를 치거나 욕지기를 하며 산다. 다른 여인들도 마찬가지다. 진저리만 치는 것이 아니라 박완서의 여인들은 도처에서 "딸꾹질"(「지렁이 울음소리」), "구역질"(「도시의 흉년」), "토악질"(「나목」)을 한다. 남편에 대하여, 아들에 대하여, 시어머니나 이웃에 대하여 그들은 줄곧 진저리를 치며 살아가고 있는 것이다.

그 중에서도 이 여인들이 가장 끔찍해 하는 가족은 노망 난 시어머니다. 「포말의 집」의 경우 시어머니와의 동거 생활은 시아버지가 돌아가신 후에 시작된다. 자기 집을 떠나 온 시어머니는 외로워서 며느리와 손자에게 열심히 말을 붙이며 아부를 한다. 그러다가 반응이 없자 차차 말수가 적어지더니 노망이 들기 시작하는 것이다. "세 식구가 말없이 저녁을 먹고, 그리고 각각 방을 하나씩 차지하고 문을 안에서 잠그는" 생활 속에서, 시어머니는 밤만 되면 이 방 저 방의 문을 두드리며 "애간장을 끊는 것 같은 슬프고 애달픈 소리"로 문을 열어 달라고 하소연한다. 며느리는 그런 시어머니 때문에 잠을 못 잔다. 그녀는 시어머니가 빨리 죽기를 바라는 자신의 바람이 무섭고, 시어머니의 문 두드리는 소리가 지겨워 밤이면 수면제를 삼킨다. 깜깜한 밤에 고독을 못 이긴 시어머니가 아무리 귀신처럼 울부짖어도 그 소리는 가족들 귀에 들리지 않는다. 며느리는 수면제를 먹었고, 손자는 잠귀가 어둡기 때문이다. 수면제를 먹고 잠든 며느리의 세계에도 평화가 없기는 마찬가지다. 그녀는 약기운이 도는 가물가물하는 의식 속에서 아파트군이 해체되어 포말이 되어버리는 환영을 보기 때문이다. 「울음소리」에도 같은 종류의 망령이 든 시어머니가 나온다. 아랫도리를 홀랑 벗는 해괴한 망령이 든 노인이다. 그 망령 때문에 그녀는 효자였던 아들과 격리되고, 다른 모든 타인과의 관계에서도 완전히 고립되어, 오로지 며느리에게만 의존하며 그녀의 삶을 망가뜨린다.

하지만 가족 관계의 단절 중에서 가장 근본적인 것은 부부간의 단절이다. 이 세 소설은 그 점에서도 일치된다. 「닮은 방들」에서처럼 「포말의 집」이나 「울음소리」에서도 양성 관계의 불모화 현상이 나타나는 것이다. 「닮은 방들」의 남편은 결혼하기 이전과 현재가 너무 판이하다. 연애할 때의 남편은 "건강하고 훤칠하니 키도 컸는데도" 주인공은 늘 그를 불쌍해했다.

> 딴사람들은 갑각류甲殼類처럼 견고하고 무표정한데 그만이 인간의 가장 깊고 연한 속살, 따뜻하고 부드러운 속살을 노출시키고 있는 게 불쌍했다.

그들은 싱그러운 풀밭에서 첫 뽀뽀를 했고, "그가 죽자고 해도 좋다고 했을" 정도로 서로 깊이 사랑했다. 그런데 지금의 '나'는 남편에게 주

녹이 들어 있다. 문 밖에 서 있는 남편은 창백하고, 살인범으로 착각할 만큼 냉혹해 보이며, 철이 아빠처럼 "속살은 쇠붙이에서 풍기는 것 같은, 사람을 밀어내는 기분 나쁜 냄새를 지니고 있"으며, 가학적인 성행위를 한다.

> 그이가 부드럽고 따뜻한 눈으로 나를 보아 주던 시절 우리 사이엔 말주변 같은 건 필요 없었다. 그이와 나 사이에 말주변의 필요성을 다급하게 의식하게 되면서부터 내 불안과 초조는 비롯됐다.

이 인용문을 통하여 그녀의 불안의 기점이 확인된다. 그것은 남편의 냉혹성 때문이다. 그녀가 자신의 불안을 호소하면 남편은 냉혹한 어조로 비웃기만 한다. 그들 사이에는 "당하는 쪽의 기분을 공중 변소처럼 타락시키는" 성적 유대가 있을 뿐이다. 하지만 「포말의 집」에 가면 그것마저 없어진다. 「포말의 집」의 남편도 냉담하기는 마찬가지이다. 무역 회사의 미국 지점에 가 있는 남편은 어쩌다 쓰는 편지도 "톱밥처럼" 메마르고 재미가 없다. 그는 편지에 아내의 이름을 쓰는 법이 없다. 아내의 개성은 이름과 더불어 말소되고 마는 것이다. 그런 말살 행위는 성관계에도 해당된다. 같이 살 때에도 그는 피임에 철저했다. 아예 사정을 하지 않는 것이다. 따라서 그들의 성행위에서는 생산성이 완전히 거세되어버리는 것이다.

양성 관계의 이러한 불모성은 혼외 정사의 경우에도 나타난다. 주인공은 "포말의 집"이라는 작품을 발표한 젊은 건축가와 간통을 시도하지만, 돈 많은 과부 덕을 보는 게 꿈인 그 청년은 막상 돈 많은 과부라고 생각한 '나'를 안자 마지막 행위를 할 기력을 상실한다. 「닮은 방들」의 경우도 마찬가지다. 가족 관계의 단절 양상은 주인공이 그 청년이 설계

한 미래의 집인 "포말의 집"의 모습을 보면서 그 포말은 "건물의 모습이 아니라 미래의 가족의 모습일지도 모른다."고 생각하는 데서 재확인된다. 가족끼리의 단절은 사람들을 자아라는 캡슐 속에 가두어 고립시켜 버리고, 가정은 물거품처럼 와해되어 가는 것이다.

「울음소리」의 양성 관계도 앞의 두 소설의 연장선상에 놓여 있다. 다른 것이 있다면 아이가 없어 가족 관계가 남편, 시어머니로 압축되는 것 뿐이다. 이 소설에는 간음의 모티프가 나타나지 않지만, 남편과의 관계는 「포말의 집」의 경우와 흡사하다. 남편이 돌아오지 않는 깊은 밤에 아파트의 한 방에서 주인공은 악몽을 꾼다. "지글지글 끓는 콜타르가 인화처럼 그녀의 몸에 옮겨 붙어" 화상을 입는 끔찍한 꿈이다. 겨우 깨어나서 입고 자던 슬립을 벗어버리고 다시 잠들려는데 벨이 계속 울리고, 문을 열자 웬 낯선 남자가 그녀의 젖가슴에 쏟아져 내린다. 그녀는 그를 힘껏 떠다밀고 문을 닫았지만, 그가 실족사했을 것 같은 불안과, 그 남자에게서 풍겨 오던 섬뜩한 이물감 때문에 이중으로 가위가 눌려 있다.

거기에서 벗어나려고 그녀는 남편의 얼굴을 떠올리려 애를 쓴다. 하지만 "칠 년 동안이나 같이 산 남편의 얼굴이" 좀처럼 떠오르지 않는다. 얼굴뿐 아니다. 그녀는 남편의 직업에 대해서도 잘 모른다. 그가 설명해주지 않기 때문이다. 그녀는 그가 "삶 전반에 대해 어떤 생각을 하고 있는지"도 역시 알지 못한다. 그녀가 "남편에 대해 알고 있는 가장 확실한 건 그가 아이의 울음소리를 싫어한다는 것"과 그의 체취뿐이다.

남편은 그녀에게 "늘 정중하고 관대했지만 그녀는 가끔 남편에게 무시당했다거나 미움을 받는다고 느꼈"고, 자기도 그를 "무시하거나 미워하는 걸로 앙갚음"한다. 그들은 공감을 상실한 부부다. 자기를 사랑하느냐는 아내의 물음에 남편은 자기는 외박한 일이 없는 남자라는 대답을 하여 아내로 하여금 "사랑은 귀소와 같은 건가?" 하는 회의를 갖게 한다. 위무 받고 싶어 하는 아내의 심리적 갈망을 성적 요구로 오해하여, 남편은 오늘은 "그놈의 것"이 없어 안 된다며 돌아눕고 만다. 칠 년 전에 뇌성마비아를 낳아 잃은 후로 그들은 콘돔이 없는 성관계를 맺어 본 일이 없다. 그들의 성행위에서는 생산성이 거세되어버린 것이다.[1] 남편의 얼굴, 직업, 사상, 사랑 등 기본적인 것들에 대해 잘 모르는 데 비하여 아이를 싫어한다는 것만은 명확하게 각인되어 있다. 그녀는 아이를 원하기 때문에 그 점에서도 부부는 서로 어긋나고 있는 것이다. 성행위에서 생산성을 배제하려고 노력하는 점에서 「울음소리」는 「포말의 집」과 동질성을 띤다. 양성 관계의 불모성도 마찬가지다.

(2) 차이점

① 산업화의 진전과 병적 양상의 노출

이런 공통점이 있는데도 불구하고 「울음소리」는 1970년대의 두 소설과 여러 차이점을 가지고 있다. 그 첫번째 항목은 상황의 변화다. 10년의 세월이 흐르는 동안에 한국의 산업화는 반도체 시대로 접어들었고, 그것이 이 소설에서는 남편의 직업으로 나타난다. 주인공이 악몽을 꾼 날 밤, 남편은 기술상을 타 가지고 돌아온다. 그는 "반도체 기술 개발"에 대한 공로로 상을 탄 것이다. 자신의 직업을 그는 "머리가 셀 노릇"이라고 말하고 있는데, 실지로 마흔도 안 됐는데 그는 머리가 세어 있다.

---

1 "그들의 사랑의 행위가 만들어낸 최초의 작품이 뇌성 마비아였다는 걸로 그들은 그 행위의 생산성을 저주했고, 철저히 배제하려 들었다."
「울음소리」, 『그 가을의 사흘 동안』, 나남, 1985, p.28.

마흔도 안 되어 머리가 센 것보다 더 끔찍한 일은 그들이 뇌성마비아를 낳았다는 사실이다. 7년 전에 낳은 첫아이가 뇌성마비아였고, 그 아이가 삼 주 만에 죽었기 때문에, 이 부부의 성관계는 불모화되어 버린다. 작품 속에서 표면화되어 있지는 않지만, 흰 머리나 기형아는 남편의 직업병이 원인이 아니면 산업 공해와 함수 관계를 가질 가능성이 많다. 유전적 요인은 나타나 있지 않기 때문이다.

이들의 성관계의 황폐화는 기형아 출산과 관계된다는 점에서 「포말의 집」의 그것과 구별된다. 「포말의 집」에서는 이미 낳은 정상적인 한 아이의 행복을 보장해주려는 남편의 부정父情이 사정 금지의 형태로 나타나고 있다. 그것은 아내의 동의를 얻지 않은 독단적인 결정이긴 하지만 자율성은 지니고 있다. 그런데 「울음소리」의 경우는 그렇지 않다. 기형아 출산에 대한 두려움이 피임의 원인이기 때문에 선택의 여지가 없다. 아이의 울음소리에 대한 남편의 신경질적인 반응도 죽은 아이의 울음소리에 기인한다.

「닮은 방들」, 「포말의 집」, 「울음소리」의 세 소설에서 성적 생산성의 황폐화는 시대 순으로 점층화되고 있다. 「닮은 방들」의 부부는 가학적 형태로나마 성관계를 유지하고 있고, 「포말의 집」은 남편만 자의로 단산을 시도하는 상태지만, 「울음소리」의 부부는 생산성 거부에 완전히 합의했고, 그 방법도 보다 철저하고 비정한 양식을 취한다. 산업화가 진전될수록 양성 관계는 그 왜곡의 도를 가중시켜 가고 있는 것이다.

본성의 왜곡이 병적 증상을 수반하는 것은 남편의 나일론 슬립 선호에서도 나타난다. "그녀는 닭살도 아니고 살집에 탄력이 없어질 만큼 늙지도 않았지만 남편은 맨살보다도 얇고 매끄러운 화학 섬유를 통해 그녀의 몸뚱이를 만지기를 더 좋아"한다. 그래서 그녀의 잠옷은 언제나 나일론 슬립이 된다. 무더운 여름밤의 꿈 속에서, 나일론은 콜타르와

엉겨 붙어 주인공의 몸에 화상을 입히는 악몽의 요인이 된다. 나일론과 콜타르는 둘 다 무기물이다.[2] 그녀의 잠옷인 나일론은 남편의 경우에는 콘돔이 된다. 그것은 그들의 인공의 피부다. 무기질의 피부를 지님으로써 그들은 자신의 피부의 존재 의의를 상실한다. 그래서 아내는 살 기운을 잃어가고, 남편은 머리가 세어진다. 악몽 속에 갇혀 비명도 못 지르고 허우적거리는 주인공의 단발마적 경련은, 선풍기에 타이머가 달리고, 머리카락만한 부피 속에 통신망이 압축되어 들어가는 산업화의 지표와 조응한다. 이것은 1970년대 소설에는 없던 신종 악몽이다. 그 악몽은 주인공이 처해 있는 시대 전체를 상징한다.

남편의 직업이 무역 상사 직원에서 첨단 산업 종사자로 바뀌고, 말수는 적지만 정상아였던 아이가 기형아로 바뀌며, 옷감이 자연 섬유에서 화학 섬유로 바뀌고, 노파의 망령도 아랫도리 벗기로 극단화되는[3] 데 따라 주인공의 권태는 악몽으로 변질되며, 남편의 생산성 기피는 거부로 발전하여, 사정 안 하기에서 콘돔 사용으로 진전된다. 이것이 「포말의 집」과 「울음소리」의 차이이다. 똑같은 아파트살이인데도 후자에서는 다방면에서 병적인 증후가 노출되고 있는 것이다.

② 악화된 여건 속에 역설적으로 나타나는 구제의 가능성
삶의 여건의 이런 부정적 변화에도 불구하고 「울음소리」에는 역설적으로 구제의 가능성이 나타난다. 이 세 소설의 종결부를 대비해보면 차

---

2 "나일론이나 콜타르나 근본은 그게 그걸걸."(같은 책, p. 18)이라는 주인공의 독백에서 나일론과 콜타르의 동질성이 표면화되고 있다.

3 「포말의 집」의 할머니의 망령에는 애교가 있다. 그녀의 망령은 가족들에게 말 시키기, 수세식 변소물로 세수하기, 물건 감추기 등이다. 그녀의 가장 문제 되는 망령은 닫힌 문 두드리기 정도이다. 「울음소리」의 할머니의 아랫도리 벗기보다는 아직 인간다움이 남아 있다고 할 수 있다.

이점이 드러난다.

① 나는 내 애들이 자라 무엇이 될지도 나와 어떤 모자 관계를 이룰지도 짐작할 수도 없다. 춥고 막막하다.

나는 욕실에 들어가 불을 켠다⋯⋯. 간음한 여자를 똑똑히 보고 싶다⋯⋯. 생전 아무하고도 얘기해본 적도 관계를 맺어 본 적도 없는 것같이 절망적인 무구無垢를 풍기는 여자가 거기 있다.

나는 이상하리만큼 해맑고 절망적인 기분으로 나를 처녀처럼 느낀다⋯⋯. 그런 처녀는 끔찍하지만 그렇게 느낀다.　　　　　　　　　　「닮은 방들」

② 동석이는 잠귀가 어두워서, 나는 알약을 먹어서 우린 아무도 그 소리를 듣지 못할 것이다.

깜깜한 밤을 시어머니는 혼자서 귀신처럼 울부짖다가 날이 새면 귀신처럼 잠잠해지겠지.

나는 멀어져가는 의식 속에서 내가 사랑하는 아파트군이 그 견고하고 확실한 선을 뒤틀면서 해체되고 드디어는 방울방울 불면 꺼질듯한 포말의 모습으로 겨우 그 잔재를 남기는 걸 보았다.　　　　　　「포말의 집」

이 두 소설의 결말에는 구제의 가능성이 없다. 아파트라는 주거공간의 획일성과 비정성이 인간관계의 단절과 맞물려 시종일관 끔찍하고 절망적인 상태를 견지하고 있기 때문이다. 다른 것이 있다면 그 붕괴 양상의 점층성이다. 「닮은 방들」에서는 가족끼리의 거리와 가치관의 상실로 인해 주인공이 "춥고 막막함"을 느낄 뿐인데, 「포말의 집」에서는 가족 관계의 보다 철저한 단절이 나타난다. 그래서 주인공은 자신이 살고 있는 아파트가 무너져 내리는 환영을 보게 된다. 아파트의 붕괴는

그대로 가족 관계의 붕괴를 의미하는 것이다.[4]

앞에서 살펴본 바와 같이 아파트의 획일성, 비정성, 인간 관계의 단절 등은 「울음소리」에서도 그대로 나타나며, 그것이 유발하는 심리적 반응은 병적 증상으로 악화되어 있다. 그런데도 불구하고 이 소설에는 「닮은 방들」, 「포말의 집」에는 없던 것들이 있다. 그것은 1) 성의 생산성 회복, 2) 가족 관계의 복구, 3) 이물감에서의 해방 등이다. 1)과 2)는 「울음소리」의 종결 부위에서 검증된다.

그와 거의 동시에 남편도 잠깐만 여보 잠깐만 하면서 표정이 별안간 부드럽고 아득해졌다.

"여보 들어 봐. 아이 우는 소리가 들리잖아."

남편이 이렇게 다정하게 속삭였다. 그러고 보니 정말 아이 우는 소리가 들리는 것 같았다. 그러나 문 밖은 아니었다. 그들은 동시에 아주 멀리서 우는 아이의 울음소리를 듣고 있었다. 행복한 공감이었다. 아이는 그들이 같이 걸어온 아득한 시간의 회랑 저 끄트머리쯤에서 울고 있었다. 거기서 남편을 만날 줄은 정말 뜻밖이었다. 더욱 뜻밖인 건 울음소리를 들으면서 짓는 남편의 아름답고 싱그러운 미소였다. 비록 흰머리가 섞인 머리칼이 몇 가닥 늘어졌을망정 이마도 소년처럼 반듯하게 빛나고 있었다. 그녀가 남편에게서 그렇게 풍부하고 부드러운 정감을 느껴 보기도 처음이었다.

마치 비로드에 싸인 것처럼 안락했다. 그리고 행복했다.

이제야말로 망설여서는 안 될 것 같다. 그리고 정직해져야겠다. 그녀는

---

4 "불쌍한 예언자ㅡ, 나는 창을 통해 멀어져 가는 그의 뒷모습을 바라보면서 문득 그가 그린 미래의 집의 포말의 모습은 건물의 모습이 아니라 미래의 가족의 모습일지도 모른다고 생각했다." 그 생각은 '나'를 진저리치게 한다.
「포말의 집」, 『배반의 여름』, 창작과비평사, p.37.

자신 있게 남편의 뿌리가 입고 있는 그 흉칙한 이물질을 벗겨냈다.

정욕보다도 훨씬 집요하고 세찬, 생명에의 갈구가 그녀를 무자비하게
비틀었다.

가) 성의 생산성 회복

이 인용문에서 제일 먼저 눈에 띄는 것은 아이의 울음소리에 대한 남
편의 변화다. 그는 세상에서 제일 싫어하는 것이 아이의 울음소리였다.
그래서 자신의 병든 아이가 줄곧 울 때 그는 딴 방으로 거처를 옮겼었
고, 이웃집 아이를 데리고 왔을 때도 역시 다른 방으로 도망간다. 그러
면서 콘돔이 없다는 핑계로 성관계까지 거부해버리는 것이다. 그러던
그가 "부드럽고 아득한" 표정을 지으면서 아이의 울음소리를 듣는다.
울음소리를 들으면서 그의 얼굴에 "아름답고 싱그러운 미소"가 감돌게
된다. 그것은 주인공이 예상하지 못했던 기적적인 변화다. "거기서 남
편을 만날 줄은 정말 뜻밖"이라는 말이 그것을 입증한다.

여자의 경우는 남자와는 다르다. 「울음소리」의 마지막 장면에 나오
는 아이에 대한 갈망은 주인공에게 있어서는 전혀 돌발적인 것이 아니
다. 겉으로는 "아이를 별로 좋아하지 않았다."고 말하지만, 그건 거짓말
이다. 그녀는 처음부터 아이를 환장하게 좋아한다. 빈집에서 울고 있는
이웃집 아이를 데려다 재운 지난 겨울의 어느 날부터, 아이에 대한 갈
망은 그녀의 내면에서 표면화되어 여름인 현재까지 주욱 지속된다.

도입부에 나오는 악몽을 꾸던 날 밤, 그녀는 빈방에서 혼자 울고 있
다가 이웃집 아이의 울음소리의 환청을 듣는다. 그러자 그녀는 "이상한
신바람으로 긴 머리와 옷자락이 깃털처럼 나부끼는 걸 느꼈다." 그 울
음소리는 책갈피에 끼워 말린 나뭇잎처럼 "퇴색하고 부피 없어 보였던"
그녀에게 생동감을 불러일으키는 마력을 지녔던 것이다. 그 신바람은

지난 겨울에 시작된 것이다. 처음 이웃집 아이를 안았을 때부터 그녀는 이미 그 아이에게 매혹되었다. 그래서 아이의 혼을 빼앗을 만한 마술의 언어를 지니고 싶다고 갈망한다. 제 엄마를 기다리느라고 창가에 앉아 있던 아이가 어둠을 응시하면서 "아침이야"라고 말한다. 그 다음에 한 말은 "아침은 초록이야"라는 것이다. 그 두 마디 말은 알리바바의 주문처럼 그녀 안에 닫혀 있던 녹슨 문을 밀어 여는 마술을 부린다. 그녀는 그때부터 잠 안 오는 밤이면 자기도 창가에 앉아 아침을 기다리는 버릇이 생긴다. 칠흑의 어둠은 그녀의 내면의 어둠에 상응하고, 그 속에서 초록이 싹 트는 기미를 응시하는 것은 자신의 갈망의 숨겨진 실체를 응시하는 행위이다.

"아침"이라는 시간과 "초록"이라는 색채는 아이와 동질성을 띠는 것으로 나타난다. 그 다음으로 아이와 동질성을 띠는 것은 꽃밭이다. 그녀는 아이의 손을 잡고 "꽃밭을 거닐고 싶다고 생각"하며, 그애의 입술에 뽀뽀하고 싶다는 열망에 휩싸인다. 아이에 대한 갈망은 그런 형식으로 그녀 안에서 계속 자라고 있었다. 네댓 살쯤 되어 보이는 이웃집 아이는 "건강하고 씩씩"하며 "붙임성이 있어" 만나면 싱긋 웃기도 하고 말을 붙이기도 한다. 그 아이의 몸은 "실하고 따뜻했고 뒷바퀴는 섬세했다." 그 아이의 속성인 '따뜻함', '섬세함', '실함', '붙임성' 등은 그녀가 갈망하는 삶의 속성들이다. 그런데 그녀는 정신도 몸도 망가져 버린 노인과, 마흔도 안 됐는데 사는 일에 지쳐서 냉혹해진 남편이 있는 '차갑고', '거칠고', '병들고', '메마른' 세계에 갇혀 있다. 그녀의 불행은 아이를 가지지 못하는 데 있다. 그녀는 남의 "애 녀석을 생각할 때마다 엄습하는 새롭고도 감미로운 그리움"을 느끼곤 했지만, 그것은 "자기 자신에게도 비밀"이었다. 금기 사항이기 때문이다.

이 소설에는 아이가 둘 있다. 첫 번째 아이는 이웃에 있는 실재하는 아이다. 그 아이가 우는 곳은 자기 집 문 바로 밖이다. 그 아이는 주인공과 혈연 관계가 없다. 이웃 아이에 대한 집착은 자신의 아이를 원하는 주인공의 갈망의 심도를 헤아리는 비유적인 척도가 된다. 그것은 자신의 아이에 대한 갈망의 은유적인 표현법이었던 것이다. 제2의 아이는 자신이 낳고 싶은 미래의 아이다. 그 아이의 울음소리가 들려오는 곳은 아득히 먼 곳이다. 작자는 그것을 "그녀가 거쳐 온 기나긴 무명無明의 시간의 회랑 저 끄트머리, 그 아득한 소실점消失点으로부터 들려오는" 것이라고 말하고 있다. 그곳은 존재의 원점이다. 그래서 그것은 "생명에의 갈구"가 된다. "정욕보다도 훨씬 집요하고 세찬" 그 갈망이 "그녀를 무자비하게 비틀고" 있다. 그녀는 온 생명을 바쳐 자기 아이를 갈망하면서 살아왔다. 따라서 아이를 가지지 못하는 생활은 존재의 무화無化를 의미한다. 아이는 없고 망령 난 노인만 있는 그녀의 집은 생성은 정지되고 소멸의 과정만 남아 있는 죽음의 집이다. 그녀가 그 집에 넌더리를 내는 이유가 거기에 있다. 남편에 대한 소원감도 같은 곳에서 연유한다.

비단 이 소설뿐 아니라 박완서의 여인들의 대부분이 이와 유사한 "생명에의 갈구"를 가지고 있다. 지긋지긋하고 끔찍한 것들 속에서 욕지기를 느끼면서 살고 있는 1970년대의 여인들도 아이라면 사족을 못쓰기는 마찬가지이다. 「세모」에서부터 시작된 아이에 대한 애착은 「도시의 흉년」으로 이어진다. 할머니와는 원수 같고, 어머니를 지긋지긋해 하며, 언니를 경멸하는 수연에게 남아 있는 아이에 대한 맹목적인 애착은, 태임(「미망」)의 태남에 대한 애착과 상통한다. 태임이도 어머니가 머슴과 야합하여 나은 동생에게 수연과 유사한 애착을 나타내는 것이다. 이복동생에 대한 이런 애착의 연장선상에 놓이는 것이 「울음소리」에 나오는 이웃 아이에 대한 집착이다. 혈연과 무관한 아이에게까지 연장되는 아이 사랑은 박완서 문학의 중요한 핵심 이다. 그것은 아이 자체에 대한 사랑이기 때문이다.

아이에 대한 사랑은 1978년에 나온 「도시의 흉년」에서부터 표면화되다가 1980년에 발표된 「그 가을의 사흘 동안」에서 본격화된다. 전쟁 중에 성폭행을 당한 여의사가 평생을 아이 잡는 백정처럼 낙태만 일삼으며 살지만, 내밀한 마음의 오지에서는 「울음소리」의 경우와 흡사한 "생명에의 갈구"가 자신을 "무자비하게 비틀고" 있음을 자각하게 되는 것을 다룬 소설이다. 이 소설[5]에서는, 갈망을 은폐하는 기간의 길이와 철저성 때문에 역설적으로 갈망의 크기가 부각된다. 남의 아이의 시체라도 가지려 하는 처절한 노처녀의 "생명에의 갈구"는 증오로 동결된 그녀의 세계를 해빙시키는 마력을 발휘한다. 그녀는 아이의 시체를 안고 어느새 교회에 들어가 있고, 평생 참아 온 울음을 쏟아놓게 된다. 아이는 그녀의 병든 영혼을 구제하는 구원의 길잡이였던 것이다.

1980년대 초에 나타난 구원의 길잡이로서의 아이의 영상은 4년 후에 나온 「울음소리」에 와서 보다 긍정적인 형태를 보여준다. 남의 아이가 아니라 자신의 아이, 시체가 아니라 산 아이가 태어날 가능성이 나타나기 때문이다. "생명에의 갈구"를 자신에게까지 은폐한 채 껍질만 남은 노인이나 돌보면서 산 끔찍한 세월의 끄트머리에서, 주인공은 드디어 아이 낳기에 대한 남편과의 공감에 도달한다. 그것은 "행복한 공감"이다. 아이에 대한 갈망이 자기만의 것이 아니었음을 확인하게 된 주인공이 남편의 콘돔을 벗겨버림으로써 그들 부부의 성의 생산성은 부활된다. 그들의 황무지는 재생의 활개를 펴기 시작한 것이다. 두 아이의 울음소리가 구원의 신호처럼 교차되며 반복되다가 행복한 공감으로 마무

---

5 「그 가을의 사흘 동안」에도 아이의 울음소리가 들려온다. 그녀의 신성 공간인 우단 의자에서 우는 미숙아의 가느다란 울음소리이다. 그 소리는 곧 소멸된다. 미래성이 차단된 단명한 울음소리이다.

리되는 이 소설의 종결부는 희극 지향적이다. 비극성이 압도하던 박완서의 세계에 구원의 서광이 비쳐 들기 시작하는 것이다.

나) 가족 관계의 복구

가족 관계의 복구 현상은 우선 부부 관계에서 나타난다. 성적인 화합에 정서적 공감이 수반되어서 부부의 화합이 완성되는 것이다. 이 부부의 문제는 성의 생산성 거부 외에 남편의 냉혹성과 무관심에도 있었던 것이다. 남편이 자신을 무시하거나 미워한다는 생각이 아내로 하여금 같은 방법으로 앙갚음을 하게 만들어서 부부 관계가 악화되었던 것이다. 그런데 종결부에서 그 두 가지가 동시에 해결되어 완벽한 화합이 이루어지는 것이다.[6]

이 세 소설의 남녀가 결혼에 이르는 과정은 「닮은 방들」을 통하여 확인할 수 있다. 그 부부는 사랑하여 결혼한 사람들이다. 결혼하기 전의 남편은 "건강하고 훤칠하니 키도 컸던" 미남이었다. 외양뿐 아니라 심성도 따뜻했다. 그는 "인간의 가장 깊고 연한 속살, 따뜻하고 부드러운 속살을 노출시키고" 있는 따뜻한 인물이었다. 그래서 주인공은 항상 그가 불쌍했다. 남들이 무장하고 있는 세상에 그만이 빈손으로 서 있는 것 같아 가슴 아팠던 것이다. 그 연민의 정이 사랑을 유발했다. "그가 죽자고 해도 좋다고 했을" 정도로 여자는 남자를 사랑했다. 그들은 싱그러운 풀밭에서 첫 뽀뽀를 했고, 결혼했다. 하지만 결혼하기 전의 남편의 긍정적인 속성은 결혼 후에 서서히 사라진다. 아파트에 온 후의

---

6 "거기서 남편을 만날 줄은 정말 뜻밖이었다. 더욱 뜻밖인 건 울음소리를 들으면서 짓는 남편의 아름답고 싱그러운 미소였다……. 그녀가 남편에게 그렇게 풍부하고 부드러운 정감을 느껴 보기도 처음이었다."는 말에서 성적·정서적 화합이 함께 이루어지고 있음을 확인할 수 있다.

「닮은 방들」의 남편은 창백한 얼굴을 가진 냉혹한 남자로 바뀌어 가학적인 성행위로 아내에게 환멸을 준다. 아내가 불안과 초조 속에서 망가져 가는 이유가 거기에 있다. 다른 작품의 남편들도 그와 비슷하다. 「포말의 집」의 남편은 톱밥같이 재미없는 편지를 쓰며, "정열이 동반하지 않은 의지력"만 지니고 있다. 그는 어머니에게도 아내에게도 무관심하다. 「울음소리」의 남편도 그들과 비슷했다.

그런데 종결부에서는 남편이 변한다. 그는 예전의 '건강함', '아름다움', '따뜻함', '부드러움'을 회복한다. 다정한 속삭임, 아름답고 싱그러운 웃음, "소년처럼 반듯하게 빛나는" 이마 등은 「닮은 방들」의 남편이 결혼 전에 가졌던 특성들인데, 그것을 「울음소리」의 남편이 회복하는 것이다. 남편이 시발점에서 가지고 있던 긍정적 속성을 되찾자 아내의 사랑도 회생한다. 아내는 다시 남편에게서 처녀 때에 느꼈던 "풍부하고 부드러운 정감을" 느끼게 된다. 그 변화는 그녀에게 "비로드에 싸인 것처럼 안락"한 느낌을 준다. 박완서의 세계에서 비로드는 평화와 인간다움의 상징이다.[7] 비로드에 싸인 것 같은 안락감은 "행복한 공감"을 의미하는 것이다.

'건강함', '아름다움', '따뜻함', '부드러움' 등은 씨가 사랑하는 아이의 속성과 유사한 것이다. 박완서가 아이나 남편들에게 추구한 것이 동일하다는 사실은 씨의 문학이 추구하는 지향점이 인간의 '건강함', '아름다움', '따뜻함', '부드러움' 등이라는 것을 의미한다. 박완서는 아이를 좋아

---

[7] 비로드를 최상의 가치로 보는 이 작가의 성향은 「그 가을의 사흘 동안」에서도 나타난다. 그 소설에서 우단 의자는 히포크라테스 선서와 동일시되어 양적 가치를 상징하면서 동시에 아버지, 아기 등 여의사에게 있어 가장 소중한 존재들만이 앉을 자격이 있는 정신적 성소聖所로 높여진다. 따라서 비로드에 싸인 것 같은 안락함은 최상의 평화를 의미한다고 할 수 있다.

하지만 '건강함', '아름다움', '따뜻함', '부드러움' 등을 상실한 아이는 미워한다. 「낙토의 아이들」이 그것을 입증한다. 어른의 경우도 마찬가지이다. 씨는 본성을 상실하고 왜곡된 가치관에 얽매인 인간들을 혐오한다. 그래서 그들을 비판하는 작가의 태도는 전천후 폭격기를 방불케하는 가혹성을 지니게 되는 것이다.

성민엽이 지적한 것처럼[8] 박완서 소설의 지향점은 행복에의 갈구이다. 그것은 처녀작 「나목」에서부터 노출된다. 하지만 언제나 좌절로 끝나는 것이 상례다. 「닮은 방들」, 「포말의 집」의 경우도 마찬가지다. 그런데 「울음소리」에서만은 남편이 잃었던 인간다움을 다시 찾아 부부가 행복한 공감에 다다른다. 이것은 이 작가의 세계가 잃었던 삶의 온기를 회복하는 징후다. 그것은 비록 징후에 불과하다 하더라도 박완서의 경우에는 엄청난 변화를 의미한다. 그때까지의 박완서에게는 화합하는 부부는 거의 없었기 때문이다.

「울음소리」에서의 부부의 화합은 외견상으로는 남편의 변화에만 의존하는 것 같지만 사실은 그렇지 않다. 남편이 변하더라도 그것을 받아들일 소지는 아내 자신이 가져야 하기 때문이다. 「울음소리」의 아내에게는 그것이 있다. 「닮은 방들」의 아내는 자기 남편과 이웃 남자의 체취를 구별하지 못하지만 「울음소리」의 아내는 남편의 체취를 안다. 그녀의 남편의 체취도 「닮은 방들」의 경우처럼 담배와 술로 배합되어 순수하지 못하지만, 그녀는 남편만의 독특한 배합률을 "즉각 정확하게 알수 있는" 감각을 가지고 있다. 이웃 남자의 체취에서 섬뜩한 이물감을 느끼는 것은 그 때문이다. 그 이물감에 대한 혐오는 남편의 체취에 대한 그리움을 몰고 온다. "그녀는 남편의 냄새가 그리워" 목이 탄다.

---

8 「윤리적 결단과 소설적 진실」, 『지성과 실천』, 1985. 봄 참조.

체취를 아는 감각과 거기에 대한 그리움 외에 그녀가 가지고 있는 것은 남편에 대한 연민이다. 그녀는 7년 동안에 한 번도 외박을 하지 않은 그의 고지식함, 마흔도 안 돼 머리가 센 그의 고달픔에 대해서 연민을 느낀다. 「닮은 방들」의 아내도 처갓집 차임벨을 조심스럽게 눌러야 하는 남편을 측은해 한다. 하지만 그녀는 아파트에 가자 연민을 상실한다. 「울음소리」의 아내가 아파트에서도 남편의 체취를 알아내는 감각을 잃지 않고, 남편에게 연민을 느끼는 것은, 상황에 대한 승리이며, 자유 의지의 회복이다. 그 점에서 「울음소리」는 70년대의 두 소설과 구별된다. 「울음소리」의 주인공만이 가지고 있는 남편에 대한 그리움과 연민은 남편의 변화를 받아들일 소지가 되는 것이다. 세 소설 중에서 그들만이 행복한 공감을 이루는 이유가 거기에 있다.

남편에 대한 연민과 함께 나타나는 것이 시어머니에 대한 연민이다. 아랫도리를 벗고 마루로 기어 나온 시어머니의 배는 "함부로 도굴하고 메꾸어 버린 무덤 자국" 같고, 남편이 태어난 음부는 "음습하고 쓸쓸"하다. 그녀는 그것들에 살의에 가까운 혐오를 느끼곤 했지만, 종결부에 가면 그 혐오는 연민으로 바뀐다. 주인공은 시어머니의 "적나라한 노구老軀"에 처음으로 연민을 느끼며, 그보다 더 진한 연민을 아파트를 처음 보고 느꼈을 시어머니의 "엄청나고 고독한 이물감"에 대하여 느낀다. 그것은 아파트에 대한 그녀 자신의 혐오와 상통하는 데서 오는 공감이다. 남편과의 관계나 시어머니와의 관계가 모두 공감을 통하여 개선되어지는 것이다.

다) 이물감에서의 해방

앞에서도 살펴본 바와 같이 「울음소리」에는 병적인 증상이 심화된다. 1970년대의 작품에서 나타나던 딸꾹질, 구역질, 진저리 등의 생리적 혐오감이 여기에서는 "살의에 가까운 전율을 수반하는 이물감"이 되는 것이다. 이물감의 첫 대상은 이웃집 남자의 체취다.

> 수술 후에 잘못해서 뱃속에 넣고 꿰맨 핀셋이나 가위처럼 그 이물감은 그녀의 몸 속에 끝끝내 남아서 문득문득 무슨 변괴를 부리고 해를 끼칠 것만 같았다.

그 이물감은 무기질의 감촉을 지니는 점에서 딸꾹질, 구역질, 진저리와 구별된다. 병적인 증상이 수반되는 혐오감이다. 그 혐오감의 병적인 측면은 "집요하게 늘어붙어 번식할 세균성의 화근" 같다는 표현에서도 나타난다.

두 번째 대상은 남편이 종사하는 첨단 기술의 세계이다. 그녀가 남편의 직업에 대해 질문하자 남편은 다음과 같이 설명한다.

> 성냥개비를 잘게 토막내서 다시 가늘게 가르더니 그걸 손바닥에 올려놓고 말했다.
>
> "요만한 부피 속에 서울시보다 조금 작은 도시가 안고 있는 도로망 통신망을 수많은 회로로 압축해 집어넣는다면 무슨 소린지 알겠어?"

그때 그녀를 엄습하는 것도 오한처럼 기분 나쁜 이물감이다. 불가해한 것에 대한 두 번째 이물감은 첫 번째의 것과 합세하여 그녀를 진저리치게 만든다.

세 번째 대상은 아파트를 보고 망령이 나버린 시어머니의 이물감에 대한 공감이다. 시어머니에게서 수치심을 앗아갈 정도로 충격을 준 아파트의 외양에 대한 이물감에 주인공도 전염되어 있다. 마지막 대상은 남편의 뿌리에 입혀진 콘돔이다.

　그녀는 그놈의 것을 생전 처음 보는 것처럼 그러나 부끄러워하지 않고
똑똑히 바라보았다. 엉뚱하게도 요 며칠 동안 그녀에게 이 기분 나쁜 이
물감을 일으킨 것의 정체가 바로 "그놈의 것"이었던 것처럼 그녀 내부에
앙금처럼 침전했던 혐오감이 아우성치며 들고 일어나 극대화되는 걸 느
꼈다.

　콘돔은 그녀에게 이물감을 느끼게 하는 모든 싫은 것들의 총화이다.
첫 번째 것을 제외한 나머지 이물감의 대상은 모두 무기물이다. 생명의
본질을 차단하는 죽어가는 것들……. 그것들은 산업 사회의 발달과 밀
착되어 있다. 그러니까 그녀의 혐오의 대상은 산업 사회가 낳은 죽어
있는 것들이다. 그것들을 대표하는 것이 콘돔이다. 콘돔은 인간의 생산
성을 차단하는 모든 것들의 대명사다.
　콘돔과 이웃 남자의 체취를 연결하는 고리는 성적인 혐오감이다. 핀
셋, 가위 등과 동질성을 띠는 이웃 남자의 체취에 대한 혐오감과, 무기
물에 대한 혐오감이 콘돔에 수렴되고 극대화되어 그녀를 괴롭힌다. 콘
돔은 그녀가 사랑한 건강함, 아름다움, 따뜻함, 부드러움 등과 대척되는
모든 것을 대표한다. 콘돔에 대한 혐오가 극대화되는 이유가 거기에 있
다. 하지만 그녀는 이제 진저리만 치고 엎드려 있지 않는다. 마지막 결
정적인 순간에 이물감을 주는 대상에 도전하는 것이다. "그녀는 자신
있게 남편의 뿌리가 입고 있는 그 흉측한 이물질을 벗겨냈다." 그렇게
함으로써 그녀는 모든 이물감에서 해방되어 자신이 갈망하는 세계로의
진입을 성취하는 것이다. 토악질하듯 되풀이하여 글을 써도 카타르시스
가 되지 못하던 상태에 비하면 자력으로 이물감에서 해방되는 것은 엄

청난 변화다. 그것은 오랫동안 얽매여 있던 과거의 망령에게서 벗어나 미래의 지평을 여는 행위이기 때문이다.

「그 가을의 사흘 동안」의 여의사의 품에 안긴 아이가 죽은 아이였듯이 「울음소리」의 여인이 낳을 아이도 기형아가 아니리라는 보장이 없다는 점에서 그녀의 싸움을 승리로 간주하는 것은 속단일지도 모른다. 하지만 결과와 무관하게 자신이 진정으로 원하는 일을 정직하게 인정하고 결행하는 용기는 그 자체가 의의를 지닌다. 그것은 살 기운의 회복을 예시한다. 수동적인 삶에서 능동적인 삶으로 옮겨간 것은 박완서 문학의 1980년대적 특성이다. 그 점에서 「울음소리」의 주제는 1980년대의 페미니즘 문학과도 연결된다. 불평을 하며 주저앉는 대신에 서 있기를 택하는 자세가 이 시기에 정착되기 때문이다. 「닮은 방들」, 「포말의 집」의 과제를 안은 채로 「울음소리」는 생산성 회복을 위한 도전, 부부 관계의 원점 회귀, 인간에 대한 연민의 확대, 이물감에서의 해방 등 1970년대보다는 긍정적이며 적극적인 측면이 확대된다. 토악질이나 복수로서의 글쓰기에서 본질 찾기의 글쓰기로 바뀌는 것이다.

2) 박완서 소설의 1980년대적 특성

이러한 현상은 씨의 80년대 소설에서 다각적으로 검출된다. 그 중에서도 「엄마의 말뚝」 1(1980. 9)은 박완서의 생명에의 갈구의 기본항이 망라되어 있다는 점에서 주목을 끄는 작품이다. 이 소설에서 작가는 자신의 유토피아를 우리에게 보여준다. 그것이 박적골이다. "박적골은 나의 낙원이었다."고 작가는 말하고 있는데, 박적골이 낙원이 되는 요건을 점검하면 다음과 같다.

박적골의 첫번째 특성은 풍요성이다. 그곳에는 사철 꽃이 피고 유실수가 풍성하며, 산에는 싱아가 지천으로 널려 있고, 수량이 풍부한 우물이 있다. 「닮은 방들」에서 주인공이 복권이 당첨되면 가서 살고 싶은 집도 박적골의 집처럼 꽃과 과일과 채소가 풍성하게 자라는 마당을 가지고 있다.

두 번째 특성은 자연과의 교감이다. 그 고장에서는 삶의 환희도 자연에서 오고, "비애도 자연으로부터 왔다."고 씨는 「그 많던 싱아는 누가 다 먹었을까」에서 말하고 있다. 박적골은 사람과 자연이 서로 감응하면서 일체가 되어 사는 고장이다.

세 번째 특성은 사랑의 풍요함이다. 거기에서 주인공은 온 가족의 사랑을 풍성하게 받으면서 자란다. 박적골은 작가가 사람으로서의 대접을 제대로 받으면서 억울한 일을 당하지 않고 산 유일한 고장이다.

네 번째 특성은 자유로움이다. 작가는 그곳에 살던 시기를 「그 많던 싱아는 누가 다 먹었을까」에서 "야성의 계절"이라 부르고 있다. 원하는 대로 사는 자유로운 삶을 그렇게 표현한 것이다. 이 네 가지는 박완서의 낙원을 구성하는 기본항들이다. 박완서 소설의 지향점은 일관되게 이 기본항을 기반으로 하여 전개된다. 풍요성은 이 작가에게서 되풀이되어 나타나는 꽃밭에 대한 갈망, 습기에 대한 갈망, 아이에 대한 갈망, 성적 활력 등과 이어지며, 자연과의 교감은 아파트나 첨단 산업에 대한 이물감과 연결되고, 사랑과 자유로움에 대한 갈망은 인간다움에서 멀어진 삶의 양태에 대한 고발과 억압에 대한 항거로 나타난다. 그것은 창작 생활 이십여 년을 관통하는 박완서의 일관된 지향점이다. 박적골은 「울음소리」에 나오는 이웃집 아이의 속성, 종결 부위에서 나타나는 남편의 속성인 건강함, 아름다움, 따뜻함, 부드러움들과 동질성을 띠는 고장인 것이다.

남성의 횡포를 규탄하는 소설들, 6·25의 비극을 그린 소설들, 아파트의 획일성을 규탄하는 소설들은 외견상으로는 다른 주제를 다루고 있는 것처럼 보이지만, 실은 같은 곳에 뿌리를 두고 있다. 그것은 사람이 사람대접을 받지 못하는 것, 억울한 일을 당하는 것에 대한 항변이라는 점에서 박적골이 지니는 기본항 3)과 4)에 수렴된다. 사랑과 자유가 훼손된 사회에 대한 고발이기 때문이다. 「닮은 방들」, 「포말의 집」처럼 아파트를 대상으로 한 소설들과 부르주아의 가면성을 고발한 소설들은 기본항 1), 2)와 연결된다. 본질을 상실한 삶, 풍요성을 상실한 삶에 대한 작가의 항변이 거기에 담겨져 있다. 넓은 마당, 풍요한 꽃밭, 유실수와 채소가 있는 뒤란, 가족끼리의 사랑, 자유로운 일상 등은 씨가 갈망하는 모든 것이다.

하지만 씨의 자전적 소설인 「엄마의 말뚝」 1은 주인공이 그 낙원을 떠나는 데서부터 시작된다. 실락원에서부터 시작되는 것이다. 그 이후의 세월에서 작가가 경험한 것은 낙원을 상실한 자의 아픔뿐이다. 씨의 글쓰기는 그 아픔의 한복판에서 시작되어, 십 년을 비명으로 일관된다. 씨가 본 도시는 지옥이었던 것이다. 박적골의 풍요성 대신에 그녀는 우물 하나 없는 척박한 낭떠러지 위 셋방에 갇히며, 자연과의 교감 대신에 감옥소 마당에서 놀아야 되고, 사랑과 자유 대신에 질책과 금제만이 횡행하는 분위기 속으로 전락한 것이다. 그 뒤를 6·25의 비극이 계승했다. 오빠를 잃고, 빨갱이 가족으로 살아야 하는 억울한 세월들…….

그래서 씨의 1970년대의 글쓰기는 카타르시스가 되지 않는 토악질의 연속이었고, 자신의 체험의 끔찍함을 증언하는 가공할 증언이었으며, 복수의 칼날로 미친 듯이 현실을 내리치는 난도질이었고, 살가죽을 발라내듯 인간의 가면을 벗겨내는 가혹한 박리작업剝離作業이었던 것이다. 그러나 1980년대에 오면 씨의 글쓰기의 성격이 달라진다. 그것은 「엄마의 말뚝」 1보다 석 달 먼저 나온 「그 가을의 사흘 동안」에서부터 시작된다. 1970년대 소설이 6·25 체험의 토악질의 되풀이였는 데 반하여, 이 소설에서는 처음으로 6·25 체험의 질곡에서부터의 해탈이 시도된다. 전 생애를 6·25 체험의 복수로 일관하던 여인의 모성 회복은, 「엄마의 말뚝」 1의 박적골로의 귀환의 전주곡 같은 것이다. 그것은 낙원 회귀 염원의 첫 징후라고 할 수 있다. 나락의 나날들 너머에서 사랑이 회생하고 있기 때문이다.

「엄마의 말뚝」 1에는 복락원에의 시도는 나타나 있지 않다. 그 대신 자신이 생각하는 낙원의 정체를 밝힘으로써 박완서 문학의 지향점이 명시된다. 「엄마의 말뚝」 1은 씨가 처음으로 언급한 6·25 이전의 삶의 양상이라는 점에서도 주목을 끄는 작품이다. 1980년에 발표된 이 두 소설을 통하여 6·25 체험의 심리적 트라우마外傷, Trauma에서의 해탈의 기미가 싹이 튼다.

그 뒤를 1982년에 나온 「유실遺失」이 잇는다. 「유실」은 한 남자가 자신이 잃었던 본성을 찾아다니는 이야기다. 그가 일상의 안락과 주판질의 세계에 파묻혀 잃었던 것은 성적인 활력, 타인에 대한 연민, 인간으로서의 자율성 같은 것이다. 자신의 본질을 찾아 성남의 낯선 창녀촌을 허우적거리며 걸어 다니는 한 남자의 모습 속에 작가 자신의 모습이 오버랩되어 있다.

그 이 년 뒤에 「울음소리」가 발표된다. 거기에서는 환희의 송가 같은 아이의 울음소리가 되살아난다. 생명에의 갈구가 본격화되는 것이다. 그러면서 아파트의 열악한 여건 속에서도 부부간의 정서적·육체적 화합이 이루어지고 사랑과 연민이 복원된다. 구제의 가능성이 구체화되는 것이다. 다시 2년이 지나면 「꽃을 찾아서」의 장 교장이 흰비듬꽃을 찾아 아파트 촌의 울타리를 나서고 있다. 이 일련의 소설들은 모두 박적골을 향해 걸어가는 인물들을 보여준다. 박완서의 복락원의 희망을 반영하고 있는 것이다.

박완서는 언젠가 자신이 한 오백 년 산 것 같다는 말을 한 일이 있다. 그리고 더 살면 또 무슨 끔찍한 일을 보게 될까 두렵다는 말도 한 일이 있다. 그 불길한 예감이 들어맞은 것처럼 1980년대에도 박완서는 비극적인 일을 많이 겪는다. 「엄마의 말뚝」 1이 나온 후에도 그녀는 다시 6·25의 비극을 다룬 「엄마의 말뚝」 2를 쓰지 않을 수 없게 되며, 「꽃을 찾아서」를 쓴 후에도 남편을 잃고 외아들을 잃는 비극을 당한다. 6·25 체험보다 몇 배나 더 끔찍한 불행을 겪게 되는 것이다.

하지만 박완서는 다시는 증오만의 세월로 돌아가지 않는다. 토악질과 복수의 세계에 돌아가는 대신에 씨의 내면에 자리 잡는 것은 뜻밖에도 "한 치 앞을 내다볼 수 없는 운명이라는 것이 참으로 공평하다."(『중앙일보』, 1993. 10. 30)는 생각이다. 참척을 당했을 때도 박완서는 "하필 왜 내가 이런 일을 당해야 하나" 하는 데서 시작하여 "왜 당신은 그런 일을 당하면 안 되는가"(『동아일보』, 1994. 3. 24)라는 해답을 얻는다. 그것은 씨의 1990년대의 현실 대응 자세이다. 자신만이 당한 불행이 억울해서 남들에게도 같은 불행이 일어나야 한다고 영악스럽게 신에게 항의하던 경아(「나목」)의 내면에 이만큼 엄청난 변화가 일어난 것이다. 그것은 불행의 부피의 문제가 아니라 그것을 받아들이는 자세의 변화이며, 겉으로 드러난 세계의 변화가 아니라 마음의 오지에서 일어나는 변화다. 「나목」(1970)과 「한 말씀만 하소서」(1994)의 중간에 1980년대가 놓여 있다. 1980년대는 박완서가 가톨릭 신자가 되는 시기이기도 하다. 절대자 앞에 무릎을 꿇고 앉는 일은 경아가 할 수 있는 일이 아니다.

그 모든 변화가 「울음소리」에 나타난 사랑과 화합의 원리에 뿌리를 두고 있다. 아이의 싱그러운 울음소리가 울려 퍼지는 1980년대의 박완서의 세계에는 구원의 가능성이 자리 잡아 가고 있다. 앞으로 하고 싶은 일은 좋은 동화를 쓰는 것이라고 박완서는 말한다. 토악질이나 증언, 복수나 가면 벗기기의 글쓰기의 시기는 끝나가고 있는 것이다.

Ⅲ부

박완서

소설에

나타난

모성상

1. 박완서 소설의 여성적 양식female mode

알베르 티보데는 소설의 남성적 양식과 여성적 양식을 도리아식과 이오니아식으로 구분하고 있다. 무훈시武勳詩, chanson de geste의 세계를 이어받은 도리아식 소설은 행동의 로마네스크를 추구하는 문학이다. 따라서 무대는 도상途上이 된다. 남자들이 길 위에서 직면하는 다양하고 예측 불능한 사건들을 그리는 것이다. 이오니아식 양식의 소설은 무대가 안방이다. 어느 나라에서나 여류의 작품은 안방과 그 주위에서부터 시작되는 것이 상례다. 도리아식 소설의 도상성에 대칭되는 것이 이오니아식 소설의 이런 정착성이다. 이오니아식 소설은 한 시대를 통채로 그린다거나 한 사회를 전체적인 면에서 포착하려는 욕망보다는 좁은 무대에서의 생활과 대인관계의 갈등 양상 같은 것을 세밀하게 묘사하는 것을 원한다. 「소년 예술가의 초상」(조이스)에 보면, 스티븐 디다라스가 학교에 가서 책 뒷장에 자기의 이름, 학급, 학교, 마을, 고을, 나라의 순서로 이름을 써 넣는 장면이 나온다. 여류작가들의 작품은 바로 디다라스가 자신의 소속을 밝힌 그 순서에 따라서 사건이 전개된다. 나에서 시작해서 우주로 나가는 방식이다.

발자크는 소설가인 자신의 역활을 "풍속과 범절에 과한 역사가historian of costumes and manners"라고 말한 일이 있다. 그것은 여성이 더 잘할 수 있는 분야다. 그런 세밀한 작업은 여성의 적성에 맞기 때문이다. 그래서 코트니는 "여성의 재능은 풍속소설에 적합하다."[1]는 말을 하고 있다. 이 오니아식 소설은 좁은 범위 안에서 일어나는 일상적 사건과 풍속을 정밀하게 묘사하는 것을 특징으로 하고 있기 때문이다. 그런데 세팅의 협소성, 사건의 일상성, 내면에 대한 관심, 디테일의 정밀묘사 등은 노벨의 특징이기도 하다. 그것들은 노벨의 필수조건이기도 하기 때문에, 이오니아식 소설은 노벨과 겹쳐지는 부분이 많다. 노벨이 여류작가들의 참여 폭이 가장 큰 장르인 것은 그 때문이다. 그래서 티보데는 이오니아식 소설이 노벨의 정도正道라고 말하고 있다. 소설은 인간처럼 "안방에서 태어나서 안방에서 자라서 끝내는 왕좌를 차지한 장르"[2]라는 것이다.

박완서는 소설의 여성적 양식에 적성이 맞는 작가다. 한 여인이 타향에 정착하기 위해 말뚝을 박는 작업의 과정을 그린 씨의 「엄마의 말뚝」 시리즈는 여성적 양식을 대표하는 소설이다. 「엄마의 말뚝」에서 시작해서 씨가 평생 써온 자전적 소설들은 세팅의 협소성, 사건의 일상성, 심리분석의 치밀성, 디테일의 정밀묘사, 히로이니즘 등에서 타의 추종을 불허하는 경지에 다다라 있다. 씨는 한국 근대소설의 전형적 작가인 것이다. 그 말은 씨가 1970년대의 대표적 노벨리스트라는 것도 의미한다. 앞에서도 말한 것처럼 소설의 여성적 양식은 노벨의 특성을 모두 함유

---

1 W. L. Courtney, "Feminine Style in Fiction", *The Fiction of Sex*, Rosalind Miles, Harper and Row, 1974, pp.67-68.

2 A. Thibaudet, *Le Liseur du Roman*, Paris: Librairie Crès, 1926, 제1장 참조.

하고 있고, 한국의 1970년대는 노벨의 정착기였기 때문에, 70년대를 주도한 여류작가는 한국 소설을 주도하는 작가로 부각되는 것이다. 산업 사회의 급성장에 따르는 도시의 비대화, 고층 아파트 단지의 출현, 중산층의 증가 등을 통하여 시민사회적인 특성이 성숙해간 70년대는 노벨이 정착할 여건이 성숙되어 가던 시기였다. 그런 시기에 40세의 충분히 성숙한 나이로 문단에 나와서, 풍속묘사의 탁월함, 도시의 생태를 포착하는 촉각의 첨예함, 디테일의 묘사의 정밀함, 인간에 대한 통찰의 투철함 등의 특기로 두각을 나타낸 박완서는, 정착하고 있던 한국 노벨의 선두에 계속 서서 반세기를 달려온 대가다. 하지만 이 글에서는 박완서의 문학에 나타난 모성에만 초점을 맞추려 한다. 대상 작품은 「엄마의 말뚝」 시리즈와 「그 가을의 사흘 동안」으로 한정시키기로 했다. 그 소설들에 씨의 모성의 양상이 가장 전형적으로 나타나 있기 때문이다.

박완서는 40세에 등단한 작가고, 한동안 페미니즘의 기수이기도 했는데, 씨의 소설에는 여성문학의 주축을 이루는 사랑 이야기가 잘 나오지 않는다. 낭만적인 사랑 이야기는 더 찾기 어렵다. 박완서는 이미 성인이어서 출발점에서부터 환상과 현실을 구분하지 못하는 보바리즘 대신에 "풍차를 풍차로 보는" 리얼리스트의 안목을 구비하고 있었다. 그래서인지 씨에게는 달콤한 사랑 이야기가 적다. 만년에 발표한 첫사랑의 이야기인 「그 남자의 집」도 당도가 아주 낮은 것으로 미루어보면, 박완서는 젊었을 때부터 현실적 감각이 발달한 인물이었다고 할 수 있다. 씨의 소설에 나오는 양성관계는 대부분이 젊은 남녀가 대상이 아니라 기혼자들의 이야기이며, 사랑과 화합의 관계보다는 갈등과 불화의 관계에 초점이 맞추어져 있다. 씨에게는 연애소설이라 부를 만한 소설이 거의 없다고 해도 과언이 아니다.

남녀의 관계가 그렇게 느슨한 반면에 모자관계가 강세를 나타내는 것이 작가 박완서의 특이한 점이다. 씨의 여인들은 대부분이 여자이기 보다는 어머니이기 때문이다. 혈연관계를 떠나서도 씨의 여인들은 모성을 노출시키는 경우가 많다. 가장 부정적인 면에서 모성을 다룬 「그 가을의 사흘 동안」은 씨의 모성 중심주의의 심도를 재는 척도가 될 수 있는 작품이다. 자신의 여성이 핍박당한 데 대한 복수심과 원한으로 평생을 태아 죽이기에 열중한, 괴물 같은 여의사에게서도 이 작가는 때 묻지 않은 모성을 발굴해 내고 있기 때문이다. "기르고 사랑할 수 있는 아기"에 대한 그녀의 착란과도 같은 절절한 집착은 「도시의 흉년」의 수연이나 「미망」의 태임이가 이복동생을 보는 달콤한 시선과도 엮여 있다. 그런 모성적인 열망은 「엄마의 말뚝」 시리즈에 가서 절정을 이룬다. 그래서 박완서 소설에 나타난 여성적 양식을 김윤식은 "모계문학"이라고 이름짓고 있다. 김윤식에 의하면 박완서의 소설은 "모계문학의 전형일 뿐 아니라 가장 세련된 양식의 모계문학"[3]이다. 씨는 개별적인 한 여성의 이야기에 보편성을 부여하는 데 성공을 거두고 있기 때문이다.

---

3 『문학사상』 109호, p.171.

2. 「엄마의 말뚝」에 나타난 모성

1) 한국적 거모상巨母像

「엄마의 말뚝」은 1980년 9월 『문학사상』에서 시작하여 1981년 8월 『문학사상』과 1991년 봄호 『작가세계』에 10년에 걸쳐서 쓰인 자전적 연작소설이다. 이 소설들은 딸인 내레이터의 유년기에서부터 시작해서, 엄마가 작고할 때까지의 50여 년간의 가족사를 그린 것이다. 중심인물은 '엄마'라고 불리는 한 여인이다. 외딸인 작가와 그녀의 엄마 두 사람의 이야기는 이 소설을 기점으로 하고 있고, 그 연장선상에 「그 많던 싱아는 누가 다 먹었을까」와 「그 산이 정말 거기 있었을까」가 놓여 있으며, 「나목」과 「목마른 계절」은 그 앞에 위치해 있다. 그러니까 평생 쓰여 온 박완서의 모든 자전적 소설의 한복판에 어머니가 지모신처럼 자리를 잡고 있는 것이다. 「엄마의 말뚝」에 나오는 모성상은 박완서의 모든 자전적 소설의 모성상의 원형이 되고 있다.

여성적 양식의 문학은 양성관계와 모자관계에 중점이 주어진다. 하지만 일반적으로는 양성관계에 비중이 더 주어지는 것이 상례다. 이오니아 양식의 소설은 중세의 기사도 소설을 이어 받고 있기 때문에 키 워드가 '사랑'이다. 기사도 소설에는 낭만적 사랑이 필수적이기 때문이다. 하지만 낭만적 사랑에 대한 기대를 상실한 현대에 와서도 여전히 양성관계는 여자들의 세계에서 주도권을 쥐고 있다. 아직도 남자와의 관계가 여자의 운명을 크게 좌우하고 있는 데 기인한다. 사랑과 결혼에 얽힌 복잡한 문제들, 가부장적 윤리와 개인주의와의 갈등 등 양성관계는 여자의 일생에 막강한 영향을 주는 많은 문제들을 안고 있어서, 여성적 양식에서 그 문제는 일순위를 차지해온 것이다. 박완서도 예외는 아니어서 씨는, 중간에 페미니즘적 경향을 가진 많은 소설들을 썼다. 낭만적 사랑을 다루고 있지 않는 것뿐이다.

하지만 「엄마의 말뚝」에서는 양성문제가 거세되어 있다. 제목이 시사하는 것처럼 이 소설은 모성에 초점이 맞추어져 있다. 모성에 역점이 주어지고 있는 만큼 양성 간의 문제에 대한 관심은 희석될 수밖에 없지만, 이 소설에서는 그 정도가 좀 지나치다. 주동인물의 양성관계가 거의 배제되어 있기 때문이다. 자신의 소녀 시절을 다룬 자전적 소설을 제외하면, 씨에게는 미혼의 처녀가 주동인물이 되는 소설 자체가 드물다. 자전적 소설을 많이 쓰는 이 작가는 자신의 당대 이야기를 선호하는 작가이기도 해서, 중년부인들의 이야기가 많이 나오는 것이다. 데뷔할 때 이미 박완서는 다섯 아이의 어머니여서, 첫 작품집인 『부끄러움을 가르칩니다』에 실린 초기작품들에서부터 기혼자가 주동인물이 되고 있다. 노벨을 "성인 남자의 성숙성을 나타내는 장르"[1]로 본 루카치의 말을 빌리자면, 씨는 "성인들의 세계를 그리는" 전형적 노벨리스트여서 기

---

1 Georg Lukacs, *The Theory of the Novel*, The M.I.T Press, 1971, p.71.

사도 소설과는 태생적으로 거리가 멀다. 씨의 세계에 나타나는 양성관계는 대부분이 부부관계이며, 화해의 측면보다는 갈등 면에 초점이 맞추어져 있다. 씨의 소설에는 금슬이 좋은 부부는 거의 없다고 해도 과언이 아니다. 박완서에게는 양성관계가 적대관계를 나타내는 일련의 소설들이 있다. 「그 가을의 사흘 동안」, 「서 있는 날의 시작」, 「그대 아직도 꿈꾸고 있는가」, 「꿈꾸는 자의 인큐베이터」 등이 그런 경향을 대표한다. 씨의 소설이 페미니즘과 연결이 되는 이유가 거기에 있다.

하지만 「엄마의 말뚝」에서는 그런 양성관계마저 배제되고, 오직 모자관계만 부각된다. 「엄마의 말뚝」을 위시한 씨의 자전적 소설에 나오는 엄마는, 젊고 아름다운 여인이다. 하지만 그녀는 자식에게 모든 것을 거는 여인이어서 남성과의 관계가 전혀 나타나지 않는다. 일찍 남편을 여읜 '엄마'에게는 남편에 대한 그리움도 미움도 남아 있지 않다. 그녀에게 있어 남편은 무의 존재다.[2] 이성에 대한 무관심은 미망인이 된 후에도 계속된다. 「사랑방 손님과 어머니」 정도의 에피소드조차 나타나지 않는 것이다. 그녀가 저승길을 앞에 두고 생각이 난 이성은, 언젠가 진흙탕을 업어서 건너 준 일이 있는 호뱅이라는 머슴(「아주 오래된 농담」)밖에 없을 정도다. 「엄마와 말뚝」에 나오는 여인은 모성 속에 여성이 함몰되어 버린 유형이다.

「엄마의 말뚝」에 나오는 '엄마'는 엄친시하에 있는 반가의 종부여서 남편이 없어도 궁핍을 모르고 살 수 있는 처지였다. 그런데 그녀는 아들의 미래를 위해 시어른들을 거역하는 큰 결단을 내린다. 아들을 공부시키기 위해 낯선 고장인 서울에 와 사는 것을 선택한 것이다. 그녀는

---

2 「여자와 남자가 있는 풍경」에서는 엄마가 상청을 향해 곡을 하는 장면이 나오지만 「엄마의 말뚝」 1에서는 그것조차 없다.

자기 선택에 책임을 지기 위해 시대의 도움이 없이 혼자 힘으로 자녀를 기르기로 결정한다. 가지고 있는 기술은 바느질밖에 없으니 그녀는 최저계급의 여자 가장이 된 것이다. 하지만 그녀는 자식들을 위해서라면 무서운 것이 없었다. 그녀는 자식들을 위해 자신의 내장을 내주는 펠리컨이며, 자식을 통하여 재생을 거듭하는 신비스러운 피닉스다. 헌병이 칼로 배를 찌를지도 모르는 위험을 무릅쓰고 그 젊은 엄마는, 배에 쌀을 넣은 띠를 두르고 와서 자식들을 먹이며 웃고 서 있다.

그녀는 두 아이를 혼자 힘으로 키워서 소망을 성취한다. 자신이 설정한 과업을 완수한 것이다. 그녀는 납치 당한 자식을 찾기 위해 하데스까지 찾아가는 데메테르 같은 거모상巨母像, great mother이다. 지모신을 숭배하는 한국의 농경문화 속에서 싹이 터서 자라온 한국적 거모상의 전형이다. 한국에는 그런 어머니상이 많다. 신사임당을 위시하여, 한석봉의 어머니, 채제공의 어머니 같은 분들 말고도 우리는 주변에서 쉽게 그런 어머니들을 발견한다.

하지만 그분들의 모성은 자식의 성에 따라 달라진다. 자녀 사랑에 성차별이 극심한 것이다. 이 소설의 '엄마'도 그분들처럼 남존여비사상이 철저한 이조 말의 여인이다. 그녀에게 아들은 신 같은 존재이다. '쓸모 없는' 것 같은 딸 같은 것과는 비교가 될 수 없는 거룩한 존재다. 그녀는 아들의 미래를 위해서 맏며느리로서의 상속권을 포기했고, 한데 뒷간 같은 집에 세 들어 살면서 바느질을 하는 고달픈 삶을 선택한다. 전력투구한 보람이 있어서 아들은 학교를 졸업하고 좋은 직장을 얻어서 엄마의 계획대로 거주지를 문 안으로 옮긴다. 엄마는 원하는 바를 성취한 것이다. 하지만 한 여인이 할 수 있는 것은 거기까지였다. 전쟁이 터진다. 눈먼 악마 같은 전쟁의 거대한 메커니즘은 그녀의 종교였던 아들을 완전히 망가뜨려 못쓰게 만든다. 전쟁은 그녀의 자궁으로 막아낼 수 있는 상대가 아니었기 때문이다. 그것은 너무나 폭력적인 회오리바람이어서 엄마의 신같이 모셔 받들던 아들을 쓸어간 것이다. 그래서 「엄마의 말뚝」 시리즈는 지모신의 패배와 분노로 점철되어 있다.

2) 부성부재父性不在 현상

「엄마의 말뚝」 시리즈의 첫 번째 특징은 부성부재 현상에 있다. 아버지의 사후에서부터 소설이 시작되고 있기 때문이다. 이 소설의 화자는 두 살에 아버지를 여읜만큼 그녀에게는 아버지에 대한 기억이 전혀 남아 있지 않다. 그 대신 할아버지에 대한 추억이 많다. 할아버지와 함께 살았던 박적골집은 그녀에게는 낙원이었다. 그 집에는 국화 꽃 필 때면 더욱 낭랑해지는 할아버지의 적벽부 읊조리는 소리가 있고, 눈병이 나면 거머리를 눈에 붙여서 고치는 원시적인 할머니도 있다. 오빠도 있고, 숙부도 있고 숙모도 있는데 아버지는 없다. 그는 너무 일찍 사라져서 아이의 기억에 남아 있는 영상이 없는 것이다. 아버지의 죽음은 할아버지를 반신불수로 만들었고, 화자를 그 낙원에서 몰아내는 불행의 씨앗이 된다. 하지만 그것은 재앙의 기폭제였을 뿐이며, 오래된 풍문과도 같은 것이어서 아이는 아버지의 실재를 느껴본 일이 없다. 그러니 화자의 입장에서 보면 부성부재 현상은 너무나 당연하다. 그는 이미 옛날에 사라져버린 존재였기 때문이다. 하지만 오빠의 경우와 비교해보면 납득이 되지 않는 부분이 많다. 오빠도 아버지처럼 이승에서 사라지지만, 그는 사후에도 그 집안에 그냥 남아서 30년이 지나도 여전히 화자와 엄마의 존재의 가장 깊은 곳에 모셔져 있기 때문이다. 그는 죽었지만 죽지 않는 불사신인 것이다. 거기 비하면 아버지는 정말로 '무無'다. 어른들의 입에서 언급되는 일조차 없는 존재인 것이다. 아버지의 부재현상은 화자의 집안을 모계사회로 만들어버린다. 지모신 같은 거모가 다스리는 아마존 같은 곳으로 만들어버리는 것이다.

3) 가부장제patriarchy와의 싸움

'엄마'는 아들을 개명된 환경에서 키우기 위해 박절골과의 싸움을 시작한다. 그것은 유교적 가부장제에 대한 전면적인 도전이다. 도시의 물을 먹어본 일이 있는 '엄마'는 박적골을 무지와 미개의 공간으로 본다. 거머리에게 눈꺼풀의 피를 빨게 하여 눈병을 고치고, 맹장염 환자에게 푸닥거리를 해서 죽게 만드는 그 고장의 원시성으로부터 소중한 아들을 구해내야 한다고 그녀는 생각한다. 아들의 장래를 위해 '엄마'는 박적골의 아름다운 자연을 버리고, 넓은 집과 사랑하는 가족들을 버리고, 봉제사를 해야 할 맏며느리의 의무를 버리며, 재산상속권도 포기한다. 그녀는 시아버지의 허락을 받지 않고 고향을 버리는 것이다. 그러니 시댁의 도움을 받을 수 없는 것이다. 그녀의 출발은 문자 그대로의 독립선언이었다. 그녀는 조상의 신주를 버린 자리에 아들을 모셔놓기 시작한다.

가부장제에 대한 '엄마'의 도전은 강력한 자립의지에 기반을 두고 있다. '엄마'는 신념에 차 있으며, 확고부동하다. 그녀는 속죄양이나 순교자가 아니라 스스로 자신의 진로를 선택한 자유인이다. '엄마'는 주체적 여성이어서 순전히 자기 혼자 힘으로 아들의 성공을 성취시키려는 야망을 가지고 있었다. 정상적인 신식 교육을 받은 일이 없는 엄마는 좋은 직장을 구할 가망이 없으니까, 그건 엄청나고 무모한 모험이었다. 하지만 그녀는 주저 없이 박적골을 버리고 떠난다. "숟가락 하나도 집안 것은 안 건드리고 오로지 당신의 단 하나의 재주인 바느질 솜씨만 믿고"[3] 박적골을 떠난 것이다. 이 소설 속의 '엄마'는 강철 같은 에고와 초인적인 수퍼 에고를 겸비하고 있는 독립적인 인물이어서, 프로이드적인 여성원리와는 거리가 멀다. 그녀는 이성과 의지력으로 자신의 여가장제 matriarchy를 확립한다. 서울의 변두리에 있는 상상꼭대기에서 비록 한데 뒷간 같은 오막살이에 세를 들어 살망정, 혼자서 세 식구의 생계를 책임지려는 '엄마'의 모습은 모계가족의 전범이 된다.

4) 양성 겸비의 여인상

엄마는 계획대로 두 아이를 자신이 설정한 목표지점까지 끌고 가는데 성공한다. 아들은 상고를 나와 좋은 직장을 얻고, 딸은 명문인 숙명여고를 나와 서울대학에 입학하는 것이다. 그런 강인한 추진력과 자립정신으로 미루어보면 '엄마'는 남성적으로 보인다. 이성적이고 의지력이 강하기 때문이다. 그러나 직업은 여성적이다. 바느질이기 때문이다. 그것도 고객과 직거래를 하지 않고 제3자를 통해서 간접적으로 일감을 구해오는 방식이어서 그녀에게는 사회성이 적다. 기생 같은 '바닥 쌍것'들하고는 거래를 할 수 없다는 구시대적 계급의식이 남아 있기 때문이다. 그건 유교가 지배하는 안방에서 배운 규범들을 벗어나지 못하는 데서 오는 사고의 양면성이다.

그런 양면성은 그녀의 본질을 이룬다. '엄마'는 양성의 역할을 다하고 있으며, 사상적인 면에서도 구시대와 신시대 사이에 끼여 있어 양면성

---

3 「엄마의 말뚝」 1, 『문학사상』, 1908. 8, p.230.

을 지니고 있다. 유교적 전통 속에서 여자가 갖출 필수 덕목이었던 바느질이 '엄마'의 독립을 가능하게 한 유일한 생계수단이었다는 점에서 그녀의 자립은 개화사상과는 직접적 관계가 없어 보인다. 하지만 '엄마'에게는 '새것 콤플렉스'가 있다. 교육에는 남녀의 구별을 두지 않아서 딸도 명문교에 보내지만, 보내면 무엇이 되는지 확실히 모른다. 그래서 딸을 신여성을 만들기 위해 맹목적으로 돌진하면서도 그 이상의 비전은 제시하지 못한다. 그녀가 현실적으로 의존하는 것은 박적골의 가치관이 되는 모순이 그런 데서 생겨난다.

'엄마'의 이런 양면성은 도덕적인 면에서도 나타난다. 그녀는 유교적 규범에 대한 신념이 확고하며, 양반이라는 권위의식도 흔들림이 없다. 법과 규범의 상징적 존재라는 점에서 '엄마'는 자녀에게는 부성적 존재다. 그런데 그 규범들은 박적골에 뿌리를 두고 있다는 것을 다음 인용문을 통하여 확인할 수 있다.

지금의 '엄마'는 무얼 믿고 저렇게 도도할 수 있는 것일까? 그건 아마 '엄마'가 배신한 온갖 과수가 있는 후원과, 토종국화 덤불이 있는 사랑뜰과, 정결하고 칸살 넓은 초가집과 선산과 전답 그 모든 것을 총괄하시는 비록 동풍은 되었으나 구학문이 높으신 시아버지가 있다고 믿는 마음이 있었던 때문이 아니었을까?

딸의 눈에 비친 엄마의 권위는 버리고 온 시아버지의 권위의 파생물에 불과하다. 지금 그녀는 가부장적 가장의 역할을 대행하는 여자 가장이다. 자유인인 것이다. 그런데도 불구하고 툭하면 이웃을 "바닥 쌍것"들이라고 모멸하는 그녀의 긍지는 시댁이 양반이라는 데서 온다. 그것 때문에 그녀는 장마철이면 노래기가 천정에서 떨어지는 초가집 문간방

에 세 들어 살고, 기생들의 옷을 해주며 생계를 이어가면서도 주눅이
드는 법이 없다. 이런 엄마의 기상을 단적으로 보여주는 것이 구멍가게
의 유리를 깬 자기 딸의 덜미를 와살스럽게 잡고 있는 구멍가게 주인에
게 내리는 근엄한 명령이다. 엄마는 "오싹하도록 점잖고 위엄에 넘친"
목소리로 "그애를 놓지 못해요?"라고 명령한다. 양반 행세를 톡톡히 하
고 있는 것이다. 하지만 그날 밤 '엄마'는 이불 속에서 울면서 탄식한다.
"아아 저런 쌍것들하고 상종하면서 살아야 하다니" 하며 우는 약한 여
인인 것이다. 그러다가 딸아이가 놀데가 없어서 감옥소 마당에 가 논다
는 것을 알게 되던 밤, 그녀는 결국 고집을 꺾고 시댁에 항복한다. 집을
살 돈을 도와달라는 편지를 쓰는 것이다. 그것도 그녀의 여성적인 측면
이다.

성격적인 면에서도 양면성이 나타난다. 엄마는 성격이 당차고 대담하
다. 고향을 떠날 때의 결의의 확고함은 그녀의 진취성을 나타내며, 딸의
머리 자르기, 위장전입해서 매동학교에 보내기, 식량 작전 등은 그녀의
적극적인 면을 보여준다. 목표를 향해 매진하는 일사불란한 추진력과
의지력 등은 프로이드식으로 보면 전혀 여성적이 아니다. 그녀는 선택
받기를 기다리는 자가 아니라 선택하는 자이며, 자신의 삶을 설계하는
주체적 인간이다. 혼자 힘으로 아이 둘을 교육시키며, 일제하의 각박한
여건 속에서 쌀을 구해다 아이들을 부양하는 그녀는, 칠장이, 도배장이,
미장이 일 등 못하는 일이 없다. 남자들과 다를 것이 없는 여인이다.

하지만 아들 앞에 서면 그녀는 경건한 신도로 변한다. 딸은 때리기도
하고 야단치기도 하는 무서운 어머니지만, 아들에게는 간섭을 하거나
잔소리를 하는 법이 없다. 그녀에게 아들은 하늘이기 때문이다. 그래서
아들이 폐병환자를 아내로 맞으려 할 때에도 어머니는 그 결정을 존중
하여 소리 없이 병자를 며느리로 받아들인다. 어렸을 때 자기가 다치니

까 아들이 돈이 없어 할 수 없이 사다 준 산골은 지금도 어머니에게는 만병을 통치하는 영약이다. 산골의 효력은 아들이 죽은 지 30년이 지나도 여전히 유효하다. 여든여섯 살 때 죽을지도 모르는 수술을 받으면서도 동요하지 않은 것은 산골에 대한 믿음 때문이다. 엄마의 모든 강인함의 원천에는 아들을 돕기 위한 어머니로서의 정성이 응집되어 있다. 삼종지도 중에서 그녀는 아내와 며느리로서의 순종을 거부한 대신에 그 힘을 모두 모아 아들을 공경하고 순종하는 데 쓴 것이다. 남아 선호 사상은 그녀가 죽을 때까지 고치지 못한 고질병이다. 그녀는 성공한 작가인 딸네 집에서 사는 대신에, 아들의 아들인 손자 집에서 살다가 가는 것이다.

그녀의 양면성이 세 번째로 드러나는 것은 교육이념에서다. 공리주의적 교육관, 남아 선호 사상, 공무원 선호 사상 등에서 그녀는 유교의 정통론, 상문주의, 현세주의의 이념을 답습하며, 그것을 아들에게 적용시켜서 어느 정도 성과를 거두기도 한다. 그런데 딸의 경우에는 그것이 통용되지 않는다. 여자도 교육을 시켜야 한다는 신념은 유교와는 무관한 것이기 때문이다. 그것은 순전히 개화사상에서 촉발된 것인데, 그녀는 신교육을 받은 일이 없어서 교육을 받아야 한다는 것만 알지 교육의 결과로 되는다는 신여성에 대한 개념은 지극히 막연하고 피상적이다. 그래서 딸을 교육하는 목표가 애매하며, 거기 따르는 규범과 절차를 알지 못하여 혼란이 생긴다. 그녀는 신문명에 매혹되어서 막연하게 여성교육의 필요성을 감지하고 있었을 뿐이다. 실체를 모르면서 하는 가치추구가 가져오는 희생의 크기는 그녀의 신교육관이 지니는 맹점이다. 그것을 극복할 만한 훈련된 지성이 그녀에게는 없었던 것이다. 그녀는 여자들에게 부과되었던 유교적 규범에서 벗어나려 하지만, 새 질서의 정수를 모르니까, 딸의 경우에는 아들처럼 일이 순탄하게 풀리지 않는 것이다.

이 작품에 나오는 엄마는, 엄격한 아버지적인 면과 헌신적인 어머니적인 면의 양면을 모두 가지고 있는 여인이다. 박적골을 떠날 결단을 내릴 때는 남성적이었지만, 직업은 바느질이었기 때문이다. 그녀에게는 남존여비사상과 신여성에 대한 동경이 공존하고 있고, 시아버지에 대한 도전과 아들에 대한 복종이 공존하고 있어서 도처에서 양면적 성격이 드러난다. 양면성을 공유하고 있는 여인인 것이다.

5) 데메테르의 좌절

「엄마의 말뚝」1은 엄마의 성스러운 과업이 성취되는 데서 끝난다. 박적골을 떠나 서울로 입성하고, 서울의 변두리에서 대망의 사대문 안으로 진입하고 싶었던 그녀의 꿈은, 공부를 끝낸 아들이 좋은 직장을 얻음으로써 성취된다. 그때까지의 과정은 상승일로이며, 탑의 완성 과정이다. 가부장제에 대한 도전, 박적골에서의 이륙, 생존을 향한 처절한 투쟁, 여자로서의 갈망의 제거 등 모든 난업을 그녀는 이루어낸 것이다. 그 과정에서 버팀목이 되었던 그녀의 아들은 건재했고, 그 집안은 일취월장하여, 드디어 문 안에 말뚝을 박는 일에 성공한 것이다.

하지만 그녀의 공든 탑이 무너져 내리는 날이 온다. 그녀의 신주단지 같은 아들이 동란의 소용돌이에 휘말려서 어이없게도 실성을 해버리는 것이다.

> 눈을 잠시도 한군데 머무르지 못하고 휘번득댔고 심한 불면증으로 몸은 수척했고 피해망상으로 하루에도 몇 번씩 깜짝깜짝 놀라고 사람을 두려워했다. …… 그는 문을 꼭꼭 잠그고 안에서 두려움에 떠는 심약한 집

보는 어린이처럼 자기를 단단히 폐쇄하고 외부의 모든 것을 배척하고 있었다.[4]

인민군에 징집되어 갔다가 실성해서 돌아온 그의 귀가는 가족들에게는 흉몽이었다. 설상가상으로 그의 부역으로 인해 온 가족이 피난을 가지 못하는 사태가 벌어졌을 때, 엄마의 내면에서 엄청난 붕괴작용이 일어난다. 그녀의 문 안 지향성이 좌초하고 만 것이다. 자신이 꿈꾸었던 문 안의 번듯하게 사는 동네가 9·28 후에 보여준 도시적인 냉혹성에 혼겁을 한 엄마는 1·4 후퇴 때 그곳을 떠나서 자신이 버리고 떠난 현저동으로 귀환한다. "천엽 속처럼 더럽고 구질구질한" 그 동네에는 아직도 진국스러운 사람들이 살고 있으리라는 기대 때문이다.

하지만 현저동의 진국스러운 원시성도 전쟁이라는 눈먼 신의 광란을 막아내기에는 역부족이었다. 아들은 텅 빈 현저동의 남의 집에서 인민군에게 사살되고 만다. 그녀의 눈앞에서 난사당하여 걸레처럼 되어버린 아들은 며칠 후에 숨이 끊어지고, 엄마는 그를 화장한 재를 안고 강화도로 간다. 고향이 마주 보이는 지점으로 간 것이다. 돌아가는 일이 금지당한 지 오랜 고향땅 쪽을 향해 아들의 뼛가루를 뿌리는 것으로 엄마는 귀향 의식을 치르고 있다. 그것은 그녀의 공든 탑의 와해를 의미한다. 박적골을 버리고 나와서 아들을 위해 악전고투하던 그 많은 세월들이 아들의 육신처럼 재가 되어 그렇게 뿌려지고 있었기 때문이다.

그리고 나서 십여 년의 세월이 흘러간다. 아들이 사라진 자리에서 그가 남긴 손자들을 기르는 그리스 신화 속의 지모신처럼, 엄마는 소리 없이 손자들을 길러가면서 부처님께 귀의하여 조용히 늙어간다.

---

4 「엄마의 말뚝」 2, 같은 책, p.411.

어머니는 늙어갈수록 아름다운 분이었다. ……어머니는 부처님을 믿는 걸로 어머니가 당한 남다른 참척의 원한을 거의 극복한 것처럼 보였다. 뿐만 아니라 부처님을 닮은 곱고 자비롭고 천진한 얼굴로 늙어가셨다. 비록 아들은 잃었으나 거기서 난 손자들을, 그의 짝들을, 거기서 난 증손자들을, 딸과 외손자들을 사랑하며, 결코 집착하지 않으시며 행복하게 늙어가셨다.[5]

하지만 평온해보인 것은 엄마의 표면이요 외피뿐이었다. 팔십이 넘은 몸에 가혹한 칼질이 가해져서 뼈와 살이 갈라지는 아픔이 닥쳐왔을 때, 그 육체적 통증이 갈고리가 되어 마음의 오지에 차곡차곡 묻어두었던 상처를 건드린 것이다. 몽혼상태의 어머니는 30년의 세월을 건너뛰어, 아들을 죽이러 온 인민군과 무서운 얼굴로 대치하고 있었다. 이제 그녀의 아들은, 난도질당하고 막 꿰매어진 자신의 아픈 다리였다. 아들이 당한 고통이 자신의 육체 속에서 재현되었을 때, 늙은 엄마는 분노의 원귀로 변한다.

어머니는 이 세상 소리가 아닌 기성을 지르며 머리카락을 부득부득 쥐어 뜯다가 오줌을 받아내는 호스, 피를 빼내는 호스도 다 뜯어내 버렸다. 피비린내가 내 정신을 혼미케 했다. ……어머니는 힘이 장사였다. ……원한 맺힌 맹수처럼 으르렁대던 어머니가 에잇, 하고 한번 기합을 넣자 사지를 묶은 끈은 우직직 끊어지기도 하고, 혹은 풀어지기도 했다. 참으로 불가사의한 괴력이었다. 목소리도 뜻이 통하는 말이 아니라 원한의 울부짖음과 독한 악담이 섞인 소름끼치는 기성이었다.[6]

---

5 같은 책, p.408.

이 엄청난 괴력은 언어 이전의 세계에서 발원한 힘이다. 양수 속의 혼돈이 그 괴력의 출처다. 엄마와 자식 사이를 잇는 탯줄 같은 본능적 유대에서 그 힘은 솟아난다. 그것은 산 너머 먼 동굴에 두고 온 새끼의 위기를 멀리에서도 감지하는 늑대나 사슴의 초자연적인 모성적 감성과 상통한다. 그 옛날 모계사회에서 족장이 자기가 당한 일에 복수를 명할 때 생겨나던 것과 같은 것이 그 괴력이다. 그래서 그것은 같은 고통을 함께 겪은 모계가족만이 다스려 낼 수 있다. "조금도 과장없이 간장을 도려내는 아픔과 함께 내 속에서도 불가사의한 괴력이 솟았다."고 화자는 말하고 있다. 그 두 괴력은 "막상막하였다." 하지만 그 엄청난 두 사람의 괴력이 힘을 합치고 대적했는데도 그 모녀는 한 남자를 구해 내지 못하였다. 그 모녀 안에 잠재해 있던 괴력은 전쟁이라는 미친 폭풍 앞에서 아무 힘도 쓸 수 없는 무력한 것이었다. 그 처절한 좌절감이 무의식의 밑바닥에 묻혀 있다가 생살을 찢긴 수술 후의 통증 속에서, 몸에 달라붙어 있는 모든 줄들을 잡아 뜯는 자해적 행위로 폭발한 것이다.

하데스에게 딸을 납치당한 데메테르는 신이었기에 지상에 있는 모든 초목을 숨죽게 함으로써 명부의 신의 항복을 받아낸다. 하지만 이 소설의 엄마는 신이 아니다. 모든 초목의 생명을 원천적으로 봉쇄할 힘 같은 것이 있을 리가 없다. 그래서 일 년의 절반이라도 딸과 함께 지낼 수 있었던 데메테르 같은 승리를 얻을 수 없었던 것이다. 그녀에게 남겨진 것은 자기파괴밖에 할 수 없는 분노뿐이다. 하지만 현실적으로 아무런 효력도 발생하지 못한다 하더라도 그 분노에서 생겨나는 괴력은 인간을 지탱해 주는 마지막 지주가 되는 귀중한 것이다. 그것은 자식을 향한 어머니의 사랑이 응고된 에너지이기 때문이다.

---

6 앞의 책, pp.407-408.

앞에서도 지적한 것처럼 대부분의 전통적인 한국 가정에서는 부성이 제 구실을 못 하는 경우가 많았다. 그리하여 아버지가 버리고 떠난 자식들을 기르는 일은 어머니들 몫이었고, 한국의 어머니들은 그 일을 훌륭하게 감당해 냈다. 이 소설의 어머니도 혼자 아이를 키운 엄마 중의 하나다. 하지만 우리의 어머니들 중에는 희생양이거나 착취당하는 어머니상만 있는 것이 아니다. 이 소설의 어머니처럼 베푸는 자로서의 모성, 자진하여 모든 어려움을 감내하는 풍요신 같은 모성상도 있다. 이 소설의 엄마는 그런 거모상에 속한다.

남성에 대한 열등감이나 피해의식 없이, 베푸는 자로서 아이들 옆에 혼자 서 있는 늠름한 거모상의 발굴은 박완서의 모계문학이 확보한 공적이다. 일상 속에서 찾아낸 삶의 본질에 대한 질문들, 인간의 참 모습을 탐색하기 위한 가면 벗기기의 철저함, 인간의 심혼의 오지에 대한 폭넓은 이해는 씨의 문학을 성을 초월한 보편적 지역으로 승화시킨다. 과장과 감상성感傷性을 지양하고, 자신의 내면을 밑바닥까지 철저히 객관화하는 작업도 씨의 모계문학의 위상을 높여주는 요인 중의 하나이다. 여자로서 존재하고 여자로서 글을 쓰면서, 페미니즘의 기수가 되었는데도 불구하고, 인간 전체에 공감을 주는 보편적 광장으로 나가는 일에 이 작가는 성공을 거두고 있는 것이다.

3. 「그 가을의 사흘 동안」에 나타난 모성상

1) 무서운 어머니형terrible mother

박완서의 「그 가을의 사흘 동안」(이하 '그 가을'로 약칭)에는 그리스 신화에
나오는 복수의 여신을 닮은 여의사가 나온다. 30여 년 전인 동란기에
그녀는 강간을 당한 상처를 가지고 있다. 그 결과로 그녀는 임신했다.
자신의 의사와는 상관없이 생겨난 그 아이는 "화근이 되기 위해 생겨난
생명"이었다. 그녀는 그 아이를 없애버리고 분연히 털고 일어나 산부인
과 의사가 된다. 자기처럼 원하지 않는 아이를 임신한 여자들을 그 고
통에서 해방시켜주기 위해서다. 그녀는 자신이 원한 대로 의사가 되어
태아 살해를 업으로 삼으며 세상을 살아간다.

이 소설에는 그녀가 강간 당한 장소와 시간에 대한 정보가 명시되지
않는다. 언제 어디에서 그런 일이 일어났으며, 누가 저지른 일인지 디
테일이 나타나 있지 않는 것이다. 다만 그녀가 강간을 당할 때 "멀리선
포성이, 가까이에선 개구리 울음소리가 시끄러운 풀섶"이었다는 말만

나온다. 그 말로 미루어보면 6·25 동란 때의 일일 가능성이 많을 뿐이다. 배경은 시공간이 명시되어 있지 않는 애매한 것인데, 그때의 감각적 상태만은 30년이 지나도 선명하게 기억 속에 각인되어 있다.

질식할 듯한 노린내, 율동할 때마다 내 얼굴을 빗자루처럼 쓸던 가슴팍의 무성한 털, 동앗줄처럼 서리서리 길고 질기게 내 몸을 감던 유연하고도 힘센 사지, 내 몸의 중심부를 관통하는 날카로운 통증…….

이 글의 문맥으로 미루어보면 상대는 외국인 병사일 가능성이 많다. 하지만 그녀에게는 남자의 국적이 별로 문제가 되지 않는다. "내겐 이름이나 성보다는 그게 남자라는 게 더 중요했다."고 말하고 있기 때문이다. 상대가 어느 나라 사람이냐 하는 문제보다는 상대방의 성별에 역점이 주어져 있는 것이다. 그건 남자가 여자에게 가한 학대이며, 남자가 여자에게 가한 원시적 폭력이기 때문이다. 장소나 일부인 같은 개별적인 것이 문제가 되지 않는 이유가 거기에 있다. 문제는 여자가 남자에게서 성적인 박해를 받았다는 데 있기 때문이다. 그때에 받은 상처는 불에 달군 인두로 나무를 지져 만든 낙화烙畫처럼 30년이 지나도 여전히 자취가 선명하게 남아 있다. 체취와 체모의 역겨운 감각, 통증 등이 고스란히 그대로 기억되고 있는 것이다.

그 일은 이 여인에게 남성 전체에 대한 적의를 갖게 한다. 살의에 가까운 적의다. 동성의 여인들이 당한 모든 성적 폭행은 그녀에게 같은 살의를 유발시킨다. 남자에게 폭행을 당한 모든 여자는 그녀의 동류이며 분신이기 때문이다. 그래서 그녀는 폐업하기 전날에 찾아온 마지막 환자인 소녀를 임신시킨 남자에게도 "살의에 가까운 분노를 느꼈다." 그건 "소녀에 대한 동정의 분노가 아니라 아득한 지난날로부터 고이고 고인 나의 한"이라고 그녀는 말한다. 여자를 강간하는 남자들에 대한 적의는 그대로 그 결과로 생겨나는 아이에게로 옮겨 붙는다. 거기에서 도 역시 살의가 묻어난다.

뱃속의 그걸 죽이고 싶어요. 그걸 죽이겠어요. 그걸 죽이고 제가 죽는 거예요.

이건 소녀환자의 절규지만, 의사 자신의 절규이기도 하다. 죽이고 싶 다는 말의 되풀이를 통하여 죽이고 싶은 열망의 강도가 높아진다. "증오 의 극한이 살의라면, 살의 중에서도 가장 냉혹하고도 열렬한 살의는 자 기 몸 속에 있는 것에 대한 살의"다. 그녀는 그것을 너무나 잘 알고 있다. 그래서 그녀는 산부인과를 택한다. "화근이 되기 위해" 생겨나는 아이들 을 죽이는 일에 전념하기 위해서다. 예전에 이리에 있는 선배언니가 자 신을 원하지 않는 아이에게서 해방시켜준 것처럼, 자기도 다른 여자들에 게 그걸 베풀어야 한다는 것이 그녀의 의사로서의 사명감이다. "여자를 그런 질병 이상의 고독한 고통에서 해방시키는 건 나의 꿈이었지."라고 그녀는 말한다. 그리고 그 꿈을 실현시키기 위해 일생을 바친다.

자신이 해온 일을 그녀는 자랑스럽게 생각한다. 헤아릴 수 없이 많은 여자들을 그런 고통으로부터 구해주었으니까 자기는 일종의 구원자라 고 생각하는 것이다. 하나님도 나처럼 족집게로 집어내서 보여줄 만큼 영검하지는 못하리라"는 것이 그녀의 낙태전문의로서의 자부심이요 오 만이다. 그래서 그녀의 병원에는 분만대 같은 것은 아예 갖추어져 있지 않다. 그녀는 낙태만 전문으로 하는 "사람백정"인 것이다. 30년 동안 그 녀는 증오의 힘으로 그 일을 수행했다. 그건 자기를 범한 남자에 대한 복수이며, 원하지 않는데 자기 안에서 움튼 생명에 대한 증오였다.

그 동안 내가 태어나지 못하게 한 아이가 다 살아난다면 큰 초등학교를 하나 더 만들어야 할까? 작은 읍을 하나 더 만들어야 할까.

그렇게 많은 아기의 탄생을 봉쇄하고도 그녀에게는 죄의식이 없다. 박완서 자신이 6·25 체험에 대하여 고착증세를 나타내듯이, 이 여의사의 강간체험도 고착증세를 나타낸다. 그건 구제 받을 가망이 없는 불모의 삶이다. 복수와 증오만이 지배하는 세계에서 그녀는 자궁문에 못질을 하고 심장도 냉동시켜 버린 채 끔찍한 사형집행인으로 살아가고 있는 것이다. 그건 전형적인 '무서운 어머니'의 형상이다.

그러다가 폐업하기 전날 밤에 그녀는 고고의 소리를 낼 만큼 자란 아이를 소파수술로 끄집어내는 일을 하게 된다. 그건 엄연한 살인이다. 그녀는 한 번도 "거기까지 가진" 않았다. 그건 "스스로 지킨 엄격한 경계"였다. "단 한 번 그 짓을 해도 사람백정 소리가 평생을 따라다닐 것" 같았기 때문이다. 그런데도 뱃속의 아이를 죽이고 자기도 죽겠다는 소녀를 살리기 위해, 그녀는 소파수술을 감행한 것이다. 손을 놀리면서 그녀는 검은 유리에 비친 자신의 얼굴을 본다. 거기에는 30년 전에 "풀섶에서 당한 치욕을 핑계 삼아 그 후 한 번도 남자를 사랑하지 않고도 잘만 살아온 잘난 여자"의 마녀 같은 얼굴이 찍혀 있었다.

나의 땀으로 번들거리는 얼굴에선 움푹한 눈이 잔인하게 빛나고 있었다. 그건 고문자의 얼굴이었다. 삼십년 동안 고문을 고문으로 갚는 일로 일관해온 가장 가혹한 고문자는 마침내 발광하려 하고 있었다.

자신을 피해자가 아니라 가해자로 느낌으로써 그녀의 복수로 일관해온 삶에 회의가 온다. 증오 일변도의 삶에 틈이 생기는 것이다.

2) 모성의 회복과 우단 의자의 미학

그 틈으로 마음의 오지에 꼭꼭 묻어두었던 또 하나의 넋이 고개를 내 민다. 그건 우단 의자로 상징화된 세계에 대한 갈망을 담고 있는 또 하 나의 넋이다. 그 의자는 분만대도 없는 그녀의 병원에서는 쓸모가 없는 물건이다. 그건 병원의 모든 것과 어울리지 않고 겉돌고 있다. 그런데 도 그녀는 그것을 버리지 못하고 있다. 그래서 30년의 세월을 그것과 함께 살아온다. 우단 의자는 그녀가 강간당함으로써 산실한 삶의 긍정 적인 가치들을 상징한다. 그 의자에 어울리는 인물은 아버지다.

> 손님은 남으로 난 창가의 우단 의자에 앉아 있었다. 손님은 환자가 아 니라 나의 아버지였다. 흰 옥양목 두루마기에 끝이 뾰족한 반짝이는 구두 를 신으신 신수좋은 아버지가 편하게 앉아 계시니까 그 요란한 의자까지 느닷없이 기품 있어 보였다.

그런 아버지의 모습이 하도 보기 좋아서 그녀는 아버지를 못 가시게 붙잡는다. 이 소설에는 박완서의 소설에서는 보기 드물게 긍정적인 아 버지의 영상이 나타난다. 아버지의 첫 번째 특징은 흰 옥양목 두루마기 로 표상화된 고전적인 기품이다. 두 번째는 사물을 긍정적으로 바라보 는 맑은 안목이다. 그는 딸이 가난한 동네에 자리 잡은 것을 칭찬하면 서 어려운 사람들을 상대로 하여 돈을 벌 생각은 하지 말라고 권한다. 세 번째 특징은 "자신을 핑계 삼아 자식의 운명을 간섭하실 분이 아니" 라는 점에 있다. 아버지는 자기중심의 독선적인 분위기에서 벗어난 인 물이다. 아버지의 이런 특징들은 그가 가지고온 히포크라테스 선서가 든 액자로 상징화 된다. 아버지에게 있어 "의술은 인술仁術"이다. 그는 이 여의사의 수퍼-에고이며, 이상적 인간상이다.

이런 아버지의 영상은 우단 의자로서 육화된다. 돌아가시고 수십 년이 지나도록 주인공이 우단 의자를 치우지 못하는 것은 "의자를 치우면 대신 히포크라테스 선서를 걸어야 할 것 같아서"였다는 것이다. 그 말을 통하여 우리는 우단 의자와 히포크라테스 선서가 아버지와 동질성을 지니고 있음을 알 수 있다. 우단 의자에 어울리는 사람은 아버지밖에 없다고 생각하기 때문에, 그녀는 음담패설을 지껄이면서 태반을 주워먹고 있는 여인이 그 의자에 앉으려 하자 질겁하면서 밀어낸다. 그곳은 그녀가 가장 소중하게 여기는 인물을 모셔두는 일종의 성소라고 할 수 있다.

그러나 그녀가 우단 의자에 앉은 아버지의 영상을 사랑하는 것이 곧 인술을 베풀라고 한 아버지의 말에 순종하는 것을 의미하지는 않는다. 그녀는 아버지의 등 뒤에서 실컷 웃고 나서 히포크라테스 선서를 치워버리고, 자신의 계획대로 미군부대의 화냥끼와 야합하여 돈을 벌었고, 원하지 않는데 생겨난 생명을 죽이는 일로 업을 삼으며 살아온 것이다.

그런데도 문득문득 그 우단 의자가 나의 넋을 움켜쥐고 있는 것처럼 느낄 적이 있다. 증오로 된 넋이 아닌 또 다른 넋을.

여기에서 문제의 실마리가 나온다. 그녀에게는 증오로 된 넋만 있던 게 아니라 또 하나의 넋이 있었던 것이다. 그 또 하나의 넋은 히포크라테스 선서, 아버지, 우단 의자로 이어지는 넋이며, 사람 백정의 넋이 아니라 살아서 커갈 수 있는 아기를 받아보고 싶다는 열망에 몸을 떠는 사랑의 넋이다.

그녀는 노후를 위해 만반의 준비를 하고 있었다. 쉰다섯에 정년퇴직하기로 스스로 결정하였고, 착실히 돈을 모아 주택가에 새집을 마련해

놓았으며, 노후를 보장할 재물도 확보해 놓은 것이다. 그런데도 그녀의 내면을, 불안과 조바심으로 떨게 만드는 것은 우단 의자로 상징되는 또 하나의 넋이다. 그 넋은 하나의 갈망에 휘말려 있다. 살아 있는 아이를 받아보고 싶은 갈망이다.

> 의사짓을 그만두기 전에 꼭 한번은 애기를 받아보고 말리라. 처음으로 이 세상을 보는 아기의 신선하고 정결한 눈과 힘찬 울음소리에 접하고 싶은 갈망으로 심장이 죄여들었다.

폐업하기 두어 달 전부터 그 갈망은 그녀의 전 존재를 뒤흔들고 있다. 30년 전에 개업했을 때 첫 손님은 미혼모였다. 그녀처럼 강간당해 생긴 아이를 낳으러 온 주인집 딸이었던 것이다. 얼떨결에 그 아이를 낳는 일은 도운 그녀는, 머리만 나오고 일단 정지한 상황에서 놀랍게도 반짝 눈을 뜬 태아를 본 일이 있다. 그녀는 그런 태아의 눈을 다시 한 번만 보고 싶다는 갈망에 뜯기면서 폐업하는 날을 하루하루 카운트다운 하고 있었다.

그 갈망을 가지기 시작하면서부터 그녀는 자기가 변하고 있다는 것을 느낀다. 자기는 자신으로부터 "떨어져 나가" 자기가 도저히 이해할 수 없는 그 무엇이 되어가고 있는 것 같은 생각이 든 것이다. 자기가 생전 안하던 짓을 하기 시작했기 때문이다. 유산시킨 태아를 쓰레기통에 버리는 대신에 포르말린에 담가 보존하는 일 같은 것이 그것이며, 자기 안에서 굳어버린 통곡을 풀어낼 것 같은 예감, 기도하고 싶은 마음 같은 것이 그 변화의 징후들이다.

「그 가을의 사흘 동안」에는 강간당하여 임신한 여자가 셋이 나온다. 첫 번째는 의사 자신이다. 그녀는 그 일을 겪은 후 평생 사랑도 결혼도

하지 않았고 출산도 하지 않은 채 쉰다섯 살이 되었다. 자기가 받은 박해를 박해로 갚으면서 고문자의 얼굴로 추하게 늙어가고 있는 것이다. 그녀의 마지막 환자인 소녀도 그녀와 유사하다. 그들은 "화근이 되기 위해" 생겨난 새 생명에 전혀 애착이나 미련이 없다. 그래서 수단과 방법을 가리지 않고, 그 아이를 낙태하기로 합의한다.

그런데 황영감 딸은 그렇지 않다. 그녀는 원하지 않는데 생긴 아이를 과감하게 낳았고, 온갖 고초를 겪으면서도 그 아이를 사랑하면서 열심히 기른다. 그러다가 여의사가 폐업할 무렵에는 손자도 보게 된다. 여의사는 안집 마당에서 아기를 안고 이삿짐을 챙기는 그녀를 부러운 눈으로 바라보고 있다.

> 때때로 아기와 볼을 부비기도 하고, 뭐라고 지껄이기도 한다. 아기가 방긋 웃었는지 큰소리로 바쁜 사람들을 불러 모아 자랑스럽게 보여주기도 한다. 가슴 속에서 사랑이 마구 샘솟는 것처럼 자애와 행복으로 충만한 얼굴이다.

그것을 보자 여의사는 갑자기 자기의 삶이 "남의 것처럼 허전해"지는 것을 느낀다. 자신과 똑같이 당한 재난을, 자신과는 전혀 다른 방법으로 극복한 여인을 보면서 그녀는 비로소 자신의 선택이 잘못되었다는 것을 깨닫는다. 자기와 황영감은 30년 지나도 6·25의 악몽에서 헤어나지 못하여 불모의 삶을 살고 있는데, 그의 딸은 그 악몽을 사랑으로 극복하여 자신의 손은 닿지도 못할 높은 고장 사람이 되어 있었던 것이다. 그래서 그녀는 여태껏 지켜온 소신을 버리고 다음과 같은 새로운 여성상을 찾아내게 된다.

홀로 사는 여자보다는 더불어 사는 여자가 아름답다고, 더불어 살되 아들딸 가리지 말고 둘만 낳는답시고 소파를 열두번도 넘어 했으되 그래도 아들딸이 서넛은 되는 여자가 훨씬 더 아름답다고, 그보다 더 아름다운 여자는 서방이 수없이 있으면서도 평생에 연애 한번 해보기가 소원인 창녀고, 그 보다 더 아름다운 여자는 도망간 창녀가 죽자사자 연애하던 남자를 따라갔대서 찾지 않기로 마음 먹은 산전수전 다 겪은 늙은 포주라고, 마치 고정관념을 허물어 거꾸로 쌓듯이 그렇게 생각했다.

이것은 출산의 생산성에 대한 예찬이고, 물질주의를 초월한 사랑을 높이 평가하는 새로운 계산법이다. 이런 가치관의 전환은 병속에 든 태아의 채송화씨만한 눈을 통하여 자신의 전 생애를 새롭게 조명할 기회를 가져왔다. 아직 의식화되지 않아서 역설적으로 시계가 무한한 그 눈에 비추어보았을 때, 자기는 남을 구원하는 자가 아니라 가해자에 불과했고, 고문의 쾌감을 즐긴 사디스트였으며, 자신의 "알토란 같은 이익"은 부정한 것이었다. 그녀는 그 불모지를 벗어나고 싶었다. 그 악몽에서 벗어나 풍요한 삶을 누리고 싶었던 것이다. 그것은 새 아기를 받아보고 싶다는 갈망으로 응결된다.

그러다가 의사로서의 마지막 날에 소녀의 미숙아를 받게 되는 것이다. 소녀를 소파수술하여 끄집어낸 미숙아를 그녀는 무의식 중에 완벽한 신생아 대접을 하여 아버지의 신성한 우단 의자에 뉘어 놓는다. 우단 의자의 상징성은 이 장면에서 완성된다. 그것은 고문자의 방에 남아 있던 마지막 성소였기 때문이다. 미숙아의 가냘픈 울음소리를 들으면서 여의사는 비로소 자기가 진정으로 원하던 것이 무엇인지 깨닫는다,

아아, 이제부터 나는 아무것도 숨길 필요가 없겠다. 나는 아이를 갖고

싶었던 것이다. 기르고 사랑할 수 있는 아기를. 마지막으로 한 번 살아 있는 아기를 내 손으로 받아보고 싶다는 소망도 실은 아기에 대한 욕심이 쓰고 있는 가면에 불과했다. 나는 나의 정직한 소망이 모든 억압과 가면을 박차고 생명력처럼 억세게 분출하는 걸 느꼈다.

그녀는 아기를 안고 미친년처럼 거리를 헤매 다니며 인큐베이터가 있는 병원을 찾는다. 그 애를 살리기 위해 온몸을 바치는 것이다. 그런데 겨우 큰 병원에 당도하여 당직의사에게 아이를 내밀었을 때 아이는 이미 죽어 있었다. 그녀의 마지막 소원은 물거품이 되고만 것이다. 하지만 그것은 그녀 안의 모성의 회복을 나타내는 신호탄이었다. 그래서 그녀는 그 일을 성취로 생각한다. "내 소망은 마지막 날에 이루어졌다."는 그녀의 말이 그것을 입증한다. 그 아기는 그녀에게 많은 변화를 가져온다. 그 첫 번째 징후가 눈물이다. 아기는 그녀 안에서 오랫동안 동결되어 있던 통곡의 덩어리를 풀어냈다. 눈물이 끊임없이 흘러내렸고 목이 메었다. 눈물은 불모의 황야에 내리는 단비처럼 그녀의 내면의 황무지를 옥토로 만들 가능성을 시사한다. 그녀는 죽은 아기를 안고 새집이 있는 동네를 향해 가면서 "한 번도 아기를 못 가져본 여자보다는 아기의 무덤이라도 가진 여자가 훨씬 아름다울 것" 같다는 생각을 하게 된다.

두 번째 변화는 종교에 귀의하는 것이다. 언제나 악몽 속에서 강간당하던 밤에 들리던 개구리 울음소리와 혼동하던 신도들의 울음소리를, 구원의 소리로 듣게 만든 것은 아기에 대한 사랑이다. 그 사랑으로 인해 증오의 주술이 풀린 것이다. 아기 죽이기에 평생을 보낸 무서운 어머니 속에 잠재해 있던 훼손되지 않은 모성의 회복은, 증오에서 사랑으로 가는 방향판을 보여주며, 메마른 넋을 흥건히 적셔주는 풍요한 눈물로 나타나고, 현세적 욕망의 세계에서 초월적 세계로 나아가는 길잡이가 된다. 그것은 그녀가 증오와 악몽의 세계에서 벗어나 황영감의 딸이 다다른 사랑의 세계로 이행하는 것을 의미한다. 앞에서도 말한 것처럼 이 소설은 6·25 고착증에서 탈피하는 인물을 그린 최초의 소설이라는 점에 의의가 있다. 그것은 작가 자신이 6·25의 악몽에서 벗어나고 있다는 의미도 된다.

풀 한 포기 자라날 수 없는 불모의 세계에서 모성이 회복되는 것을 그리고 있는 점에서 이 소설은 「울음소리」의 전주곡이 된다. 이 소설에서는 생산성이 고갈된 상태에서의 모성의 회복이고, 죽은 남의 아기를 통한 모성의 회복이지만, 「울음소리」에 가면 거기에 생산성이 첨가된다. 남편과의 화해를 통하여 자기 아이를 잉태하는 일을 계획하는, 보다 풍요롭고 건강한 모성의 회복을 보여주기 때문이다. 여건은 두 작품 다 좋지 않다. 콘크리트 바닥에 채송화 씨를 뿌리려는 여의사처럼 「울음소리」의 주인공도 어쩌면 기형아가 나올지도 모르는 아기를 잉태하려 하고 있기 때문이다. 하지만 모성의 회복은 삶의 근원적 에너지의 회복을 의미한다는 점에서 그 자체가 의미 있는 일이라고 작가는 생각한다. 「울음소리」에 나오는 생명에의 갈구와, 「그 가을의 사흘 동안」에 나오는 여의사의 갈망은 동질성을 지니는 것이다.

「엄마의 말뚝」과 「환각의 나비」에 나오는 모성은 작가의 어머니 세대의 모성이다. 「그 가을의 사흘 동안」이나 「울음소리」에 나오는 모성은 작가의 세대와 그 다음 세대에서 나타나는 모성이라고 할 수 있다. 이 세 세대의 모성의 공통점은 「가장 나종 지니인 것」에 나오는 것과 유사한 피지컬한 생존이 기반이 되는 모성이며, 아이의 울음소리가 들려오는 "그들이 같이 걸어온 아득한 시간의 회랑의 저 *끄트머리*"쯤에 해당되는 원초적 시간대에서 시발된다. 그것은 존재의 원점이라고 할 수 있다. 인간 존재의 마지막 기점인 육체와, 태초의 시간대에서부터 있어온 원형적 모성을 의미하는 것이니까 아이를 가지지 못하는 일은 삶 자체를 무화시키는 일이 되는 것이다.

　비단 이 소설뿐 아니라 다른 소설에서도 박완서의 여인들은 이와 유사한 생명에의 갈구를 가지고 있다. 삶에 대하여 욕지기를 느끼는 70년대의 젊은 여인들도 예외가 아니다. 씨의 여인들의 모성에는 자기가 낳지 않은 아이에게까지 연장된다. 「도시의 흉년」에 나오는 여대생 수연과 「미망」에 나오는 태임 등이 이복동생에게 가지는 사랑과 집착, 「카메라와 워커」에 나오는 조카에 대한 사랑들이 거기에 속한다. 「울음소리」의 여인의 이웃집 아이에 대한 집착은 「그 가을의 사흘 동안」에 가면 생면부지의 여인이 낳은 미숙아에게까지 확산되는 것이다. 이 작가는 모성애의 크기를 극적으로 부각시키기 위하여 「그 가을」의 여인을 지나치게 마녀적인 인간상으로 설정한 감이 있다. 그 무서운 인간 백정 안에 있는 모성의 아름다움을 극적으로 부각시킴으로써 모성의 요지부동함을 극화시키기 위해서일 것이다. 씨에게 있어서 모성은 풍요성의 원천이며, 생산성의 모체이다. 낙원적 영상을 지닌 박적골로 대표되는 모든 긍정적인 이미저리의 원천에 모성이 있다.

　하지만 씨의 모성은 남아 편중 사상과 결부되어 있다. 씨에게 있어 아이는 언제나 최상의 가치를 표상하는 존재지만 그 아이는 언제나 남자아이이다. 수연과 태임이 사랑한 이복동생들도 사내아이였고, 「카메라와 커커」에서 고모가 젖줄이 땅기는 느낌으로 절실하게 사랑하는 조카도 사내아이이고, 「그 가을」의 미숙아까지 고추를 달고 있다. 「엄마의 말뚝」에서 시작하여 「나의 가장 나종 지니인 것」에 나오는 지진아까지 박완서의 소설에 나오는 남자아이가 많다. 건강하고 토실토실한 사내아이에 대한 편애는 박완서 문학의 한 특징을 이룬다. 그 풍성한 모성의 샘이 모두 사내아이 쪽을 향하여서만 열려 있기 때문이다. 그 점에서 씨는 자신의 어머니 세대와 유사성을 지닌다고 할 수 있다.

IV부

박완서

소설의

씨와 날

1. 개성 사람 박완서의 현실감각

박완서는 개풍군 묵송리 박적골에서 태어났다. 개성에서 10킬로 정도 떨어진 시골이다. 그곳은 개성 문화권에 있다. 그래서 이 작가는 「미망」의 서문에서 개성을 고향이라고 말하고 있다. 개성 문화권의 특성은 상업문화에 있다. 수도였던 개성에 살던 고려 사람들은, 나라가 망하자 새 정권에 빌붙는 대신에, 새로운 상업문화를 창출했다. 정치를 포기하고 경제적인 자립을 도모한 것이다. 그것은 양반 되는 것을 포기해도 품위를 지키며 살 수 있는 유일한 방법이었다. 그들은 자기네가 만든 상업문화의 규범을 준수하면서 신용을 지킴으로서 경제적으로 번창해 갔다. 그들은 상업을 천시하던 유교문화 속에서, 상인임을 자랑스럽게 여길 수 있는 상업문화를 형성시켜서 구 왕조의 유민으로서의 긍지를 지킨 것이다.

상업문화는 추상적이거나 개념적인 것을 좋아하지 않는다. 장사는 더하기 빼기의 현실적 계산법을 필요로 하기 때문에 에누리가 없고 정확하다. 외화보다는 실속이 중요한 것이다. 그래서 현실적이며 합리적인 사고가 자라난다. 그것은 근대소설인 노벨의 바탕이 되는 사상이다. 노벨은 바로 그런 리얼리즘을 특성으로 하는 문학이기 때문이다. 개성사람들은 양반 되기를 거부했다는 긍지를 가지고 있어서 열등감이 없었고, 청자를 만들어낸 사람들답게 미의식이 발달해서 그들만의 식문화와 생활문화를 가지고 있었다. 그래서 그들에게는 계급의식이 희박했다. 그런 실속 위주의 상인문화 속에서 인간 평등사상이 자라고 있었던 것이다.

박완서는 양반 출신인 할아버지가 읊조리는 적벽가나 양반타령보다는, 엄마들이 즐기던 패관문학과 현실적인 개성문화를 좋아했다. 상업주의 문화권 안에 살면서 한사코 장사는 하지 않고 허세를 부리는 자기 집 가풍보다는, "실속을 중하게 여기고 외화치레를 가벼이 여기는 개성사람다움"에 이 작가는 훨씬 매력을 느꼈던 것이다. 씨의 개성사람다움은 「미망」이라는 역사소설을 통하여 파노라믹하게 구현된다. 일제시대의 혼란 속에서도 경제적 자치권을 고수해 나간 개성상인의 긍지와 특성을 씨는 이 소설을 통하여 세상에 알리려 한 것이다. 「미망」은 개성상인의 미학을 다룬 소설이다. 그 상인문화의 분위기가 씨의 소설의 모태가 된다.

외딴섬에 표류해서도 자본주의적인 장부적기를 버리지 못한 로빈슨 크루소처럼, 박완서는 오래 서울에서 살면서도 개성의 상인문화의 속성을 버리지 못한다. 그래서 씨는 개성상인들처럼 추상적, 관념적인 것을 싫어한다. 추상적, 관념적인 것에 매력을 느끼지 못하는 습성은 성장 환경에서도 고조되었다고 할 수 있다. 박완서가 결혼할 때까지 한방에서 생활한 그의 어머니는, 바느질을 하여 자녀를 기른 여인이다. 바늘이 움직인 만큼만 일이 진척되는 바느질의 세계에는 관념이나 허황한 꿈이 끼어들 자리가 없다. 규모 있게 살림하며 바느질삯을 모아 집을 장만하고, 집을 사고팔아 조금씩 차익을 얻어 모은 것이 박완서의 어머니의 이재방법이다. 벽돌을 쌓듯이 조금씩 착실하게 돈을 모으는 어머니의 이재방법에 대한 견문은 박완서를 현실적이게 만드는 제2의 요인이 된다.

그래서 박완서는 처녀 시절부터 현실적인 성향을 나타낸다. 대학 신입생으로 전쟁을 만난 그는, 동란 중에 가족들의 양식을 조달하기 위해 서슴지 않고 식량 전선에 뛰어든다. 소녀다운 감상이나 허영심을 훌훌 털어버리고, 자신의 혼수와 상으로 받은 은수저를 양식과 바꾸기도 한다. 나중에는 빈집털이도 서슴지 않는다. 전시에는 살아남는 일이 지상의 과제임을 일찌감치 터득한 것이다. 씨는 대학 신입생의 영어 실력으로 P.X.에서 미군 상대의 장사를 하여 4인 가족을 부양해낸 소녀 가장이다. 그런 경향은 실속을 중시하는 씨의 개성사람다움의 표출이다.

호영진 씨와의 결혼도 씨의 현실적인 면을 입증하는 자료 중의 하나다. 전쟁이 끝나고 식구들의 생계가 해결될 기미가 보이자마자 박완서는 서둘러 결혼을 한다. 전시에 학교에 나간 것이 빌미가 되어 복학이 불가능해지자 씨는 결혼을 선택하여 엄마를 놀라게 한다. 상대는 P.X.에서 만난 호영진 씨다. 그는 중인 출신인데다가 공업학교밖에 못 나왔고, 미남도 아니다. 여러 가지 면에서 이십대의 여대생이 동경할 낭만적인 대상은 아니라고 할 수 있다.

그 대신 그는 어른남자다. 여자에게 확실한 안정과 보호를 줄 수 있는 인물인 것이다. 그는 박완서의 오빠와는 정반대의 타입이라고 할 수 있다. 이데올로기 싸움 같은 허망한 것에 말려들 타입도 아니지만, 설사 말려든다 하더라도 자기가 망가질 타입은 아니다. 그는 유연하고 관대 하면서도 강하고 현실적이다. 가정만 아는 중부지방 남자의 가정적이고 현실적인 면모를 가지고 있는 것이다.

박완서가 엄마의 반대를 무릅쓰고 그와 결혼한 것은 「카메라와 워커」에서 조카에게 공대를 택하게 하는 것과 같은 동기였다고 할 수 있다. 호영진 씨는 박완서가 조카에게 시키고 싶었던 처자만 아는 남자다. 어떤 정치적 상황이 와도 가장 무난한 삶을 살아갈 것 같은 상인이며, 주말이면 가족을 데리고 카메라를 들고 나들이를 할 수 있는 수입이 보장되어 있는, 안정된 어른 남자인 것이다. 박완서는 엄마의 양반 타령 같은 것은 하찮게 생각하는 대신에 "대대로 종로 거리에서 선전纏廛을 하던 중인 집안"이라는 사실을 서슴없이 내세우는 남편의 중인의식을 높이 평가한다. 외화보다는 실속을 중시하는 그의 중인정신을 개성 사람 박완서가 높이 산 것이다.

박완서의 소설 쓰기는 그런 개성 사람다운 현실적인 세계를 기반으로 하고 있다. 그것은 씨의 리얼리스트로서의 바탕이다. 리얼리즘은 합리주의와 실증주의를 기반으로 하는 문학이다. 그래서 그들은 개연성을 중시하는 노벨을 선호한다. 노벨은 현실을 직시하는 증언의 언어를 필요로 한다. 그것은 아름답기보다는 정확해야 하며, 허위를 배제하고 진실을 선택하는 글쓰기를 지향한다. 씨의 문학이 추상적, 관념적인 것을 기피하고, 생활에 즉한 구체적인 현실을 정확하게 표현하는 것을 지향하는 증언의 언어가 되는 것은 그 때문이다. 박완서의 문학은 현실감각을 바탕으로 하고 있다. "실속을 중시하고 외화치레를 가볍게 여기는 개성사람다움"이다. 부르주아의 문학인 노벨은 어느 나라에서나 상업문화를 배경으로 하여 싹이 트고 자란다. 통영과 개성 같은 상업도시에서 한국 근대소설을 대표하는 박경리와 박완서가 나온 것은 우연한 일이 아니라고 생각한다.

2. 인간과 사물의 가면 벗기기

　박완서의 소설 쓰기의 첫 작업은 세상의 외화치레를 걷어내는 일이다. 사물의 모습을 있는 그대로 직시하여, 가능한 한 있는 그대로as it is 재현하려는 것이 이 작가의 목적이다. 덧셈, 뺄셈의 세계처럼 가차 없고 냉정한 계율로, 더하지도 빼지도 않고 사물을 있는 그대로 보기 위해 씨는 외과의처럼 냉철한 자세를 취한다. 물건의 참값을 감정하기 위해 현미경을 들고 대상을 응시하는 보석상처럼, 씨는 대상을 구석구석 살피고, 그 진가를 판정하며, 조그만 흠집도 그냥 넘어가지 않는다. 그 결벽증이 지나쳐서 독자들이 넌더리를 낼 정도로 씨의 진상 파헤치기 작업은 가차 없다. 인물의 내면에 역점이 주어지는 씨의 가면 벗기기는 대상이 자신일 경우에도 에누리가 없다. 위악적이라고 할 정도로 가혹하게 자신과 타인들의 욕망의 실상을 파헤쳐 가고 있는 것이다. 대상을 가리지 않는 가면 벗기기의 가차 없음 때문에 전천후 폭격기라는 말까지 듣게 되지만 그건 씨의 소설가로서의 자산이다.

3. 구체화 경향

　박완서의 본질 찾기 작업은 구체성의 기반 위에 세워져 있다. 자신의 감각으로 만질 수 있고 느낄 수 있는 것만을 씨는 존중한다. 이데올로기라든가 종교, 도덕 같은 것은 씨를 매혹시키지 못한다. 해방 후의 좌우익 싸움의 최전선에 선 세대이면서도 박완서가 그 어느 편에도 적극적으로 가담하지 않은 이유가 거기 있다. 종교에 귀의한 지 오래 되었는데도 영 광신자가 될 기미가 보이지 않는 것도 같은 이치다. 도덕적인 것도 마찬가지이다. 박완서는 삼강오륜의 규범을 예찬하는 일이 거의 없다. 옳고 그름도 역시 감각적으로 감지되는 범위 안에서 자율적으로 판정을 내린다. 그 경우에 기준이 되는 것은 정직성이다. 씨는 자신이 절실하게 느끼는 것들만을 정확하게 작품화하기 때문에 어느 경우에도 외화치레가 없다. 과장하거나 거짓말을 하지 않는 것이다. 씨의 페미니즘이나 참여문학이 양쪽에서 모두 미온적이라는 비난을 받는 이유가 거기에 있다. 씨는 남의 앞에 서서 깃발을 흔드는 기수 같은 것은 될 마음이 없는 작가다.

　추상적인 것에 대한 기피 현상은 비유어 선택에서 단적으로 드러난다. 씨에게 있어서 평화는 "간장 종지"라는 별 볼일 없는 반찬 그릇과 연결되어 감지되거나(「조고만 체험기」), 임신한 아내가 수돗가에서 푸성귀를 씻는 모습, 빨래에 물을 뿜는 어머니가 있는 구도 등으로 감각화(「목마른 계절」)되며, 남파된 간첩의 가족이 겪는 정신적 고통은 틀니의 무거움으로 구체화된다. 다른 것도 마찬가지이다. 히포크라테스 선서에 나타난 인술로서의 의술은 우단 의자로서 가시화되고(「그 가을의 사흘 동안」), 요절한 젊은 아들의 왕성했던 생명력은 변기 구멍이 막힐 정도로 굵직한 대변 줄기를 통해서 표상화되며(「나의 가장 나종 지니인 것」), 오빠로 인해 유발되는 고통은 체증처럼 명치 끝에서 감각적으로 의식되고(「세상에서 제일 무거운 틀니」), 「지렁이 울음소리」에 나오는 남편은 연속극의 재미를 구리만주 맛, 찹쌀떡 맛, 조청 맛 하는 식으로 미각화해 버린다. 관념이나 추상성이 발을 들이밀 여지가 없다. 추상적, 형이상학적인 것을 박완서는 항상 물질적, 감각적인 것으로 가시화시키고 있다. 세상의 조리 없고 무질서함에서 오는 정신적 고통도 씨는 '토악질', '어지럼증', '이물감' 등의 생리적 현상으로 부각시킨다. 심지어 자신의 글 쓰는 행위까지를 '토악질'이라는 토속적 생리어로 구체화시킴으로써, 거기 끼어들 관념의 찌꺼기들을 몰아내는 것이 이 작가의 장기이다. 씨의 비유법의 특징은 모든 것을 계량이 가능한 것으로 구체화시키는 데 있다. 비유어의 직접성과 적절함이 독자를 흡인하는 힘을 발휘하는 것이다.

이 작가는 바라는 것이 크지 않다. 언제나 사소한 것, 지근한 것을 사랑하기 때문에 씨가 동경하는 이상적인 사회는 흰비듬꽃이 피어 있고(「꽃을 찾아서」), 건강한 아기의 울음소리가 울려 퍼지며(「울음소리」), 따뜻한 마음을 가진 남자가 있고(「닮은 방들」), 인간이 서로를 사람 대접을 해주는 ─박적골 같은 소박한 곳이다. 거창한 구호나 난해한 용어 같은 것은 씨의 소설과는 거리가 멀다.

4. '지금, 여기'의 크로노토포스chronotopos

　　박완서의 문학의 현실성을 가늠하는 제삼의 척도는 작품의 배경이다. 씨는 자신이 모르는 이야기는 작품화하지 않는 타입이다. 하지 않는다기보다는 하지 못한다고 하는 편이 타당할 것이다. 씨는 융통성이 없는 작가다. 잘 모르는 이야기를 적당히 얼버무리거나, 애매한 채로 내놓는 일을 하지 못한다. 양심이 허락하지 않기 때문이다. 이 사실은 씨의 문학이 D. 그란트가 양심의 리얼리즘이라 명명한 19세기 리얼리즘의 계보에 소속됨을 재확인시켜 준다.

　　박완서에게 있어서 글쓰기는 자신의 내면에 고인 것을 토해내는 토악질이거나, 직접 목격한 것을 증언하는 증언의 의미를 지니는 것이기 때문에 그의 소설이 시·공간은 19세기 리얼리즘의 정석대로, '지금, 여기'의 유형이 된다. 씨는 철저하게 이 유형을 지켜왔다. 1970년대에는 70년대 이야기를, 1980년대에는 80년대 이야기를 쓰는 식이어서, 염상섭처럼 작가의 체험된 시간과 소설 속의 시간이 발이 착착 들어맞는다. 등단이 늦었기 때문에 그 이전의 것들이 70년대나 80년대에 집필되고 있지만,

그녀 자신의 체험적 시간과 공간을 다룬다는 점에서 '지금, 여기'의 율법에서 이탈하는 것은 아니다. 확실히 아는 것만 쓰고 싶어 하는 작가의 성실성이 작품 속의 시·공간의 선택에서도 드러나는 것이다.

단 하나의 예외가 있다면 그것은 「미망未忘」이다. 씨의 소설 중에서 부피가 큰 편에 속하는 이 소설은 시간적 배경도 예외적이다. 19세기 말부터 시작되고 있기 때문이다. 불과 일세기밖에 차이가 나지 않는다 하더라도 일단 리얼리즘의 당대성의 원리에는 저촉되는 사항이다. 하지만 같은 과거라 하더라도 이 소설은 신라 시대를 배경으로 한 춘원의 「원효대사」 같은 역사소설과는 차원이 다르다. 그 경우 작가는 인물이 생활환경과 삶의 디테일, 풍속성, 언어 등을 모두 창조해 내야 한다. 모사模寫할 대상이 없기 때문이다. 하지만 「갑오농민전쟁」이나 「임꺽정」처럼 현대의 전사前史로서의 가까운 과거는 시간적 거리가 근접성을 나타내는 만큼 현실 재현의 가능성이 많아져서 리얼리즘과의 거리가 좁혀진다. 「미망」은 이 부류에 속한다. 그것은 산 증인들에게서 직접 자료를 받을 수 있는 가까운 과거의 이야기이기 때문이다. 그런데도 씨는 고증을 철저히 했다. 묵은 「송도일보」까지 뒤지고 다닌 것을 알고 있다. 「살람보」를 쓴 플로베르처럼 고증을 철저히 하여 시간적 거리를 보완한 것이다.

공간적 배경도 마찬가지이다. 개성은 박완서의 서울 일변도의 공간 배경에서 이탈하는 것은 사실이지만, 작가의 고향과 인접한 곳이고, 작가가 직접 생활해본 고장이다. 거기에 소재 제공자로서의 어머니와 숙모들의 조력이 가세한다. 그 시대에 그 고장을 직접 체험한 생활인들의 증언이 첨가되는 것이다. 박완서는 그것으로 만족하지 않고 다른 이들의 증언과 자료도 수집한다. 박성규 옹의 증언과 풍부한 자료를 활용한 사실을 작가가 서문에서 밝히고 있다.

그런데도 불구하고 박완서는 이 소설을 쓰는 데 힘이 들었다는 말을 하고 있으며, 소설 속의 시간이 자신의 당대에 가까워 올수록 그 어려움이 감소되었다고 적고 있다. 그것은 모사의 불가능성에서 오는 어려움 때문이다. 이 사실은 박완서가 '지금, 여기'의 배경만을 택하여 현실을 모사하는 전형적 리얼리스트임을 명시한다. 그것은 씨가 전형적 노벨리스트라는 말도 된다. 이 작가는 자신이 잘 알지 못하는 세계는 작품화하지 않는 소설가여서 아마 다시는 이런 유형의 소설에 손을 대지 않을지도 모른다.

박완서가 자신의 직접 경험과 간접 경험의 범위 내에서만 글을 쓰는 작가라는 사실은 씨의 문학이 왜 6·25 체험을 축으로 하여 전개되는가 하는 물음에 대한 해답이 된다. 6·25 동란은 박완서의 생애를 관통하는 가장 절실한 체험이었기 때문이다. 그것은 분단된 현실 속에서 지속적으로 씨의 삶을 훼방하는 비극이었던 것이다. 6·25의 상처에서 30년이 지나도 여전히 피가 흐르고 있다면, 씨가 그 이야기를 되풀이하여 쓰는 것은 당연한 일이다. 그것은 씨의 현실이기 때문이다.

박완서의 현실은 여자의 현실이며 어머니의 현실이다. 씨의 소설의 세로 축이 페미니즘까지 내포한 모계 문학이 되는 이유가 거기에 있다. 씨의 대부분의 소설은 주동 인물이 여자이다. 기혼녀가 1인칭 화자로 등장하는 것이 씨의 전형적 작품형이다. 남자와 여자가 있는 구도 안에서 피해자로서의 여성을 부각시킨 소설들이 씨를 페미니즘의 기수로 간주하게 만들고 있다. 페미니즘계 소설들이 양성의 갈등에 초점이 맞추어져 있는 반면에 모자 관계는 갈등보다는 화합의 측면이 두드러진다. 화합은 사랑을 기반으로 하고 있다. 박완서는 어떤 사이이든 두 인간이 서로 사랑하는 관계를 선호한다. 그런데 화합에 이르는 관계는 양성 간에서보다는 모자간에서 압도적으로 우세하게 나타난다. 그래서 모성은 씨의 문학의 한 축을 이루는 것이다.

모성 문제가 씨의 문학의 세로 축이라면 도시 문제는 그 가로 축이다. 박완서는 취학 이전부터 오늘날까지 서울에서 살아왔다. 그가 서울의 도시로서의 변모 과정과 그 특성에 관심을 가지는 것은 당연하다. 그 도시는 평생토록 씨의 삶이 영위된 터전이기 때문이다. 그의 문학에서 도시가 큰 비중을 차지하는 이유가 거기에 있다. 모성과 도시는 박완서 문학의 씨와 날이다.

박완서―편지

강 선생님께

개관하는 날 겹치는 일이 있어서 못 와 뵈었습니다. 성황이었다는 소식 전해 듣고 기뻤고, 참석 못한 게 약 오르고 섭섭했습니다. 오늘 벼르고 별러 딸한테 졸라 차를 얻어 타고 찾아왔습니다.

안 계시려니 하면서도 행여 이야기 나눌 기회가 있을지도 모른다고 생각되어, 선생님 평론집 중 읽을 때 인상 깊었던 구절을 아침에 다시 한 번 읽고 왔는데 역시 안 계시군요. 섭섭하지만 초상화전 보고 옥상의 정원까지 천천히 감상할 수 있어서 늦게 오길 잘했단 생각도 듭니다. 표지로 이미 본건데도 원화로 보는 느낌이 각별했습니다. 훔쳐가지고 싶은 그림들도 있어 선생님이 이 세상에서 제일 부자다 싶습니다. 부럽습니다. 다음 전시회를 기대하며 이만 갑니다.

2001년 5월 8일 박완서

*처음 개관하던 때의 이야기다. 그때 문학관은 무애사 앞 높은 곳에 있어서 찾기가 어려웠고, 오기도 힘들었다. 그 대신 정원이 넓어서 누가 오시면 넉넉한 자연 속에서 담소를 즐길 수 있었다. 20년 전이라니 참 아득하다. 그때 나는 암환자였는데, 살아나 20년이나 문학관 자료를 정리할 수 있었으니 하루하루가 감사하다.

박완서―나의 존경하는 동시대인

노바스크

언젠가 아침나절에 완서 선생의 아치울집에 간 일이 있다. 수지에 친척의 집들이 모임이 있어서 가는 길에, 빌려왔던 자료를 돌려드리려 들른 것이다. 그런데 선생님 댁에 닿자마자 "노바스크 한 알 주세요."하는 염치없는 부탁을 하게 되었다. 내친 김에 파스도 부탁드렸다. 허리가 많이 아프고, 혈압도 좋지 않은 때여서, 약을 먹고 바르는 절차가 꼭 필요했는데, 같이 가는 조카가 너무 일찍 오는 바람에 얼이 빠져서 그 중요한 일을 잊고 나온 것이다.

선생님 댁을 나와 수지 쪽으로 차가 접어들고 있는데, 동행하던 조카가 신기한 듯이 내게 물었다.

"그런데 작은 엄마…… 선생님 댁에 그런 약이 있는 걸 어떻게 아셨어요? 물어보지도 않고 대뜸 약을 두 가지나 달라고 하셨잖아요?"

"같은 연배잖니? 나이가 비슷하면 아픈 데도 비슷하단다."

그 말을 하고 생각해보니, 선생님과 나는 비슷한 일을 참 많이 겪으며 컸다. 가정적인 면에서 공통되는 점이 많았기 때문이다. 완서 선생의 소설에는 아버지가 안 계시는 경우가 많다. 자전적 소설은 더 말할 필요가 없다. 그 대신 오빠의 비중이 높다. 아버지를 대신하는, 나이 차이가 많이 나는, 우상 같은 오빠가 있는 것이다. 우리집에도 아버지 자리가 늘 비어 있었다. 그리고 나에게도 완서 선생 같이 나이 차가 많은, 우상 같은 오빠가 있었다. 아버지가 안 계시는 집을 받치고 서 있는 기둥 같은 오빠, 아버지보다 젊고, 아버지보다 더 멋있고, 아버지보다 더 친근하던, 키가 큰 오빠가.

선생님의 소설을 통해서 나는 한국 가정의 부성부재 현상이 어느 정도는 보편성을 띠고 있다는 사실을 발견했다. 혹은 신여성과의 사랑 때문에, 혹은 독립운동 때문에, 혹은 질병으로 인한 이른 죽음 때문에, 그 무렵의 한국의 안방에는 아버지들이 없는 일이 많았다. 『삼대』(염상섭)에 나오는 덕기네 집처럼, 아버지가 있을 편한 자리가 집안에 없는 경우도 많았다. 사랑방을 할아버지가 너무 오래 점령하는 경우다. 할아버지가 오래 사시면, 장유유서의 질서 때문에 아들이 제 구실을 할 수 없어진다. 그래서 밖에서 겉돌게 되는 것이다. 그러다가 더러는 집안에서 설 자리를 영영 상실하고, 덕기네처럼 열쇠꾸러미가 손자에게로 건너뛰게 되는 일이 생긴다. 정통론과 연장자 존중의 법도가 지배하던 가부장적인 사회의 이지러진 풍속도다.

그래서 집에서의 오빠의 존재가 중요해진다. 우리 세대의 여자 아이에게는, 나이 차이가 많이 나는 오빠가 의미하는 이미지와 역할이 요즘과는 다르다. 우리의 오빠들은 집안의 대들보였고, 어머니에게는 남편 같이 어려운 존재였으며, 어린 동생들에게는 우상 같은 존재였던 것이다. 박 선생의 6·25를 다룬 소설들은 모두 오빠와 얽힌 이야기들이니까 선생의 자전적 문학은 오빠가 주축이 되는 문학이라 할 수 있다. 그 사랑이 대물림되어 오빠의 소생인 조카들에 대한 사랑의 농도도 짙어진다. 「나목」의 주인공은 아직 학생인데도, 먹거리가 귀하던 전시에 올캐가 산후에 먹을 미역을 직접 마련하면서 조카를 맞이한다. 태어난 후에도 아이가 배고파 하면, 처녀인 자신의 "젖줄이 찌릿찌릿하게 당기는 것"을 느낄 정도로 절실한 모성이 발동하는 고모가 되는 것이다.

나도 그런 고모 중의 하나였다. 심장판막증을 앓던 새언니가 결혼한 지 4년 만에 겨우 낳은 아이에게 젖을 먹여야 되는데, 언니는 죽인대도 미역국을 못 삼키는 이상한 생리를 지니고 있어 젖이 나오지 않았다. 배고파서 아이가 보채기 시작하면 할머니들이 아우성을 치며 언니를 못살게 굴었다. 미역국 때문이라고 생각하는 것이다. 보다 못해서 내가 산모의 미역국을 몰래 먹어 주기로 했다. 언니의 곤경을 구해 드리기 위해서다. 결국 아이는 모라나가 우유를 서울에서 붙여다 먹으며 컸지만, 대신 먹은 그 미역국 값을 나는 평생 치렀다. 열 살에 어미를 잃은 그 아이를 지키기 위해, 나는 10년간 새로 들어온 언니를 감시하느라고 고달팠고, 아이가 우리집에 와서 공부를 할 때부터는 학부형 역할도 했다. 그렇게 키운 조카가 1974년에 미국에서 강도를 만나 죽임을 당했을 때의 충격을 나는 아직도 잊을 수 없다.

완서 선생과 나는 어머니들도 비슷하다. 완서 선생 집에는 앞날을 내다보며, 과감하게 결단을 내리는 명민한 어머니가 계셨다. 단성생식을 한 대지의 여신처럼 혼자 부모 노릇을 거뜬히 해내는 든든한 어머니가 있었던 것이다. 그분은 가장 역할만 잘한 것이 아니라, 자녀들의 지적 성장까지 완벽하게 관장하셨다. 의지력이 강하고, 지적이고, 투철한 생활철학을 가진 완서 선생 어머니는, 우리 어머니처럼 흔들림이 없는 거모巨母였다.

그 어머니들은 남아선호사상도 비슷했다. 완서 선생 어머니는 오빠가 요절하자 "쓸 것은 가고 쓸모없는 것만 남았다."는, 실례가 되는 말을 딸 앞에서 하실 정도로 남아선호사상이 투철했다. 그러면서 '쓸모없는' 여식에게도 공부는 제대로 시키는 페미니스트적인 면도 가지고 있었다. 그분은 따님이 힘들게 들어간 서울대를 졸업하기를 원해서, 중도에 결혼을 한다고 하니 펄펄 뛰셨다. 그 어머니는 딸을 자유로운 신여성으로 만들고 싶었던 것이다.

남아선호사상과 신여성숭배사상이 범벅이 되어 있는 것은 우리 어머니도 마찬가지였다. 우리 어머니도 작은아들이 죽었을 때, 완서 선생 어머니와 똑같은 대사를 외우셨다. 그리고 마치 모든 자식이 한꺼번에 다 죽어 없어진 것처럼 식음을 전폐하고 일어나지 못하셔서, 나는 중학교 입학원서를 언니와 사러 갔다. 하지만 우리 어머니도 교육에서는 남녀차별을 하지 않았다. 5년 동안에 두 번이나 피난을 간 곤궁한 처지였는데도, 나는 제 시기에 고등학교와 대학을 졸업했다. 아버지가 생존해 계셨지만, 독립운동에 가담한 죄로 고향에 오는 것이 금지되어 있어서, 우리집에서도 어머니의 역할은 선생님 댁과 비슷했다. 부양가족이 많으니 우리 어머니가 더 힘드셨을 뿐이다. 하지만 여러 명의 자녀를 혼자서도 넉근하게 키울 의지력과 능력을 가진 놀라운 어머니를 우리는 가지고 있었던 것이다.

식민지의 아이들

하지만 동시대인으로서 선생과 공유했던 것은 그런 가정적 측면만이 아니었다. 우리는 모두 "황국신민皇國臣民의 서사誓詞"를 외우면서 심상소학교尋常小學校에 다니기 시작했고, 근로동원으로 학업을 대신하며 일제 말기의 시기를 허기지게 보낸 식민지의 아이들이었다. 활자문화에 굶주리며 자라서, 책만 보면 아무거나 막 읽는 활자 중독증에 걸려 있던 점도 비슷하고, 오빠의 서가를 뒤져서 일찍부터 소설을 읽은 것, 해방이 된 후에도 세계문학전집을 일본판으로 읽을 수밖에 없었던 여건도 비슷하다.

시골에서 상경한 아이라는 점에서도 우리는 동질성을 가지고 있다. 판이 꽉 짜여 있는 서울 문화 앞에서 우리는 본토박이들에게 주눅이 들어 있던 시골에서 온 아이, 늘 소외되고 외톨이인 외로운 아이였던 것이다. 해방 후에는 서울의 교통사정이 엉망이었다. 북한에서 갑자기 전기를 끊어버려서 전차가 제대로 운행하지 못했기 때문이다. 그 무렵에 우리는 도심에 있는 명문교를 다니는 변두리의 주민이기도 했다. 그건 치명적인 조건이었다. 전차가 아무데서나 서면 그때부터 걸어서 학교에 가야 하는데, 학교는 너무 먼 데 있었던 것이다.

명문이었던 경기여고나 숙명여고에 다니는 대부분의 아이들은, 4대문 안에 살고 있는 서울 토박이들이어서, 아무데서나 전차가 서도 별로 타격을 받지 않았다. 걸어 갈 수 있는 거리이기 때문이다. 하지만 문밖에 사는 변두리 주민은 사정이 다르다. 먼 거리를 걸어서 가면 지각을 해서 야단을 맞고, 이미 너무 지쳐서 공부를 할 기운이 없어지는 것이다. 언젠가 여류문인들이 모인 데서 그 시절에 관한 이야기가 나왔다. 다른 세대의 문인들은 전력이 모자라서 전차가 선다는 것을 상상하기 어려워서 고개를 갸웃거리고 있는데, 완서 선생이 "그래서 나는 아예 돈암동에서 수송동까지 걸어 다니기로 작정을 해버렸다."고 호응해 주셨다. 그때 승합마차 같은 것까지 한동안 나다녔다는 사실을 일깨워 준 것도 완서 선생이다. 돈암동에서 수송동까지 걸어 다니는 것도 쉬운 일은 아니지만, 삼각지에서 정동까지는 걸어가는 것은 더 말할 필요가 없다. 그러니 우리는 아침 시간이 많이 고달픈 중학생이었다는 점에서도 공통성을 가졌다.

선생은 나와 전공도 같다. 서울대 국문과의 2년 선배이기 때문이다. 당신은 얼마 다니지 못하고 그만두었다고 서울대 학벌은 입에도 올리지 않는 결벽증을 보이셨지만, 나중에 어떤 선배에게서 완서 선생이 그해의 국문과 톱으로 입학한 학생이었다는 말을 들었을 때, 나는 가슴이 많이 아팠다. 어디에선가 "동숭동의 문리대 앞을 지날 때, 한번도 무심했던 적이 없었다."는 선생의 고백을 읽은 일이 있기 때문이다. 전쟁이 없었더라면 자신은 아마 대학에 남아 연구를 계속했을 것 같다는 말씀도 하신 일이 있다.

완서 선생은 서울대 국문과에 수석으로 들어갈 만큼 두뇌가 명석한 작가다. 아무리 긴 소설을 써도 인물이나 플롯이 아귀가 안 맞는 부분이 있어 본 적이 없다. 개연성에 대한 배려가 얼마나 철저한지, 어떤 때는 모든 것이 너무 딱 들어맞아서 쓸쓸해질 정도다. 어쩌면 평론가나 대학교수가 더 적성이 맞았을지도 모를 일이다. 그렇게 지적이면서 감수성까지 넘쳐나니 부럽다. 아물아물 하면서 정체가 잡혀지지 않는 감정의 미묘한 흔들림에 대하여, 완서 선생이 딱 맞는 이름을 붙여줄 때에 느끼는 통쾌함은, 선생의 소설을 읽는 독자들의 축복이라 할 수 있다.

나는 여자를 바느질형과 요리형으로 분류하는 버릇이 있는데, 선생은 그 양쪽을 모두 갖춘 분이다. 전쟁이 나자 스무 살의 나이로 소녀 가장역을 거뜬히 감당한 선생은, 요리에도 천부의 소질이 있으셨다. 부군이 돌아가셨을 때, 방이동 아파트에 문상을 갔더니, 그 경황에도 밥상이 얼마나 깔끔하게 나오는지 경탄을 금할 수 없었다. 개성분다운 살림법이었다. 그러면서 선생은 바느질의 명수이기도 하다.

양면성을 고루 갖춘 완서 선생은 가정주부와 작가 생활을 거의 완벽하게 병행하셨다. 베스트셀러 작가가 된 후에도 작가 티를 내지 않고 주부업을 철저히 완수하신 것이다. 남편이 모자를 못 쓰고 다니게 한다고 이혼을 생각하는 여류작가를 본 일이 있는데, 선생은 모자 같은 건 쓰려고도 아니 하며, 당선 소식을 전하러 온 기자가 부엌 아줌마로 혼동할 것 같은 차림새로 주부업에 정진하셨다. 부엌에서도 서재에서도 자기 몫을 완수하는 경이로운 역량을 보여준 것이다. 아파트로 이사한 1980년대 초까지 당신 서재를 가진 일이 없는데도 계속 베스트셀러 작가였으니 놀랍다. 나는 바느질형이지 요리형은 아니어서 그 점에서는 선생님과 동류가 될 수 없다. 내가 소설을 쓰지 못하는 것은 어쩌면 요리형의 측면이 부족한 탓인지도 모른다.

선생과 나는 나이가 비슷하다. 완서 선생이 2년 선배일 뿐이다. 나이가 비슷하면 아픈 곳도 비슷할 수밖에 없다. 노바스크와 파스 외에도 비슷한 약을 많이 같이 먹고 있을 것이다. 재작년 1월에 나는 손목이 부러졌고, 선생은 9월에 다리를 다치셨다. 손목이 부러지자 나는 전에 완서 선생이 손목을 다쳤을 때 쓴 글을 떠올렸다. 왼쪽이나 오른쪽이나 기능이 비슷할 것 같은데, 왜 오른손이 부러지니 이렇게 불편하고 주눅이 드는지 모르겠다고 하신 대목이 생각났다. 오른팔에 깁스를 하고 계실 때, 엉뚱하게도 선생은, 자기가 없어지면 "누가 나만큼 알뜰하게 쓰레기를 분리수거 하겠나?" 싶어 걱정을 한 일이 있다고 한다. 나도 비슷한 것을 느끼면서 살아서 고소를 금치 못했다.

하지만 아픈 곳이 어찌 몸뿐이겠는가. 완서 선생과 나는 1년 반 동안에 애국가가 네 번이나 바뀌는 동족상잔의 불구덩이 속을 사춘기 소녀의 몸으로 헤쳐나온 세대다. 4·19와 5·16이 1년 사이를 두고 연거푸 일어나던 시기에는 갓난아기를 안은 젊은 엄마들이었고, 1970, 80년대에는 페퍼포그 속에서 학창생활을 하는 대학생들의 어머니였기도 하다. 그러다가 선생은 하나뿐인 아드님을 잃었고, 나는 다 길러 놓은 손자를 잃고, 딸도 잃었다.

거기에 또 하나의 공감대가 덧붙여져 있다. 시골에서 자란 유년기의 기억이다. 선생에게 대가족 속에서 사랑을 흠씬 받으며 살던 박적골이 천국이었듯이, 나에게도 할머니와 하고 싶은 일만 하며 자유롭게 산 일이 있는 찰방터에 있던 외딴집은 낙원이었다. 그 시절의 흙냄새를 잊지 못해서 노상 잔디밭에 앉아 있어, 손톱 밑에 흙을 묻히고 사는 농경민 스러움도 우리는 닮았다.

그렇게 넓은 공감대를 가진 동시대인이 유명한 작가라는 것은 너무나 큰 행운이다. 그 예술의 구석구석을 고루 이해할 수 있기 때문이다. 그래서 완서 선생이 새 작품을 발표하면, 나는 밤을 새우며 탐독한다. 선생은 내가 거의 빼 놓지 않고 작품을 읽은 작가 중의 한 분이다. 그러다가 나중에는 『박완서 소설에 나타난 도시와 모성』이라는 책까지 내게 되었다.

탁월한 동시대인 작가를 가지는 즐거움

완서 선생의 세계를 신선하게 채색하는 요소들은 수도 없이 많지만, 내게 가장 큰 감명을 주는 부분은 철두철미한 정직성이라 할 수 있다. 완서 선생은 인간분석의 메스를 우선 자기에게 겨눈다. 자신의 어떤 치부라도 과감하게 내보이는 담대함을 가지고 있는 희귀한 작가인 것이다. 선생은 인간을 상황에 따라 착해도 지고 악해도 지는 가변적이고 복합적인 피조물로 보고 있으며, 환경의 결정권에 상당한 경의를 표하는 진짜 리얼리스트이다. 선생은 인간의 결함까지 인간의 속성으로 보는 넓은 안목을 가지고 있는 작가다. 그래서 선생에게는 위선이 없다. 완서 선생은 자신의 내면 저 밑바닥에 숨어 있는 작은 위선도 눈감아 주는 법이 없다. 어머니 돈을 훔쳐서 눈깔사탕을 사먹고, 땜쟁이딸과 성기 그리기 놀이를 하던 무렵의 자신을, 선생은 "새앙쥐처럼 교활해진다."는 말로 단정하셨다. 그러면서 부끄러워하지 않았다. 야생마처럼 자유롭게 살던 아이를 '한데 뒷간' 같은 셋방에 가두어놓으면, 생쥐처럼 교활해지는 것은 당연한 일이라고 생각하기 때문이다.

그래서 완서 선생의 자전적 소설의 헤로인들은 자신이 저지른 나쁜 짓을 숨기려 하지 않는다. 수학여행을 간 곳에 초라한 할머니가 나타나자 숨어버리는 손녀, 당장 아내가 해산하게 생겼는데 미역을 못 구해 발을 동동 구르는 학교 친구에게, 자기가 넉넉하게 마련해 놓은 미역을 한 가닥도 나누어주지 않으면서 가책 같은 것도 받지 않는 여자 대학생, 휴전이 된다는 말을 듣자 "왜 우리만 희생되느냐? 전쟁이 더 길어져서 남들도 다 이런 고통을 맛보아야 옳다."고 방방 뛰는 소녀, 먹을 것이 없는 전쟁통에 먹을 것을 탐내는 동생의 손을 슬그머니 놓아버려 그 애를 고아로 만드는 언니, 망령난 시어머니가 목욕할 때 옷 안 벗겠다고 애먹이면 이따금 볼기짝을 때렸다는 사실도 숨기지 않는 며느리들이 선생의 여인들이다. 그 중에서도 가장 감명 깊은 것은, 우상 같던 오빠가 망가져 가는 모습을 있는 그대로 객관화한 용기다.

그런 철저한 가면 벗기기는 타인의 이야기를 그릴 때에는 더 열도를 더해간다. 부르주아의 가면 벗기기나 페미니즘 계열의, 규탄적 성격을 지니는 소설 중에는, 너무 야박스럽게 벗겨내서 섬짓한 느낌이 드는 대목이 많다. 대상이 누구이건 서슴없이 파헤치는 선생의 가면 벗기기식 글쓰기는 '전천후 폭격기'라는 말을 들을 정도로 철두철미하기 때문이다. 하지만 그 폭격기는 오폭률이 아주 낮다. 그 방면에 천부적 자질을 가진 작가이기 때문이다.

하지만 나는 그런 소설들보다는 자전적 소설 쪽을 더 좋아한다. 똑같이 가혹한 가면 벗기기를 하는데도 대상에 대한 애정이 바닥에 깔려있기 때문이다. 나는 완서 선생의 1980년대의 작품들도 좋다. 「그 가을의 사흘 동안」, 「울음소리」, 「꽃을 찾아서」, 「유실」 같은 일련의 소설을 읽고 있으면, 드디어 완서 선생이 6·25의 그 끔찍한 트라우마에서 헤어나신 것이 실감되어 마음이 놓인다. 그 황량하던 정신 풍토에서 생명에 대한 경외감이 서서히 자리잡아 가는 과정이 감동스럽다.

그 시기에 오면 이 작가는 재난을 받아들이는 자세도 변한다. 그렇게 사랑하던 아들을 잃었는데 완서 선생이 다다른 경지는 "세상에 자식을 잃은 사람이 어찌 나 뿐이겠는가?"라는 도통한 곳이다. 재난 앞에서 몸부림치면서 남들도 같은 걸 겪기를 바라던 경아가 노숙하여 그런 도통한 경지에 다다른 것이다. 그런 완서 선생을 보고 있으면, 멀리 밀려나갔던 조수가 밀물이 되어 살랑거리며 조용히 차 올라와서 해변의 빈 곳을 채우는 것을 보는 것 같은 감동과 충만감을 느끼게 된다.

다음에 부러운 것은 언어 감각의 첨예함이다. 중부지방에서 나고 자란 선생은 전통적인 한국말을 본격적으로 터득하고 있는 보기 드문 작가 중의 하나다. 선생은 어휘량이 풍부한데다가 언어 감각이 섬세해서, 딱 맞은 곳에 적절한 낱말을 배치하는 신기를 가지고 있다. 그 중에서도 특출한 것은 사라져 가는 토착어들에 혼을 불어넣는 기술이다. 완서 선생은 토착어를 적절하고도 기분좋게 활용하는 작가다. 보편성이 적은 토착어를 과용하면 중압감 같은 것이 느껴지는데, 선생의 토착어는 인간의 마음의 오지에 도사리고 있는 원초적 감정에 딱 맞는 이름을 가지고 있어서 새롭다.

6·25에 얽힌 자전적 체험을 반복적으로 작품화하는 자신의 문자행위를 완서 선생이 '토악질'이라고 명명했을 때의 그 신선감을 잊을 수가 없다. 그건 '구토嘔吐'나 '구역질'이 아니라 묵은 토사물들이 꾸역꾸역 쏟아져 나오는 것 같은 '토악질'이라는 말이기 때문이다. 아이들이 나쁜 장난을 꾸미면서 느끼는 은밀한 재미를 '옥시글옥시글'하다고 표현한 것

을 보고 웃은 일도 있다. 비탈 위에 세워진 엄마의 첫 셋집을 완서 선생은 '한데 뒷간' 같다고 표현했다. '한데 뒷간'은 초라한 주거를 일컫는 선생의 상투어다. 집 밖에 따로 세워져 있던 한데 뒷간을 본 일이 있는 사람은 그 분위기를 알 것이다. 하지만 1980년대의 아파트군을 처음 본 어떤 할머니가 '줄행랑 같다'고 표현한 것에 비하면 그건 약과다. 아파트에 이사 가려고 모시고 갔더니 시어머니가 일언지하에 '줄행랑' 같다고 단정하는 것이다. 「조그만 체험기」(1976)에서 인간에게 필요한 기본적 자유의 크기를 '간장종지'에 비유해서 놀라게 한 일도 잊을 수 없다. 「그 산이 정말 거기 있었을까」에서, 사람들이 파리 목숨처럼 죽어가는 한편에 목련이 터질 듯이 망울져 있는 것을 보고 "애가 미쳤나봐!"라고 절규하는 장면도 명품이다. 1·4 후퇴 후 북으로 끌려가던 주인공이 겨우 도망을 쳐서 어느 골목을 돌아 나오니 목련이 정신없이 망울져 있었던 것이다. 두보의 "국파산하재國破山河在"와 유사한 경지인데, 거기 이어지는 대사로는 "애가 미쳤나봐!"라는 쪽이 훨씬 신선하고 감각적이다. 완서 선생의 자전적 소설을 읽고 있으면, 나는 언제나 감동과 카타르시스를 함께 경험한다. 나도 잘 알고 있는 시대의 구석구석을 뒤져서, 때마다 새로운 화두를 찾아내는 선생을 통하여, 내가 살아온 시대의 모습들이 놀라운 선명도를 지니며 환생하는 것을 보는 것은 황홀한 독서체험이다.

완서 선생과의 만남

문단나들이를 할 시간이 없이 살던 내가 완서 선생과 처음 만난 것은 1970년대 후반이었던 것 같다. 남산에 있는 힐튼 호텔에서 한말숙 선배가 절친인 완서 선생을 위로하려고 근사한 점심을 사는 자리에 나도 합석시킨 것이다. 그날 완서 선생은 한복을 입고 오셨는데, 전천후 폭격기답지 않게 지치고 피곤해보였다. 선생 댁 사정을 잘 아는 말숙 선배가 앉자마자 시어머니 근황을 물어서 나는 비로소 선생이 망령난 시어머니의 간병을 하는 며느리라는 것을 알게 되었다. 아이로 되돌아간 시어머니가, 목욕을 시키려면 옷을 안 벗겠다고 소란을 피워서 힘이 많이 든다고 선생이 말했다. 하지만 더 충격적인 말도 들었다. 떼쓰는 어른을 달래서 겨우 옷을 벗기면 옷달피에서 살비듬이 우수수 떨어지는데, 그것을 볼 때에 느끼는 삶에 대한 환멸과 혐오감이, 목욕시키기보다 더 견디기 어렵다는 것이다.

그건 내가 모르는 고생이다. 남편이 열두 살에 어머니를 여의어서 내게는 애초부터 시어머니가 안 계셨다. 직장에 다니며 혼자 아이들을 기르느라고 엄청나게 고생을 하는데, 완서 선생 댁처럼 도움을 주시는 시어머니가 안 계셔서 나는 아주 많이 힘이 들었다. 시어머니가 안 계시다고 시댁 시중이 주는 것은 아니다. 나는 다섯 며느리 중의 막내인데, 오지랖이 넓은 편이어서 노인들 치다꺼리를 자진해서 많이 했다. 하지만 그건 주말에만 방문하는 방문봉사이거나, 병원에 모시고 가는 일, 옷이나 필수품을 사드리는 일, 생활비를 부담하는 것 같은 종류의 것이어서, 노인을 직접 목욕시키는 육체노동은 해본 일이 없다. 우리 아버님은 스무 살 연하의 재취부인과 살고 계셨기 때문이다. 몸이 약한 나는 아기를 목욕시켜도 몸살이 난다. 그런데 어른을 목욕시켜야 하다니⋯⋯ 그것도 살비듬이 우수수 떨어지는 메마른 육체를 계속 씻으며 살아야 하다니⋯⋯ 그날 나는 처음 만난, 내가 존경하는 작가의, 너무나 놀라운 인내심을 경외하는 눈으로 바라보았다. 지쳐 보이는 모습까지 돋보일 정도로 경외감이 컸다.

"그런 건 남 시켜! 니가 직접 하지 마! 하지 마!"

성질이 급한 말숙 언니가 그런 말을 쏟아놓았다. 조용히 그 친구를 건너다보며 완서 선생이 말했다. "애, 그건 내 몫의 일이야. 우리 어머니잖아? 내가 해야지." 그 말을 듣고 나의 놀라움은 더 커졌다. 그 말에는 시어머니에 대한 진한 사랑이 배어 있었기 때문이다. 그건 소설 속의 전천후 폭격기와는 잘 연결이 되지 않는 선생의 따뜻한 속내였다. 완서 선생이 정적이고 안존한 시어머니를, 지적이고 엄격한 친정어머니보다 더 좋아했다는 것을 안 것은 후일의 일이다. 그 무렵이 아마 시모님을 모시던 마지막 기간이 아니었나 싶다. 그 후 노인 양반의 치매가더 심해져서 완서 선생이 진정제를 복용한다는 말을 풍문에 들었다. 그러다가 한참 후에 「해산 바가지」(1985)가 나왔다. 치매노인 간호에 지친선생을 본 일이 있어서, 그 작품은 더 감명 깊게 읽혀졌다.

맏따님 원숙 씨를 낳을 때 시머머니가 만들었다는 그 해산 바가지를몇 해 전에 완서 선생이 우리 문학관에 기증해 주셨다. 해산 바가지는새 생명을 맞이하기 위해 준비하는 정갈하고 성스러운 그릇이다. 그래서해산 바가지에는 생명을 맞아들이는 사람들의 경건한 자세가 함축되어있다. 완서 선생 시모님은 며느님이 아이를 임신할 때마다 해산 바가지를 만들어 맞이하셨고, 고용인이 있는데도 남의 손에 맡기지 않고 손수줄줄이 낳은 손녀들을 길러주셨다 한다. 그 사랑을 완서 선생은 말년의목욕시키기 같은 것으로 갚고 있었던 것이다. 하지만 시어머니의 치매상태가 너무 길어지자 그분의 친정 쪽에서 전문기관에 모시라고 권하기시작한다. 외며느리가 감당하기에는 너무 버거운 상태였기 때문이다.

소설 「해산 바가지」는 드디어 그 권고를 받아들이기로 작정한 부부가 양로원 탐방을 나서는 데서 시작된다. 어머니를 버리는 것 같은 죄책감 때문에, 덥지도 않은데 등에 땀이 번져나가는 남편의 뒤를 따라가는 며느리의 마음도 착잡하다. 잠깐 쉬려고 부부는 구멍가게 평상 위에내려앉는다. 그 순간 맞은 편 초가지붕에 탐스럽게 열려 있는 박이 보였다. 문득 "해산 바가지를 하면 좋겠다."는 생각이 며느리의 뇌리에 떠

오른다. 그러자 그녀는 시어머니가 해산 바가지를 마련하던 과정이 생각났다. 그분은 아기가 생기면 쓸 만한 박을 일찌감치 간택해 놓고, 웃돈을 주어가면서 곱게 기르게 하여 해산 바가지를 만드셨던 것이다. 그건 새로 오는 생명을 맞이하는 시어머니의 경건한 의식이었다.

사람의 생명을 맞아들이는 절차가 그렇게 경건하고 정성어린 것이었다면, 생명을 보내드리는 절차도 그렇게 경건하고 정성스러운 것이어야 옳지 않을까 하는 생각이 문득 며느리의 머리에 떠오른다. 아무리 정신이 망가져 가고 있다 해도, 온 가족을 하늘처럼 떠받들던 어머니였는데 생면부지의 남의 손에 맡겨버리는 것은 안 되는 일이라는 결의가 며느리에게 생겨난다. 부부는 양로원 탐방을 접고 돌아선다. 며느리는 그 후 3년을 더 시어머니를 간병하다가 그분과 이별한다. 착한 며느리라는 말을 듣고 싶은 허영심 같은 것을 버리고, 정 힘들면 야단도 치고 이따금 볼기짝을 때리면서라도 그분을 끝까지 돌보아 집에서 고종명을 시키는 어려운 과업을 선생은 선택했고 완수한 것이다.

이 소설에는 앞으로 우리가 생명을 맞아들이는 방법과, 생명을 보내드리는 방법에 대한 바람직한 모습이 계시되어 있다. 작가가 오랜 신고 끝에 찾아낸 해답이다. 그 두 가지가 응결된 것이 해산 바가지라는 무공해 그릇이다. 그래서 누렇게 찌들어가는 완서 선생의 해산 바가지를 나는 계속 소중하게 모셔두고 있다.

마지막 강연

재작년 9월에 완서 선생이 우리 문학관에 강연하러 오셨다. 돌아가시기 넉 달 전의 일이다. 강연 예보가 신문에 이미 나갔는데, 행사 전날에 선생님에게서 전화가 왔다. 갑자기 다리를 다쳐 걷기가 힘들다는 것이다. 두 주 후면 깁스를 푼다고 하시니까, 그럼 4주 후에 하는 마지막

강사와 순서를 바꾸는 게 어떻겠느냐고 해서 합의를 보았다. 그날 강의 제목은 「환각의 나비」였다.

「환각의 나비」는 남아선호사상을 못 버려서 걸핏하면 같이 살아온 딸네 집에서 가출하여 아들집으로 가는 '의왕터널'을 찾아 헤매는 망령 난 할머니의 이야기를 다룬 소설이다. 남아선호사상에 젖어 있는 할머니는 딸집에서 운명하는 것이 부끄러워서 의왕터널에 집착한 것이다. 그건 흔들림이 없는 신념이어서 할머니는 자주 실종되어 자녀들을 힘들게 하다가 마지막에는 행방불명이 되고 만다.

그런데 결론이 삽상하다. 할머니가 드디어 삶의 마지막 목표였던 의왕터널까지 망각해버린 것이다. 할머니는 혈연과 법도와 체면 같은 것을 모두 잊어버린 채 자유로운 영혼이 되어 흔들흔들 서울의 변두리 지역을 헤매 다닌다. 그러다가 옛날의 자기 집과 비슷한 구조의 아궁이를 가진 집을 발견하고 무심코 안에 발을 들여놓는다. 아궁이에서 장작이 타고 있고, 우물가에서 젊은 여승이 아욱을 씻고 있었다. 아욱을 씻는 양이 어설프다. 할머니는 아욱을 잘못 씻는다고 자기 자식처럼 잔소리를 하면서 여승의 생활 속으로 자연스럽게 미끄러져 들어간다. 살림을 할 줄 모르는 여승은 할머니가 해주는 음식을 맛이 있게 먹으면서 어머니를 만난 듯이 행복하고, 할머니도 자기 방법으로 사는 자유로운 삶이 딸이나 아들집에 있는 것보다 재미있어서, 두 사람은 같이 살게 된다. 적성이 맞는 사람끼리 모여 사는 새로운 동거가족이 만들어진 것이다. 자기가 살던 것과 비슷한 집에서 자기가 하던 방식대로 아궁이에서 불을 때서 밥을 지으면서 할머니는 원하던 삶을 되찾았고, 스님은 할머니가 만드는 음식에서 고향을 되찾아서 두 사람은 사이좋게 동거한다.

어머니를 찾아 헤매 다니던 딸이 그 집 마루에서 빨래를 손질하는 어머니를 발견한다. 옛날 식으로 입에 물을 가득 담았다가, 물을 뿜어 빨래를 축이고 있는 자기 어머니를 멀리에서 발견한 딸은 그런 어머니를 환각 속에서 보는 나비같이 아름답다고 생각한다. 어머니가 너무 평화롭고 행복해보여서 딸은 그 평화를 건드리지 않기로 결심한다. 「해산바가지」에서 생명을 보내드리는 올바른 법도를 모색해 보여준 작가는 「환각의 나비」에서, 치매에 걸린 할머니가 다다를 수 있는 가장 평화로운 존재 방식을 보여주면서 작품을 끝낸다.

비가 온다는 예보가 있었는데도 강연을 하던 날 청중들이 아주 많이 왔다. 완서 선생도 그 강의를 마지막에는 즐기는 듯했다. 하지만 처음 강단 앞에 섰을 때는 아니었다. 다리를 다쳤다는데 그만두라는 말을 하지 않고 뒤로 미루자고 했다고 선생이 나를 비난했기 때문이다. '잔인하다'는 말까지 하는 걸 보니 농담이 아닌 것 같았다. 이해할 수 없었다. 강연일정은 신문에 공포된 다음부터 작가와 청중과의 약속이 된다. 가능하면 지켜내야 할 약속인 것이다. 그런데다가 4주 후에도 못할 것 같다는 말을 선생은 내게 한 일이 없었다. 나갈 약속이 있어서 긴 이야기를 못하고 서로 웃으며 연기하기로 합의를 본 것인데, 왜 저러시나 싶어서 좀 의아했다. 그랬는데 돌아가는 선생의 등에 손을 대 보고 나는 이유를 알게 되었다. 이상하게 선생의 몸이 건불같이 느껴져서 섬뜩했던 것이다. 몸 속이 텅 비어 있는 것 같은 그 이상한 감촉이 나를 두렵게 만들었다. 이미 암이 막바지에 와 있는 시기였는데, 당신도 우리도 그 사실을 모르고 있었던 것이다. 문제는 다리가 아니었다. 강연을 할 체력이 딸렸던 것이다. 그래서 그런 강연을 하게 만든 사람이 섭섭했던 것이다. 얼마나 힘이 드셨으면 '잔인하다'는 생각까지 했을까 싶어서 그 후 두고두고 죄송스러웠다. 그게 마지막 만남이었다. 이제 어디에 가 다시 선생의 강의를 들어볼까 싶으니 눈이 자꾸 아물거린다.

(2012년 영인문학관의 「박완서 1주기전」 때 쓴 추모의 글)

부록

1. 작가 연보

1931년(1세)   경기도 개풍군 청교면 묵송리 박적골에서 탄생.

1933년(3세)   부친朴泳魯 사망. 어머니洪己宿와 오빠가 서울로 나가고 조부모, 숙
              부 밑에서 어린 시절을 보냄.

1938년(8세)   상경하여 서울 매동초등학교 입학.

1944년(14세)   숙명여고 입학.

1945년(15세)   개성으로 소개疏開하여 호수돈 여고로 전학. 여름방학 때 박적골에
              서 해방을 맞음. 숙명여고에 복학. 소설가 한말숙, 시인 박명성, 김
              양식과 같은 문과반에서 공부. 5학년 때 담임 선생인 소설가 박노
              갑에게서 많은 영향을 받음.

1950년(20세)   서울대 문리대 국문과에 입학. 한 달 만에 6·25 사변이 터지자
              오빠와 숙부를 잃고, 가족을 부양하기 위해 미군부대(미8군 main
              P.X.의 초상화부)에 취직. 그 곳에서 박수근 화백과 남편을 만남.

1953년(23세)   직장 동료 호영진과 결혼하여 1남 4녀를 둠.

1970년(40세)   「나목」으로 『여성동아』 장편소설 모집에 당선.

1971년(41세)   「세모」(『여성동아』 3월호), 「어떤 나들이」(『월간문학』 9월호) 발표.

1972년(42세)   「세상에서 제일 무거운 틀니」(『현대문학』 8월호) 발표, 장편 「한발
              기」(『여성동아』) 연재, 「다이아몬드」(『한국일보』) 발표.

1973년(43세)   「부처님 근처」(『현대문학』 7월호), 「지렁이 울음소리」(『신동아』 7월
              호), 「주말농장」(『문학사상』 10월호) 발표.

1974년(44세)   「맏사위」(『서울평론』 신년호), 「연인들」(『월간문학』 3월호), 「이별의
              김포공항」(『문학사상』 4월호), 「어느 시시한 사내 이야기」(『세대』 5월
              호), 「닮은 방들」(『월간중앙』 6월호), 「부끄러움을 가르칩니다」(『신동
              아』 8월호), 「재수굿」(『문학사상』 12월호) 발표.

1975년(45세)   「카메라와 워커」(『한국문학』 2월호), 「도둑맞은 가난」(『세대』 4월호),
              「서글픈 순방」(『주간조선』 통권 339호), 「겨울 나들이」(『문학사상』 9월
              호), 「저렇게 많이!」(『소설문예』 9월호) 발표. 평론 「'나목' 근처-그
              정직한 여인들」(『문학사상』 9월호) 발표.

1976년(46세)   「도시의 흉년」(『문학사상』), 「휘청거리는 오후」(『동아일보』) 연재.

「어떤 야만」(『뿌리깊은 나무』 5월호), 「포말의 집」(『한국문학』 10월호), 「배반의 여름」(『세계의 문학』 가을호), 「조그만 체험기」(『창작과 비평』 가을호) 발표.

*첫 창작집 『부끄러움을 가르칩니다』(일지사) 출간.

1977년(47세) 「흑과부」(『신동아』 2월호), 「돌아온 땅」(『세대』 4월호), 「상」(『현대문학』 4월호), 「꿈을 찍는 사진사」(『한국문학』 6월호), 「여인들」(『세계의 문학』 여름호), 「그 살벌했던 날의 할미꽃」(『문예중앙』 겨울호) 발표.

*『휘청거리는 오후』 상·하(창작과비평사) 출간. 수필집 『꼴찌에게 보내는 갈채』(평민사), 『혼자 부르는 합창』(진문출판사)을 출간하여 수필가로서도 자리를 잡음.

1978년(48세) 「낙토의 아이들」(『한국문학』 1월호), 「집보기는 그렇게 끝났다」(『세계의 문학』 봄호), 「꿈과 같이」(『창작과 비평』 여름호), 「공항에서 만난 사람」(『문학과지성』 가을호) 발표. 연작 콩트 「화랑에서의 포식」(『향장』)을 연재하고, 「욕망의 응달」(『여성동아』) 연재.

*『목마른 계절』(수문서관), 『여자와 남자가 있는 풍경』(한길사) 출간.

1979년(49세) 「내가 놓친 화합」(『문예중앙』 봄호), 「황혼」(『뿌리깊은 나무』 3월호), 「우리들의 부자」(『신동아』 8월호), 「추적자」(『문학사상』 10월호) 발표. 「살아 있는 날의 시작」(『동아일보』) 연재.

*『도시의 흉년』(문학사상사) 3권으로 출간. 샘터사에서 첫 창작 동화집 『달걀은 달걀로 갚으렴』, 『마지막 임금님』 출간.

1980년(50세) 「엄마의 말뚝」 1(『문학사상』 9월호), 「육복」(『소설문학』 2월호), 「침묵과 실어」(『세계의 문학』 겨울호) 발표. 「오만과 몽상」(『한국문학』) 연재.

*「그 가을의 사흘 동안」(『한국문학』 6월호) 발표, 이 작품으로 한국문학 작가상을 수상. 『살아 있는 날의 시작』(정예원) 출간.

1981년(51세) 「천변풍경」(『문예중앙』 봄호), 「쥬디 할머니」(『소설문학』 10월호), 평론 「기이한 독서경험」(『문학사상』 3월호) 발표. 「엄마의 말뚝」 2(『문학사상』 8월호)을 발표하여 5회 이상 문학상 수상.

*『도둑맞은 가난』(민음사)에서 출간.

1982년(52세) 「로열복스」(『현대문학』 1월호), 「유실」(『문학사상』 5월호), 「무중」(『세계의 문학』 여름호) 발표. 「그해 겨울은 따뜻했네」(『한국일보』) 연재. 평론 「소설 이전에 주제가 있었다」(『현대문학』 2월호) 발표.

* 『엄마의 말뚝』(일월서각), 『오만과 몽상』(한국문학사), 수필집 『살아 있는 날의 소망』(학원사) 출간. 해외연수로 유럽과 인도를 다녀옴.

1983년(53세) 「그의 외롭고 쓸쓸한 밤」(『문학사상』 3월호), 「아저씨의 훈장」(『현대문학』 5월호), 「무서운 아이들」(『한국문학』 7월호), 「소묘」(『소설문학』 8월호) 발표.
* 『그해 겨울은 따뜻했네』(민음사) 출간.

1984년(54세) 「재이산」(『여성문학』 1집), 「울음소리」(『소설문학』 2월호), 「저녁의 해후」(『현대문학』 3월호), 「어느 이야기꾼의 수렁」(『문예중앙』 여름호), 「움딸」(『학원』 9월호) 발표. 「떠도는 결혼」(『주부생활』) 연재.
* 풍자소설집 『서울 사람들』(글수레), 「지 알고 내 알고 하늘이 알건만」을 창작과비평사 84년도 신작소설 『지 알고 내 알고 하늘이 알건만』에 발표.
* 7월에 영세 받음.

1985년(55세) 「해산 바가지」(『세계의 문학』 여름호), 「초대」(『문학사상』 10월호), 「애 보기가 쉽다고?」(『동서문학』 12월호), 「사람의 일기」를 창작과비평사 85년도 신작소설집 『슬픈 해후』에, 「저물녘의 황혼」을 문학과지성 신작소설집 『숨은 손가락』에 발표. 「미망」(『문학사상』) 연재.
* 장편 『서 있는 여자』(학원사), 『그 가을의 사흘 동안』(나남) 출간. 11월 일본을 여행.

1986년(56세) 「비애의 장」(『현대문학』 2월호), 「꽃을 찾아서」(『한국문학』) 발표.
* 에세이집 『서 있는 여자의 갈등』(나남), 『꽃을 찾아서』(창작사) 출간.

1987년(57세) 「저문날의 삽화 1」(『분노의 메아리』, 전예원), 「저문날의 삽화 2」(『또 하나의 문화』 4호), 「저문날의 삽화 3」(『현대문학』 3월호), 「저문 날의 삽화 4」(『창작과 비평』) 발표.

1988년(58세) 「저문날의 삽화 5」(『소설문학』 1월호) 발표.
* 남편과 아들을 잃고 난 뒤 미국의 딸 집에 다녀옴.

1989년(59세) 「그대 아직도 꿈꾸고 있는가」(『여성신문』)를 연재하여 삼진기획에서 단행본으로 출간. 「복원되지 못한 것들을 위하여」(『창작과 비평』 여름호), 「家」(『현대문학』 11월호) 발표.

1990년(60세) 「한 말씀만 하소서」(『생활성서』) 연재.

*『미망』(문학사상사) 3권으로 출간. 수필집 『나는 왜 작은 일에만 분개하는가』(햇빛출판사) 출간. 11월 성지순례.

1991년(61세) 「엄마의 말뚝」 3(『작가세계』) 연재, 「우황청심환」(『창작과 비평』 여름호) 발표.
*『여덟 개의 모자로 남은 당신』(정민사), 창작집 『저문날의 삽화』(문학과지성사), 콩트집 『나의 아름다운 이웃』(작가정신) 출간.
*『미망』으로 3회 이산문학상 수상.

1992년(62세) *『그 많던 싱아는 누가 다 먹었을까』(웅진출판사), 『박완서 문학 앨범』(웅진출판사), 산문집 『산과 나무를 위한 사랑법』(샘터사) 출간.

1993년(63세) 「나의 가장 나종 지니인 것」(『상상』 창간호), 「꿈꾸는 인큐베이터」(『현대문학』 1월호) 발표.
*「꿈꾸는 인큐베이터」로 제38회 현대문학상과 중앙문화대상을 수상. 『박완서 소설 전집』(세계사) 발간 시작.

1994년(64세) *창작집 『한 말씀만 하소서』(솔출판사) 출간.
*「나의 가장 나종 지니인 것」으로 제25회 동인문학상 수상.

1995년(65세) *『그 산이 정말 거기 있었을까』(웅진출판사), 수필집 『한 길 사람 속』(작가정신) 출간.
*「환각의 나비」(『문학동네』 봄호)을 발표하여 이 작품으로 제1회 한무숙 문학상 수상.

1996년(66세) 「참을 수 없는 비밀」(『창작과 비평』 겨울호) 발표.

1997년(67세) *『그 산이 정말 거기 있었을까』로 5회 대산문학상 수상. 「길고 재미없는 영화가 끝나갈 때」(『라 쁠륨』 봄호), 「그 여자네집」(『여성동아 문집』 예감), 「너무도 쓸쓸한 당신」(『문학동네』 겨울호) 발표.
*티베트 여행기 『모독』(학고재), 동화집 『속삭임』(샘터) 출간.

1998년(68세) *구리시 아천동으로 이사. 보관문화훈장 수상.
「꽃잎 속의 가시」(『작가세계』 봄호), 「공놀이 하는 여자」(『당대비평』 여름호), 「J-1비자」(『창작과 비평』 겨울호) 발표.
*단편집 『너무도 쓸쓸한 당신』(『창작과 비평』), 산문집 『어른 노릇 사람 노릇』(작가정신), 동화 『이게 뭔지 알아 맞혀 볼래』(미세기) 출간.

1999년(69세) *「너무도 쓸쓸한 당신」으로 1회 만해문학상 수상.
*묵상집 『님이여, 그 숲을 떠나지 마오』(여백), 에세이선집 『작은

마음이 아름다운 세상을 만든다」(미래사), 『단편소설전집』(문학동네)
5권 출간.
「아주 오래된 농담」(『실천문학』 겨울호) 연재시작.

2000년(70세) *인촌상 수상. '2000 서울 국제 포럼'에서 「포스트 식민지적 상황에
서의 글쓰기」 발표.
*등단 30주년기념 산문선집 『아름다운 것은 무엇을 남길까』(세계
사), 비평집 『박완서 문학 길 찾기』(세계사), 『아주 오래된 농담』(실
천문화사) 출간.

2001년(71세) *「그리움을 위하여」(『현대문학』 2월호)로 1회 황순원 문학상 수상.

2002년(72세) 산문집 「두부」(창작과비평사), 자전동화 『옛날의 사금파리』(열림원)
출간.
「아치울 이야기」(『여성작가 16인 신작 소설집』, 동아일보사), 「그 남자
네집」(『문학과 사회』 여름호) 발표.

2003년(73세) *「마흔 아홉 살」(『문학동네』 봄호), 「후남아 밥먹어라」(『창작과 비평』
여름호) 발표.

2004년(74세) 『그 남자네 집』(현대문학사)

2005년(75세) 『잃어버린 여행가방』(실천문학사)
「거저나 마찬가지」(『문학과 사회』 봄호) 발표.

2006년(76세) *서울대에서 명예문학박사 수여. 호암상(16회) 예술상 수상.
*『옳고도 아름다운 당신』(시냇가 작은 나무), 『환각의 나비』(푸르메)
출간.
「대범한 밥상」(『현대문학』 1월호), 「친절한 복희씨」(『창비』 봄호) 발
표.

2007년(77세) 산문집 『호미』(열림원), 『친절한 복희씨』(문학과지성사), 대담집(이인
호, 이해인) 『대화』(샘터) 출간.

2008년(78세) 「박완서 에세이」 연재(『현대문학』 2월~12월)

2009년(79세) *이야기모음집 『세 가지 소원』(마음산책)

2010년(80세) *『못 가본 길이 더 아름답다』(현대문학사)

2011년(81세) *강연록 『박완서 문학의 뿌리를 말하다』(서울대 출판문화원), 그림동
화집 『아가 마중: 참으로 놀랍고 아름다운일』(한울림) 출간.
*1월 22일 담낭암으로 별세. 금관문화훈장 추서.
묘지: 용인군 모현면, 천주교 공원묘지.

2. 참고문헌

강금숙, 「박완서 소설의 공간에 나타난 여성 의식」, 『이화어문논집』, 1989. 3.

강인숙, 「박완서 소설에 나타난 도시의 양상」 1, 『청파문학』 14호, 1984.

_____, 「박완서 소설에 나타난 도시의 양상」 2, 『文理』 7집, 건대 국문과.

_____, 「박완서 소설에 나타난 도시의 양상」 3, 『인문과학논총』 16, 건국대학교.

_____, 「박완서론-「울음소리」와 「닮은 방들」, 「포말의 집」의 비교 연구」, 『인문과
학논총』 26, 건대, 1994.

고영복, 「한국 도시화의 과정 분석」, 『인문사회학 논문』 16집, 서울대, 1970.

권태준, 「인간의 도시와 도시의 인간」, 『세계의 문학』 1979년 가을.

김경수 · 황도영 대담, 「개성과 저문 날을 건너 오는 징검다리」, 『문학정신』 1991.
11.

김경언 외, 「여성해방의 시각에서 본 박완서의 작품 세계」, 『여성』 2, 창작사,
1988. 1.

김교선, 「생리적 감각적 정서 형태의 소설」, 『표현』, 1989. 7.

김윤식, 「박완서와 박수근-고목에서 나목에 이르는 길」, 『낯선 신을 찾아서』, 일지사,
1988.

_____, 「천의무봉과 대중성의 근거-박완서론」, 『문학사상』 1988. 1.

김치수, 「함께 사는 꿈을 위하여」(우리 시대 우리 작가, 박완서), 동아, 1987.

박혜란, 「'여자다움'의 껍질벗기」, 『작가세계』, 1991년 여름.

성민엽, 「박완서의 구원 추구」, 『고통의 언어 삶의 언어』, 한마당, 1986.

송영희, 「중년 여성의 위기의식-'살아 있는 날의 시작'을 중심으로」, 『표현』, 1989.
1.

신덕룡, 「고립된 폐쇄주의, 그 비극적 결말」, 『동서문학』, 1991. 1.

이광훈, 「소시민적 삶과 일상의 덫」, 『현대문학』, 1980. 2.

이남호, 「'말뚝'의 사회적 의미」, 『문학의 위족』 2, 민음사, 1990.

이동하, 「문제의 역사와 문학」, 『세계의 문학』, 1987. 3.

이은희, 「한국 현대 소설에 나타난 도시적 삶에 대한 연구」, 이화여대 대학원
석사학위 논문, 1979.

이태동, 「나목의 꿈」, 『펜과 문학』, 1996년 봄호.

전승희, 「여성 문학과 진정한 비판의식」, 『창작과 비평』, 1991년 여름호.

정영자, 「현대 인기 소설의 특성과 그 문제점」, 『분단 현실과 비평 문학』, 한국평론가협회 편, 1986.

정영자, 「한국 여성소설의 특성과 그 문제점」, 『여성과 문학』 1, 문학세계사, 1989.

정호웅, 「상처의 두 가지 치유 방식」, 『작가세계』, 1991년 여름호.

조남현, 「도시적 삶의 징후들」, 『현대문학』, 1979년 11월호.

_____, 「박완서 소설과 페미니즘」, 『펜과 문학』, 1996년 봄호.

조선희, 「바스러지는 것들에 대한 연민」, 『작가세계』, 1991년 여름호.

조혜정, 「한국의 페미니즘 문학 어디까지 왔나」, 『또하나의 문화』 3, 평민사, 1987.

_____, 「박완서 문학에 있어 비평은 무엇인가」, 『작가세계』, 1991년 여름호.

최상철, 「한국적 도시화의 정치경제적 전개 과정」, 『이화』 33, 1979.

강금숙 외, 『한국 페미니즘의 시학』, 동화서적, 1896.

김경수 역, 『페미니스트 시학』, 고려원, 1992.

김열규 외역, 『페미니즘과 문학』, 문예출판사, 1988.

김윤식, 『오늘의 문학과 비평』, 문예출판사, 1986.

_____, 『내가 읽은 박완서』, 문학동네, 2013.

에밀 아자르 저, 강인숙 역, 『가면의 생』, 문학사상사, 1979.

이재선, 『한국 현대 소설사』, 홍성사, 1979.

『제3세대의 한국문학』 17, 박완서 편, 삼성출판사, 1983.

『문학정신』, 1991. 11.

『박완서 문학 앨범』, 웅진출판사, 1992.

「'나목'에서 '미망'까지-박완서 특집」, 『작가세계』 8, 1991년 봄호.

「다시 살아 있는 날의 지평에 서 있는 작가」(대담: 고정희), 『한국문학』, 1990. 1.

Grant, Demian, *Realism*, London: Methuen, 1970.

Kaplan, S. J. "Rosamond Lehman's 「The Ballad and the Source」", *Twentieth century Literature*, 1981, Autumn.

Lukacs, Georg, *The Theory of the Novel*, M.I.T. Press, 1971.

Miles, Rosalind, *The Fiction of Sex*, Harper & Row, 1971.

Prescott, S.Nichols, "Paris as Subjectivity in Sartre's Road to Freedom", *Modern*

Fiction Studies, 1978, Spring.

Ross, H. J., *The Gods and Heros of the Greeke*, Meredian Books, 1972.

Spears, Monroe, *Dionysos and the City*, Oxford Univ Press, 1970.

Thibaudet, Albert, *Le Liseur du Roman*, Paris: Librairie Crès, 1926.

前田愛, 『都市空間のなかの文學』, ちくま 文藝文庫, 1992.

特集, 「文學空間としての都市」, 『國文學』, 1980年 6月號, 東京: 至文堂.

* 참고문헌 정리는 가나다 순으로 하였으며, 논문, 단행본, 대담, 외국서적 순으로
하였음.

3. 강인숙 연보

1) 약력

원   적   함경남도 이원군 동면 관동리 112
본   적   서울시 용산구 한강로 2가 100
생년월일   1933년 10월 15일(음력 윤 5월 16일)
             강재호, 김연순의 1남 5녀 중 3녀로 함경남도 갑산에서 출생
             * 1945년 11월에 가족과 함께 월남하여 서울에 거주
                아호: 소정(小汀)

2) 학력

1946. 6~1952. 3   경기여자중·고등학교
1952. 4~1956. 3   서울대 문리대 국어국문학과(학사)
1961. 9~1964. 2   숙명여대 대학원 국문과 석사과정(문학석사)
1980. 3~1985. 8   숙명여대 대학원 박사과정(문학박사)

3) 경력

1958. 4~1965. 2   신광여자고등학교 교사
1967. 3~1977. 5   건국대학교 시간강사
1970. 9~1977. 2   숙명여대 국문과 시간강사
1971. 3~1972. 2   서울대 교양학부 시간강사
1975. 9~1977. 8   국민대학교 국문과 시간강사
1977. 3~1999. 2   건국대학교 교수
1992. 8~1992. 12   동경대학 비교문화과 객원연구원
현재   건국대 명예교수
                   재단법인 영인문학관 관장(2001년~)

4) 기타 경력

1964. 9 　「자연주의의 한국적 양상-김동인을 중심으로」

1965. 2 　「춘원과 동인의 거리-역사소설을 중심으로」로 『현대문학』의 추천을 받아 문학평론가로 데뷔

2018. 5 　자랑스런 박물관인상 수상

5) 평론, 논문

(1) 평론

「자연주의의 한국적 양상-자연주의와 김동인」	『현대문학』	1964. 9
「춘원과 동인의 거리(1)-역사소설을 중심으로」(등단작)	『현대문학』	1965. 2
「에로티시즘의 저변-김동인의 여성관」	『현대문학』	1965. 12
「도그마에 대한 비판-김동인의 종교관」	『신상』(동인지)	1965. 겨울
「춘원과 동인의 거리(2)-〈무명〉과 〈태형〉의 비교연구」	『신상』	1968. 가을
「유미주의의 한계(김동인론)」	『신상』	1968. 겨울
「단편소설에 나타난 캐랙타라이제이션」(김동인)	『신상』	1969. 여름
「강신재론-'임진강의 민들레', '오늘과 내일'을 중심으로」	『신상』	1970. 여름
「박경리론-초기 장편을 중심으로」	발표지면 미상	
「한국여류시인론」	『시문학』	1971
「순교자'(김은국)에 나타난 신과 인간의 문제」	『청파문학』 10	
	숙대국문과	1971
「이광수의 '할멈'」	『부녀서울』	1972. 8
「낭만과 사실에 대한 재비판(나도향론)」	『문학사상』	1973. 6
「노천명의 수필」	『수필문학』	1973. 7
「생의 수직성과 고도-게오르규의 전나무」	『문학사상』	1976. 6
「김동인과 단편소설」(『김동인전집』 5 해설)	삼성출판사	1976. 9
「동인문학 구조의 탐색」	『문학사상』	1976. 11
「물레방아(나도향)의 대응적 의미론」	『문학사상』	1977. 3
「신사복의 고교생 최인호」	『여성중앙』	1977. 9
「오딧세이(호머)의 방랑과 그 의미」	『문학사상』	1977. 11
「김동인의 '붉은산'」	『건대신문』	1977.11.16

「모리악의 '떼레즈 데께이루'」 　　　　　　　　　『문학사상』　1978. 5
「게오르규의 어록」 번역 　　　　　　　　　　　『문학사상』　1978. 7
「황순원의 '어둠 속에 찍힌 판화'」 　　　　　　　『문학사상』　1978. 9
「문학 속의 건국영웅-비르길리우스의 '에네이드'」 　『문학사상』　1979. 2
「언어와 창조」(외대여학생회간) 　　　　　　　　『엔담』　　　1979. 3
「하늘과 전장의 두 세계-톨스토이의 '전쟁과 평화'」 『문학사상』　1979. 6

(2) 논문

「에밀 졸라의 이론으로 조명해 본 김동인의 자연주의」,
　　　　　　　　　　　건국대『학술지』 28, 1982. 5, pp.57-82
「한·일 자연주의의 비교연구(1)-자연주의 일본적 양상 2」,
　　　　　　　　　　　건국대『인문과학논총』 15, 1983, pp.27-46
「박완서의 소설에 나타난 도시의 양상(1)-'엄마의 말뚝(1)'의 공간구조」,
　　　　　　　　　　　숙대『청파문학』 14, 1984. 2, pp.69-89
「박완서의 소설에 나타난 도시의 양상(2)-'목마른 계절', '나목'을 통해 본 동란기의 서
　　　　울」　　건국대국문과『文理』 7, 1984, pp.56-74
「박완서의 소설에 나타난 도시의 양상(3)-'도시의 흉년'에 나타난 70년대의 서울」,
　　　　　　　　　　　건국대『인문과학논총』 16, 1988. 8, pp.51-76
「박완서론(4)-'울음소리'와 '닮은 방들', '포말의 집'의 비교연구」,
　　　　　　　　　　　건국대『인문과학논총』 26, 1994.
「자연주의연구-불, 일, 한 삼국 대비론」, 숙대 박사학위논문, 1985. 8
「여성과 문학(1)-문학작품에 나타난 남성상」, 아산재단간행, 1986, pp.514-518
「고등교육을 받은 한국여성의 2000년대에서의 역할-문학계」,
　　　　　　　　　　　여학사협회『여학사』 3, 1986, pp.69-74
「한·일 자연주의 비교연구(2)-스타일 혼합의 양상-염상섭론」,
　　　　　　　　　　　건국대『인문과학논총』 17, 1985.10, pp. 7-34
「한·일 자연주의 비교연구(3-1)-염상섭의 자연주의론의 원천탐색」,
　　　　　　　　　　　건국대『국어국문학』 4, 1987, pp.1-15
「한·일 자연주의 비교연구(3-2)-염상섭과 전통문학」,
　　　　　　　　　　　『건국어문학』 11, 12 통합호, 1987, pp.655-679
「자연주의에 대한 부정론과 긍정론(1)-졸라이즘의 경우」,
　　　　　　　　　　　건국대『인문과학논총』 20, 1988. 8, pp.39-64

「염상섭과 자연주의(2)-'토구·비판 삼제'에 나타난 또 하나의 자연주의」,

　　　　　　　　　　　　　건국대 『학술지』 33, 1989. 5, pp.59-88

「염상섭의 소설에 나타난 시공간(chronotopos)의 양상」,

　　　　　　　　　　　　　건국대 『인문과학논총』 21, 1989. 9, pp.7-30

「염상섭의 소설에 나타난 돈과 성의 양상」,

　　　　　　　　　　　　　건국대 『인문과학논총』 22, 1990, pp.31-54

「염상섭의 작중인물 연구」, 건국대 『학술지』 35, 1991, pp.61-80

「명치·대정기의 일본문인들의 한국관」, 『건대신문』, 1989. 6. 5

「한·일 모더니즘 소설의 비교연구(1)-신감각파와 요코미쓰 리이치」,

　　　　　　　　　　　　　건국대 『학술지』 39, 1995, pp.27-52

「한·일 모더니즘 소설의 비교연구」 연재, 『문학사상』, 1998. 3월~12월

「한·일 모더니즘 소설의 비교연구(2)-신흥예술파와 류단지 유의 소설」

　　　　　　　　　　　　　건국대 『인문과학논총』 29, 1997. 8, pp.5-33

「한·일 모더니즘 소설의 비교연구」 연재, 『문학사상』, 1998. 3월~12월

「한국 근대소설 정착과정 연구」, 『박이정』의 동명의 논문집에 실림. 1999

「신소설에 나타난 novel의 징후-'치악산'과 '장화홍련전'의 비교연구」,

　　　　　　　　　　　　　건국대 『학술지』 40, 1996, pp.9-29

「박연암의 소설에 나타난 novel의 징후-〈허생전〉을 중심으로」,

　　　　　　　　　　　　　건국대 『겨레어문학』 25, 2000, pp.309-337

(3) 단행본(연대순)

『한국현대작가론』	(평론집)	동화출판사	1971
『언어로 그린 연륜』	(에세이)	동화출판공사	1976
『생을 만나는 저녁과 아침』	(에세이)	갑인출판사	1986
『자연주의 문학론』 1	(논문집)	고려원	1987
『자연주의 문학론』 2	(논문집)	고려원	1991
『김동인-작가와 생애와 문학』(문고판)	(평론집)	건대출판부	1994
『박완서 소설에 나타난 도시와 모성』	(논문집)	둥지	1997
『네 자매의 스페인 여행』	(에세이)	삶과 꿈	2002
『아버지와의 만남』	(에세이)	생각의나무	2004
『일본 모더니즘 소설 연구』	(논문집)	생각의나무	2006
『어느 고양이의 꿈』	(에세이)	생각의나무	2008

『내 안의 이집트』	(에세이)	마음의 숲	2012
『셋째딸 이야기』	(에세이)	웅진문학임프린트곰	2014
『민아 이야기』	(에세이)	노아의 방주	2016
『서울 해방공간의 풍물지』	(에세이)	박하	2016
『어느 인문학자의 6·25』	(에세이)	에피파니	2017
『시칠리아에서 본 그리스』	(에세이)	에피파니	2018

(4) 편저

『한국근대소설 정착과정연구』	(논문집)	박이정	1999
『편지로 읽는 슬픔과 기쁨』(문인 편지+해설)		마음산책	2011
『머리말로 엮은 연대기』	(서문집)	홍성사	2020

(5) 번역

『25시』(V. 게오르규 원작, 세계문학전집23)	삼성출판사	1971
『키라레싸의 학살』(V. 게오르규 원작)	문학사상사	1975
『가면의 생』(E. 아자르 원작)	문학사상사	1979

(6) 일역판

『韓國の自然主義文學-韓日佛の比較研究から』	小山內園子譯	2017